Lustakkorde
Elke Bergsma

Elke Bergsma

Lustakkorde

Impressum
Copyright: © 2013 Elke Bergsma, www.elke-bergsma.de
Am alten Handelshafen 1, 26789 Leer
Satz: Corinna Rindlisbacher, www.ebokks.de
Cover: Susanne Elsen, www.mohnrot.com
unter Verwendung von Fotos von © www.fotolia.com
Verlag: BoD · Books on Demand GmbH, Überseering 33,
22297 Hamburg, bod@bod.de
Druck: Libri Plureos GmbH, Friedensallee 273, 22763
Hamburg

ISBN: 978-3-7693-5318-1

Für meine Geschwister
Jan-Gerhard, Maike, Maria und Hendrik

1

Behutsam fuhr sie mit ihren Fingern über den nackten Körper. Es war wie ein Zwang. Schon seit Stunden rief sie sich immer wieder zur Ordnung, befahl sich, ihn aus ihren Gedanken zu verbannen, ihn einfach zu ignorieren. Aber, so sehr sie es auch versuchte, es gelang ihr nicht. Ganz im Gegenteil schien ihr Verlangen, diesen Körper zu berühren, mit jedem Moment intensiver zu werden. Aber was war das für ein Verlangen? Diese kleine Skulptur rief Gefühle in ihr wach, die sie bisher nicht gekannt hatte. Schwer atmend zog sie ihre Hand zurück. Was nur passierte mit ihr, wenn sie über das kühle, weiße Marmor strich? Was war es, das ihr Blut in Wallung versetzte, wenn sie mit zittrigen Fingern die Kurven des schlanken, geschmeidigen Körpers entlangfuhr, sich langsam von der sanften Einbuchtung des Schulterblattes bis hinunter zu den wohlgeformten Rundungen des Gesäßes vortastete, bis ihre Hände schließlich eine Zone der Weiblichkeit erreichten, die, so hatte man ihr immer wieder eindringlich gesagt, in höchstem Maße unkeusch und damit für Berührungen jeglicher Art eine unbedingte Tabuzone war? Aber, so dachte sie bei sich, konnte so etwas überirdisch Schönes, wie es hier auf ihrem Schreibtisch vor ihr stand, wirklich etwas Verbotenes sein? Die kleine, glänzende

Skulptur schien ihr Ausdruck einer schöpferischen Kraft zu sein, die erhaben war über alles Irdische. Und dennoch war sie von Menschenhand erschaffen worden.

Mit vor Aufregung zitternden Händen hatte sie am Nachmittag das Internet durchforstet auf der Suche nach dem Ursprung dieses göttlichen Geschöpfes. Und schließlich hatte es einen Namen bekommen: Danaide. Erschaffen von Auguste Rodin, einem französischen Künstler des 19. Jahrhunderts. Und je mehr sie sich in die Welt und das Leben des Auguste Rodin eingelesen hatte, desto mehr war ihr bewusst geworden, dass es sich bei ihm wahrlich um keinen Heiligen, sondern vielmehr um einen – wie ihr Vater sagen würde – verruchten Sünder gehandelt hatte, der den menschlichen Körper in seiner ganzen sündigen Nacktheit zur Schau stellte und damit – nichts anderes war vorstellbar – die jungen, unschuldigen Mädchen, die ihm damals Modell standen, der ewigen Verdammnis preisgegeben hatte.

Ihr war nur allzu deutlich bewusst, dass es sich für sie – mit diesem Wissen ausgestattet – geziemt hätte, die Skulptur sofort im nächsten Container zu entsorgen, wollte sie nicht Gefahr laufen, ein weiteres Opfer dieses in höchstem Maße unkeuschen Bildhauers zu werden. Aber irgendetwas in ihr sperrte sich. Still flehte sie zu Gott, er möge ihr die Kraft geben, von dieser kleinen Skulptur zu lassen. Aber so inbrünstig ihr Flehen auch war, führte doch irgendeine dunkle Macht ihre in Demut gefalteten Hände in suchender Bewegung immer wieder zur schönen Danaide zurück und zwang sie, über die sich ihr entgegenstreckende kühle Weiblichkeit zu streichen.

Gerade wollte sie die Skulptur ein weiteres Mal liebkosen, als sie erschrocken innehielt. „Magdalena", hörte sie ihren Vater unten am Treppenabsatz rufen, „kommst du bitte nach unten, deine Mutter hat das Abendessen gerichtet!" Mit einem tiefen Seufzer ließ das junge Mädchen die Danaide zurück in ihre Tasche gleiten, der sie sie am frühen Nachmittag verstohlen entnommen hatte. „Bis später", flüsterte sie ihr zu und erschauderte bei dem Gedanken, was passieren würde, wenn ihr Vater die Skulptur bei ihr entdeckte.

„Wie war deine Musikstunde, hast du Fortschritte gemacht?", fragte ihr Vater, während er sich einen Nachschlag grüner Bohnen nahm. Magdalena nickte stumm. Es war ihr unmöglich, auch nur ein Wort hervorzubringen. Mechanisch kaute sie auf einem Stück Rindfleisch herum, das ihr heute besonders zäh vorkam.

„Du hast so gerötete Wangen, Kind", sagte ihre Mutter und schaute sie besorgt an, „du bist doch nicht etwa krank?"

Magdalena schüttelte den Kopf. „A-aber nein", stammelte sie und fühlte, wie ihr das Blut in den Kopf schoss, „ich … die Hausaufgaben waren ein wenig anstrengend. Sonst ist nichts. Gar nichts."

Ihr Vater nickte anerkennend. „Du weißt ja, wie stolz ich darauf bin, eine so rechtschaffene Tochter zu haben, Magdalena", sagte er und tätschelte ihr den Arm. „Du wirst es einmal weit bringen, da bin ich mir ganz sicher. Erst neulich habe ich zu Pastor Eckstein gesagt, wie gut dir das Theologiestudium zu Gesicht stehen wird, und er hat mir aus vollem Herzen zugestimmt. Weißt du, Magdalena, es gibt heutzutage nicht mehr viele Menschen, die ihr Leben in wahrer Gottesfurcht verbringen. Vielmehr herrschen da draußen das Laster und die Sünde."

„War dein Klavierlehrer zufrieden mit dir?", griff ihre Mutter das Thema Musikunterricht wieder auf.

„Ja. Ja, ganz bestimmt", beeilte sich Magdalena zu sagen, „wir haben heute mit einem neuen Stück angefangen. Von Johann Sebastian Bach. Es ist … sehr schön."

„Wahrlich, ich muss schon sagen", ließ sich ihr Vater, der soeben dabei war, eine Flasche Rotwein zu entkorken, vernehmen, „dein Musiklehrer … wie heißt er noch gleich?"

„Raffael Winter", half ihm seine Frau kopfschüttelnd auf die Sprünge. „Dass du dir aber auch nie seinen Namen merken kannst!"

„Raffael Winter. Ja, tatsächlich", erwiderte ihr Mann, „das ist eigentlich ein Name, den man sich gut merken kann. Raffael. Wie der Erzengel. Da haben wir eine gute Wahl getroffen." Er nippte genüsslich an seinem Wein, dann fügte er hinzu: „Pastor Eckstein hat ihn mir wärmstens ans Herz gelegt. Winter sei ein gebildeter und gottesfürchtiger Mann, hat er gesagt. Hm. Johann Sebastian Bach. Ja, das ist Musik zur Ehre unseres Herrn. Sehr schön, Magdalena, sehr schön." Erneut tätschelte er den Arm seiner Tochter.

„Ich müsste dann mal mit den Hausaufgaben weitermachen", sagte Magdalena, nachdem sie sich gezwungen hatte, ihren Teller leer zu essen. „Darf ich bitte aufstehen?" Das Gerede ihrer Eltern über den Musikunterricht konnte sie an diesem Abend kaum ertragen. Sie liebte es, Klavier zu spielen. Aber heute … Sie war noch nicht lange als Schülerin bei Raffael Winter, seit nunmehr sechs Wochen.

Zuvor hatte sie Unterricht bei einer älteren Dame gehabt, die dann aber schwer erkrankt war. Der junge Herr Winter hatte ihr gleich gefallen. Er sah gut aus und hatte eine offene und frische Art, ein wenig wie die Jungen in ihrer Schule, wenn die ihr auch manchmal ein wenig zu forsch waren. Aber bei ihm machte ihr der Unterricht noch deutlich mehr Spaß als zuvor bei der älteren Dame, die ziemlich streng und verknöchert gewesen war. Selbst ihre Fehler nahm Raffael Winter nur mit einem Lachen zur Kenntnis und ermunterte sie mit dem einen oder anderen Hinweis, es einfach noch einmal zu probieren. Ja, mit ihm machte das Klavierspiel Spaß. Umso schlimmer war, dachte sie bei sich, was sie sich heute geleistet hatte. Danaide. Sie hatte sie bei ihm auf dem Kaminsims entdeckt, als er für ein kurzes Telefonat aus dem Zimmer gegangen war und sie sich interessiert in dem großen, ansprechend eingerichteten Raum umgesehen hatte. Wie ein Stromstoß war es ihr beim Anblick der weißen Marmorskulptur durch den Körper gefahren. Wie elektrisiert war sie von ihrer Klavierbank aufgestanden und hatte sich ihr genähert. Ganz vorsichtig hatte sie ihre Hand ausgestreckt, um sie zu berühren. Sie hatte sie nur einmal kurz anfassen wollen, ganz bestimmt. Aber dann … noch ehe sie wusste, wie ihr geschah, nahm sie sie an sich und ließ sie in ihrer Tasche verschwinden.

Sie schämte sich. Aber bereits am morgigen Mittag, gleich nach der Schule, würde sie ihre nächste Klavierstunde haben. Und dann würde sie die Danaide einfach wieder an ihren Platz zurückstellen. Bestimmt hatte er gar nicht bemerkt, dass sie sie genommen hatte. Und wenn doch? Magdalena schluckte schwer. Nun, dann würde sie ihm eine Erklärung geben müssen. Und sie würde sich entschuldigen. Aber nein, beruhigte sie sich im nächsten Moment selbst. Das Musikzimmer war so mit allerlei Krempel vollgestellt, dass er es unmöglich bemerkt haben konnte. Ganz sicher würde sie einen Augenblick alleine im Zimmer sein. Er würde nie erfahren, dass sie eine Diebin war.

„Ja, natürlich kannst du nach oben gehen und deine Hausaufgaben machen", hörte sie in ihre Gedanken hinein die Stimme ihres Vaters.

„B-bitte?", stammelte sie verwirrt.

„Ach, Magdalena, wo du nur wieder mit deinen Gedanken bist", tadelte er sie mit erhobenem Zeigefinger. Aber auf seinem Gesicht zeigte sich auch ein Schmunzeln, und so wusste Magdalena, dass dieser Tadel nicht so ernst gemeint war. Nur gut, dass er nicht wusste, womit sie sich am Nachmittag tatsächlich beschäftigt hatte, dachte sie. Nicht auszudenken, wie er reagiert hätte, wenn er wüsste, dass sie die Skulptur einer nackten Frau vom Kaminsims ihres Musiklehrers gestohlen hatte und oben in ihrem Zimmer immer wieder liebkoste.

„Ich werde mir dann mal die Tagesschau ansehen", sagte ihr Vater, betupfte sich den Mund mit einer Serviette und erhob sich dann schwerfällig vom Stuhl. Mit seinem Übergewicht fiel ihm jede Bewegung schwer. Schon oft hatte er versucht, wenigstens ein paar Kilogramm abzunehmen. Aber das Essen seiner Frau schmeckte ihm einfach zu gut, als dass er die Diäten hätte konsequent durchhalten können. „Geh du nur nach oben", wandte er sich erneut an seine Tochter, „ich denke, dass deine Mutter den Abwasch auch alleine schafft."

„Natürlich", nickte Magdalenas Mutter ihrer Tochter aufmunternd zu, „wenn du so viel für die Schule zu tun hast und so fleißig bist, da will ich dich nicht von der Arbeit abhalten. Ich komme dann später noch zum Gute Nacht sagen."

Magdalena beeilte sich, nach oben in ihr Zimmer zu kommen. Jeder anderen jungen Frau in ihrem Alter wäre es sicherlich aufgefallen, dass sie sich von ihren Eltern nach wie vor behandeln ließ wie ein kleines Mädchen, obwohl sie seit einem halben Jahr volljährig war. Aber Magdalena machte sich darüber keine Gedanken. Was sicherlich auch daran lag, dass sie keine wirklichen Freunde hatte, mit denen sie sich hätte austauschen können. Mit ihren Klassenkameraden traf sie sich nur, wenn es galt, eine Hausaufgabe als Gruppenarbeit zu erledigen. Aber noch nie war sie von ihnen freiwillig aufgefordert worden, sich ihnen anzuschließen. Vielmehr losten ihre Lehrer die Gruppen aus, und so stieß sie immer nur auf zufällige Weise zu einer Arbeitsgruppe. Magdalena störte sich nicht an den genervten Blicken ihrer Mitschüler, wenn ihre Lehrer ihren Namen deren Gruppe zuordneten. Das kannte sie nicht anders. Schon in der Grundschule war sie immer die Außenseiterin gewesen. Damals hatte es sie noch traurig gemacht, immer alleine zu sein und in ihrer stillen und besonnenen Art von niemandem wirklich gemocht zu werden. Aber irgendwann waren die ständigen Hänseleien ihrer Mitschüler an ihr abgeprallt. Denn sie hatte begriffen, dass der einzige Freund, den man auf dieser Welt brauchte, der Herr Jesus war. Und so hatte sie sich, genau wie ihr Vater, ganz dem Glauben hingegeben und war, statt mit anderen jungen Menschen in die Disco, lieber mit ihm in den Bibelkreis gegangen. So hatte sie gelernt, in Demut und in Ehrfurcht vor Gott durchs Leben zu gehen. Ihm zu Ehren würde sie, wie ihr Vater es für sie vorgesehen hatte, Ende des Jahres, gleich nach dem Abitur, ein Theologiestudium aufnehmen. Ja, ihre Vorsehung war es, die frohe Botschaft des Herrn in der Welt zu verbreiten. Und darauf freute sie sich.

Als Magdalena ihr Zimmer betrat, war sie fest entschlossen, sich nun tatsächlich ihren Hausaufgaben zu widmen. Es gab viel zu tun. Das Lernen fiel ihr nicht besonders leicht. Aber das, was andere an Intelligenz mitbrachten, hatte sie durch ihren Fleiß wieder wettgemacht. Dadurch hatte sie schon immer zu den besten Schülern ihrer Klasse gezählt, was sie bei den Kameraden nicht eben beliebter machte.

Sie setzte sich an ihren Schreibtisch und fuhr den Computer hoch. Für ihre Geographie-Hausaufgabe sollte sie im Internet recherchieren, was … ja was auch noch? Mit gerunzelter Stirn griff Magdalena in ihre Tasche, um ihr Hausaufgabenheft herauszuholen, das sie nach wie vor gewissenhaft führte – und erstarrte. Denn anstelle ihres Heftes spürte sie etwas Kaltes, Hartes. Danaide! Eine seltsame Erregung erfasste sie, als sie die kühle Härte des Marmors erspürte. Das geht nicht, rief sie sich selbst zur Ordnung, das darfst du nicht! Aber es war zu spät. Nur wenig später ließ sie ihre Hände wieder den Rücken der Skulptur hinunterwandern, bis hin zu der Stelle, vor der ihr Vater sie doch so eindringlich gewarnt hatte, da hier jede Berührung Sünde sei.

2

Katharina Eckstein sah ihren Sohn über den Rand ihres Whiskeyglases hinweg mit gerunzelter Stirn an. Er sah übernächtigt aus, hatte tiefe dunkle Ringe unter den Augen. Seine Haut hatte eine ungesunde Blässe, aus der vereinzelt kleine rote Pusteln wie winzige Feuerbälle hervorstachen. Nervös kaute er auf seiner Unterlippe herum. Es schien ihm mit jedem Tag schlechter zu gehen. Sie seufzte. Niemals würde sie sich an den Gedanken gewöhnen, dass er Pastor geworden war. Damals, als er verkündet hatte, unbedingt Theologie studieren zu wollen, hatte sie das für einen guten Witz gehalten und laut aufgelacht. Doch war ihr das Lachen schnell im Halse stecken geblieben. Denn sein missbilligender Gesichtsausdruck hatte ihr deutlich zu verstehen gegeben, dass er für diesen Heiterkeitsausbruch keinerlei Verständnis hatte. „Mama", hatte er fast drohend gesagt, „ich werde mein Leben der Theologie widmen, ob du es nun für gut befindest oder nicht."

„Für so etwas …", hatte sie sofort angefangen zu zetern, aber er hatte ihr mit einer harschen Bewegung seiner Hand das Wort abgeschnitten. „Das weiß ich schon", hatte er genervt gesagt, „ich werde mir mein Studium selber finanzieren. Ich kenne deinen Hass auf jegliche Art von Religion …"

„Auf jegliche Art der *christlichen* Religion, mein Junge."

„Ja, der christlichen Religion dann eben. Darum will ich dir auch nicht zumuten, dein mühsam … erwirtschaftetes Geld für meine Ausbildung zum Pastor zu vergeuden."

Bei seinem beinah gequält herausgequetschten *mühsam erwirtschaftetes Geld* war sie kurz zusammengezuckt. Er wusste, dass sie in jungen Jahren ihren Körper verkauft hatte, um ihn, Jonathan, und sich über die Runden zu bringen. Nicht, weil sie es unbedingt so gewollt hatte. Nein, vielmehr hatte das Leben ihr keine andere Wahl gelassen. Die sechziger Jahre waren wilde Zeiten gewesen. Und sie als noch blutjunges Mädchen von 16 Jahren mitten drin. Ja, sie hatte sie genossen, die Freiheit, von der noch wenige Jahre zuvor keiner auch nur ansatzweise zu träumen gewagt hatte. Sie hatte das Leben genossen, die ausgelassenen Partys, die aufgeheizten Demos, die endlosen politischen Diskussionen – den befreienden Gruppensex. Letzterer war nicht ohne Folgen geblieben. Doch auch die Feststellung, dass sie schwanger war, hatte sie noch mit einem fröhlichen Lachen zur Kenntnis genommen. Ein neuer Erdenbürger, umsorgt, behütet und geliebt von der großen Familie, die sich in Hamburg zu einer Kommune zusammengeschlossen hatte – was konnte es Schöneres geben?

In den ersten zwei Jahren nach der Geburt des kleinen Jonathan hatte das Leben in der Gemeinschaft auch noch ganz gut funktioniert. Dann aber hatten sich plötzlich ihre Mitbewohner anders orientiert, hatten die Kommune verlassen, sich wieder ihren gelernten Berufen gewidmet, später dann Familien gegründet. Vater, Mutter und zwei Kinder. Sie lebten auf einmal genau das Spießerleben, gegen das sie sich nur wenige Jahre zuvor noch so vehement aufgelehnt hatten. Und sie, die immer noch blutjunge Katharina? Sie war damals mit Abstand die jüngste unter den Kommunarden gewesen, ihr um zehn Jahre älterer Cousin hatte sie in diesen Kreis eingeführt. Alle hatten sie herzlich aufgenommen, und sie fasste es damals als Privileg auf, von den älteren und erfahrenen Männern, die zum Teil ihr vierzigstes Lebensjahr bereits überschritten hatten, in die Geheimnisse der Sexualität eingeführt zu werden. Heute wusste sie natürlich, dass diese Männer dies wohl nicht ganz uneigennützig taten. Heiße Lenden zwischen blutjungen Schenkeln. Die Gelegenheit war günstig gewesen, und diese Männer hatten sie weiß Gott ausgiebig genutzt und genossen; selbst dann noch, als sie schon hochschwanger gewesen war.

Dann aber, praktisch von einem Tag auf den anderen, waren sie gegangen. Und keiner von ihnen hatte sich für Katharina und ihren kleinen Jonathan verantwortlich gefühlt. Es stehe ja schließlich gar nicht fest, wer der Vater ihres kleinen Bastards sei, hatte es geheißen, und daher sehe man sich ihr gegenüber auch zu nichts verpflichtet. Denn: Hatte sie es nicht selbst am allermeisten genossen, dass man sie sexuell begehrte? Hatte sie denn nicht bereitwillig ihre Schenkel geöffnet und mit lustvollem Stöhnen um sexuelle Erfüllung gebettelt? Bestimmt werde sie auch ohne ihre alten Kameraden ihr Leben meistern, schließlich stünden den jungen Leuten doch heutzutage alle Wege offen.

Nun, dies hatte zwar für einen Großteil der jungen Leute auch tatsächlich gegolten. Nicht aber für eine alleinstehende junge Mutter mit Kind, die die Schule abgebrochen und keinerlei Ausbildung vorzuweisen hatte. Nachdem auch ihre Eltern nicht bereit gewesen waren, sie und *diesen abscheulichen Bastard* wieder bei sich aufzunehmen, war Katharina letztlich nichts anderes geblieben, als das zu machen, was sie konnte: Männern sexuelle Befriedigung zu verschaffen. Zehn lange Jahre hatte sie es gemacht, bis einer ihrer Freier sie schließlich hatte heiraten wollen. Da sie keine andere Wahl hatte, stimmte sie zu.

Sicher, ihr Mann, Dietrich, war ein guter Mann gewesen. Ihr und ihrem Jungen hatte es an nichts gefehlt. Doch hatten sie sich nie geliebt. Sein Interesse hatte ausgefallen Sexpraktiken gegolten, zu denen sie, wie er am eigenen Leib in ihrer Zeit als Prostituierte mit Entzücken zur Kenntnis genommen hatte, gerne bereit war, solange es dafür eine angemessene Entlohnung gab. Und das war dann auch der Deal gewesen: Sie beschaffte ihm, wann und wie immer er es wollte, sexuelle Befriedigung, im Gegenzug gab er ihr und ihrem Sohn ein gesichertes Dasein. Das hatte bis zu seinem Tod vor fünf Jahren bestens funktioniert. Zwar war sie nach und nach einer Alkoholsucht verfallen, weil sie die von ihm geforderten Praktiken in nüchternem Zustand nur schwer hatte ertragen können. Aber damit konnte sie leben. Und auch ihrem Sohn, so glaubte sie, hatte es nie geschadet. Denn war er nicht eigentlich ein ganz reizender junger Mann geworden? Aber Theologie – nein, das musste doch nun wirklich nicht sein!

Kein Mensch würde ihr glauben, wenn sie der Öffentlichkeit eines Tages erzählen würde, wie viele Priester, Pfarrer und Mönche damals unter ihren Kunden gewesen waren, evangelische wie katholische, verheiratet oder dem Zölibat verpflichtet, kinderreich oder – zumindest offiziell – kinderlos. Bei ihr hatten sie gesucht, was sie zu Hause nicht bekamen. Und sie hatte es ihnen gegeben. Seither wusste sie, dass es wohl kaum eine Berufsgruppe auf dieser Welt gab, die sich so ausgiebig der Heuchelei hingab, wie die angeblich so keuschen und gottesfürchtigen Theologen der Christenheit.

Nach dem Tod ihres Mannes verließ sie die Großstadt, kaufte im ostfriesischen Emden ein kleines Häuschen und genoss ihre neu gewonnene Freiheit. Hier hatte sie ihre Ruhe, und keiner verlangte von ihr irgendwelche abartigen Dinge.

So hätte sie rundherum zufrieden sein können, wenn sie sich nicht ständig über Jonathans Lebenswandel hätte Sorgen machen müssen. Dabei war es ihr geringstes Problem, dass ihr Sohn sich ganz offensichtlich zu Männern hingezogen fühlte. Eigentlich hatte sie damit sogar überhaupt kein Problem. Sollte doch ein jeder nach seiner Fasson glücklich werden. Allein, er war es nicht. Im Gegenteil schien er sogar ziemlich unglücklich zu sein, weil ihm sein Lover zwar ewige Liebe schwor, ihm deswegen aber noch lange nicht treu war. Jonathan litt ganz furchtbar unter dieser Situation und hatte sogar schon mehrmals damit gedroht, sich etwas anzutun. Und nun saß er erneut hier vor seiner Mutter und weinte bitterliche Tränen.

„Du solltest ein für alle Mal mit diesem Kerl abschließen", sagte Katharina Eckstein nun zu ihrem Sohn, „seit du ihn kennst, macht er dich mit jedem Tag unglücklicher. Eine Beziehung aber sollte doch beide Partner bereichern, glücklich machen, Jonathan."

„Das sagt ja genau die Richtige", brummte der Pastor, der das verquere Verhältnis seiner Mutter zu Dietrich Eckstein noch gut vor Augen hatte.

„Ja. Eben weil ich in meiner Beziehung nie wirklich glücklich war, weiß ich, wie wichtig das ist. Wie lange willst du denn den Eskapaden deines Freundes noch zusehen? Jeder einzelne seiner Ausrutscher tut dir weh, er aber scheint alleine den Lustgewinn im Auge zu haben. Es tut mir leid, das sagen zu müssen, aber deine Gefühle, Jonathan, sind ihm doch völlig egal."

„Er liebt mich, da bin ich mir ganz sicher."

„Dann hat er aber eine tolle Art dir das zu zeigen", knurrte Katharina und nahm einen großen Schluck von ihrem Whiskey.

„Kannst du nicht mal mit der Sauferei aufhören? Das ist ja widerlich!", bemerkte Jonathan verärgert und zog die Stirn in Falten.

„Nein", antwortete seine Mutter knapp und nahm demonstrativ einen weiteren Schluck. „Nicht genug damit, dass er dich betrügt und vor aller Welt zum Affen macht", fuhr sie unbeeindruckt fort, „nein, du sicherst ihm auch noch sein komfortables Einkommen, indem du ihm einen Klavierschüler nach dem anderen vermittelst. Das ist doch in höchstem Maße berechnend und niederträchtig von ihm. Ich weiß wirklich nicht, was du dir dabei denkst, mein Junge. Welche Frau hatte er denn diesmal flachgelegt, als du in seinen Unterrichtsraum kamst?"

Jonathan ließ ein verärgertes Grunzen vernehmen. „Drück dich doch bitte nicht so ordinär aus, Mama."

„Dein Freund Raffael ist ordinär, Jonathan, nicht ich."

Sie seufzte. „Was muss denn noch alles passieren, damit du ihn endlich verlässt?"

„Ich … kann ihn nicht verlassen", antwortete ihr Sohn gepresst, „ich kann es einfach nicht."

„Also, wer war es diesmal?" Katharina hatte nicht vor, ihren Sohn zu schonen. Sie würde ihm den Stachel immer weiter ins Fleisch treiben, und zwar so tief und so lange, bis er endlich begriffen hatte, dass ein Leben ohne diesen Raffael Winter für ihn mehr Vor- als Nachteile hatte.

„Sybille."

„Sybille wer?"

„Sybille Ravensburger."

„Sybille Ravensburger?", rief Katharina mit großen Augen. „*Die* Sybille Ravensburger?" Sie stieß ein heiseres Lachen hervor. „Du lässt es dir gefallen, dass dein Freund es mit dieser … also, wirklich, Jonathan, dein Verstand scheint sich wirklich komplett verabschiedet zu haben. Zumindest aus deinem Kopf."

„Mutter!"

„Mutter!", äffte Katharina ihren Sohn nach. „Jonathan, diese Sybille ist so ziemlich das unattraktivste Frauenbild, das man sich nur vorstellen kann. Sie hat eine … nein, falsch, sie hat gar keine Figur, strähnige, fettige Haare, einen Überbiss …"

„ … und ist zehn Jahre älter als Raffael. Ja, ich weiß das alles, Mama", unterbrach Jonathan sie gequält.

„Dein Freund ist ein Sexomaniac", stellte Katharina mit einem mitleidigen Blick auf ihren noch immer schluchzenden Sohn fest. „Er ist krank. Mann, Mann, Mann, ich hab ja schon vieles erlebt, aber einen, der wirklich alles vögelt, was irgendwo eine Körperöffnung hat … nee, das ist selbst mir noch nicht untergekommen." Katharina schüttelte verständnislos den Kopf.

„Bestimmt ist das nur eine Phase. Er ist noch jung und muss sich …"

„Papperlapapp", fuhr ihm seine Mutter unwirsch in die Parade, „er ist Ende zwanzig. Gut, das sind rund fünfzehn Jahre weniger, als du auf dem Buckel hast. Aber ich glaube nicht, dass du dich in dem Alter so aufgeführt hast wie der. Oder?"

„Nein", rief Jonathan empört, „natürlich nicht!"

„Wäre ja auch noch schöner gewesen, schließlich bist du ja ein … Pfaffe." Das letzte Wort troff vor Verachtung, Katharina hatte es förmlich ausgespuckt. „Und hoffentlich keiner von denen, wie ich sie in allen unheiligen Stellungen dieser Welt erleben durfte."

„Ach, Mama", seufzte Jonathan und fuhr sich fahrig durch sein volles Haar, „ich hatte geglaubt, dass du mir vielleicht ein klein wenig zur Seite stehen würdest in meinem Kummer." Er erhob sich aus seinem Stuhl. Dann wandte er sich, nach einem letzten Blick auf seine Mutter, mit einem Schulterzucken der Haustür zu und ging wortlos hinaus.

„Ich werde dir zur Seite stehen", sagte Katharina an ihr Whiskeyglas gewandt, „ganz bestimmt werde ich das, mein Junge. Aber ganz bestimmt nicht so, wie du es dir vermutlich vorstellst."

3

Nun aber schnell. In gespannter Erwartung hatte Magdalena an diesem Tag ihrem Musikunterricht entgegengefiebert. Würde es ihr gelingen, die kleine, etwa dreißig Zentimeter große Skulptur wieder an ihren Platz auf dem Kaminsims zurückzustellen, bevor ihr Klavierlehrer den Verlust bemerkte? Schon den ganzen Vormittag hindurch hatte sie immer wieder in ihre Tasche gegriffen, um zu schauen, ob Danaide noch da war. Zu unwirklich erschien ihr nach wie vor, dass sie sie einfach eingesteckt hatte. Viel mehr aber noch, dass sie in ihr nie gekannte Gefühlsregungen hervorgerufen hatte. Dieses wohlige Kribbeln, diese sinnliche Erregung waren ihr bisher völlig fremd gewesen. Von freudiger Erwartung war sie immer nur befallen worden, wenn sie ihre Bibel zur Hand genommen, wenn sie dem Wort Gottes gelauscht oder, den Kopf an die breite Schulter ihres Vaters gelehnt, versunken der Musik gottesfürchtiger Komponisten gelauscht hatte.

„Danaide", flüsterte sie ergriffen, während sie mit ihren Fingern über den geschmeidigen Marmor fuhr, „was machst du mit mir?" Sie warf einen Blick auf den Kaminsims. Nichts deutete darauf hin, dass sich irgendetwas verändert hatte. Die Lücke, die die Skulptur hinterlassen hatte, war gar nicht mal so groß. Sie war nur eine unter vielen Dingen, die auf diesem Sims ihrem Platz gefunden hatten. Nein, eigentlich war es geradezu unmöglich, den Verlust der Danaide zu bemerken, wenn man nicht ganz bewusst nach ihr Ausschau hielt.

Magdalena hatte Glück. Raffael Winter war noch nicht da gewesen, als sie bei ihm angekommen war. Sie hatte sich extra beeilt, um etwas früher im Unterrichtsraum zu sein. Sie war sich sicher gewesen, dass ihr irgendwer aus dem Mehrfamilienhaus in der Emder Faldernstraße die Eingangstür öffnen würde, wenn sie auf alle Klingelknöpfe drückte. Und so war es auch gewesen. Gleich mehrmals erklang das Summen des Türöffners, und sie hatte das Treppenhaus ohne Mühe betreten können.

Der Rest war ein Kinderspiel. Denn Raffael Winter hatte ihr verraten, wo er für Notfälle einen Zweitschlüssel für seine Musikräume versteckt hatte. Also kramte sie den Schlüssel aus einer im Treppenhaus stehenden Vase und öffnete die Wohnungstür.

„Danaide", flüsterte sie erneut, als sie sich von der Klavierbank erhob und nach der Skulptur griff, die sie auf dem Instrument abgestellt hatte. Sie zögerte. Nur ein letztes Mal, dachte sie, nur ein allerletztes Mal.

Wie auf einen geheimen Befehl hin legte sie die Hand auf das Abbild der auf dem Bauch liegenden jungen Frau, deren wallendes Haar sich über den harten Stein des Sockels ergoss, auf dem sie, die rechte Gesäßseite dem Betrachter entgegen gewandt, mit angezogenen, leicht gespreizten Beinen ruhte. Doch gerade, als sie, wie so viele Male zuvor, begann, mit geschlossenen Augen ihre Finger vom Kopf der Skulptur, den schlanken Hals hinab bis hin zu den ausladenden Rundungen des Gesäßes wandern zu lassen, spürte sie plötzlich, wie sich eine warme, kräftige Hand auf die ihre legte. Erschrocken fuhr sie zurück, wollte ihre Hand der anderen entwinden, aber je mehr sie zog, desto fester wurde deren Druck.

„Danaide", flüsterte ihr eine bekannte, etwas heisere Stimme ins Ohr, „gefällt sie dir, Lena?"

Magdalena stand wie erstarrt. Er hatte sie erwischt! Raffael Winter hatte bemerkt, dass die Skulptur fehlte, und indem er ihre Hand festhielt, wollte er es ihr deutlich machen. „Bitte", flüsterte sie, „bitte, ich …"

„Ja", hauchte Raffael ihr ins Ohr, „ich weiß. So geht es mir auch. Die schöne Danaide verlangt danach, berührt zu werden. Auf eine ganz besondere Weise berührt zu werden. Von dir, Lena. Und von mir. Von uns gemeinsam." Der Druck seiner Hand ließ etwas nach, und er schien darauf zu warten, dass Magdalena ihm ihre Hand entzog. Aber, so sehr sie es auch wollte, sie konnte es nicht.

Wie mit der Skulptur verwachsen ruhte ihre Hand auf deren Rücken, gefangen in der Wärme einer weiteren, einer starken, männlichen Hand. Ein Schaudern durchfuhr ihren Körper, als Raffael ihre Hand mit der seinen umfasste, und sie ganz langsam den kühlen Körper der Skulptur hinabfahren ließ. Gleichzeit spürte sie eine weitere Hand die Außenseite ihrer Schenkel hinauf gleiten. Ungewollt stöhnte Magdalena auf, als diese Hand ihre Hüfte und schließlich ihre Taille erreichte. Am Brustansatz machte sie kurz halt, wohl um zu sehen, wie sich die junge Frau, die zum ersten Mal in ihrem Leben in dieser Art berührt wurde, verhalten würde. Aber nichts geschah.

Magdalena schien willenlos in dieser Berührung gefangen. Ihr Atem ging schneller. Nein, wollte sie rufen, nein, bitte nicht! Aber ihr Körper gehorchte ihr nicht, sondern streckte sich der starken Hand entgegen.

Sie gab ein erregtes Stöhnen von sich, als Raffaels Hand ihre linke Brust umschloss und mit sanften Bewegungen seiner Finger anfing sie zu kneten. Gleichzeitig erreichte ihre rechte Hand die Scham der Skulptur, die verbotene Zone. Und noch ehe sie sich's versah, spürte sie den sanften Druck, der zuvor noch auf ihrer Brust gelegen hatte, plötzlich zwischen ihren Schenkeln. Wie im Nebel nahm sie wahr, dass Raffaels Hand Knopf und Reißverschluss ihrer Jeans öffnete, sich in ihren Slip schob und anfing, mit seinem linken Mittelfinger die empfindlichste Knospe ihres Körpers zu massieren, während sein Mund an ihrem Ohr lustvolle Worte hauchte.

Magdalena glaubte in brennender Erwartung zu vergehen, immer wieder stieß sie kleine Schreie der Lust aus, hörte sein heiseres Lachen, spürte seine fordernden Bewegungen, seinen Unterleib, der sich in drängenden Bewegungen an ihrem Gesäß rieb, während die kreisenden Bewegungen seines rechten Mittelfingers sich wieder und wieder auf der Scham der Danaide wiederholten.

Die junge, keusche Magdalena hatte längst aufgehört, sich gegen die ekstatischen Reaktionen ihres Körpers zur Wehr zu setzen. In einer erregten, getriebenen Faszination ersehnte sie den Gipfel der Lust, der sich schließlich in einem befreiten Aufschrei Bahn brach. Und so entging es ihr, dass sich auch Raffaels Lebenssaft im selben Augenblick in seine Hose ergoss.

Wie betäubt ließ sich das junge Mädchen auf die Klavierbank niedersinken. Immer noch schwer atmend zog sie wie in Trance am Reißverschluss ihrer Jeans, dann schloss sie den Knopf. Mit einer fahrigen Bewegung strich sie ein paar widerspenstige dunkle Locken aus der Stirn, die sich aus ihrem Pferdeschwanz gelöst hatten. „Du bist wunderschön, Lena", sagte in diesem Augenblick Raffael zu ihr, während er aufstand, nach der Danaide griff und sie auf ihren Platz auf den Kaminsims zurückstellte. „Und du bist jederzeit willkommen, unser Duett zu perfektionieren", fügte er mit einem wissenden Blick auf die völlig verstörte junge Frau hinzu.

„Ich … ich weiß nicht", stammelte Magdalena und erhob sich. „Es war … ich bin … es tut mir leid … Danaide … ich wollte nicht." Sie warf einen verwirrten Blick auf die Skulptur.

„Doch, Lena", sagte Raffael mit einem Lächeln, „du wolltest. Und du hast es bekommen. Ich bringe dich jetzt zur Tür. Und ich verspreche dir, sie nie wieder zu schließen, wenn du hindurchgehen möchtest." Er legte seinen Arm um Magdalenas Schultern und schob sie zum Eingang. „Ich kann dir helfen frei zu sein, Lena. Ich kann dir helfen, du selbst zu sein. Ich freue mich auf morgen."

Magdalena wusste an diesem Abend nicht zu sagen, wie sie nach Hause gekommen war. Dem prüfenden Blick ihrer Mutter entwand sie sich, indem sie ihr nur schnell zurief, sie habe furchtbare Kopfschmerzen und werde sich gleich schlafen legen. Und das tat sie dann auch – nachdem sie ihren Unterleib gründlich gewaschen und dabei erneut den Gipfel der Lust erklommen hatte.

4

Sybille Ravensburger war verwirrt. Und sie war verärgert. In höchstem Maße verärgert. Sie war es durchaus gewohnt, von ihren Mitmenschen schäbig behandelt zu werden. Aber so etwas war ihr ja noch nie passiert! Wütend trat sie zum wiederholten Male gegen ihren Schrank, sodass das Geschirr darin gefährlich schepperte. Aber das scherte sie nicht. Sie war wütend. Wütend auf sich selbst. Aber besonders wütend auf Raffael, ihren Klavierlehrer, dieses Monster.

Vor zwei Tagen noch hatte er ihr gesagt, wie wohl er sich mit ihr fühle. Er hatte Empfindungen in ihr geweckt, die sie bis dahin nicht gekannt hatte. Und er hatte ihr versprochen, dass sie es wieder tun würden. Und dann? Sie hatte extra für ihn ihre neuen, sündhaft teuren Dessous angezogen, um so attraktiv wie möglich zu sein. Sie hatte sich für ihn entkleidet, während er nach nebenan gegangen war. Doch als er sie dann so leicht bekleidet gesehen hatte, war nur ein breites, süffisantes Grinsen auf sein Gesicht getreten, und er hatte gesagt: „Komm, zieh dich wieder an, diesen Anblick kann ja kein Mensch ertragen."

„Bitte, Raffael", hatte sie gejammert, und Tränen waren ihr in die Augen getreten, „du hast doch gesagt, dass wir wieder miteinander …"

„Ach, Sybille", hatte der junge Musiklehrer gelacht und

ihr in die Wange gekniffen, „du bist doch zu mir gekommen, weil du gerne Klavier spielen möchtest. Nun, und genau das wollte ich jetzt mit dir tun. Und was machst du? Nutzt meine kurze Abwesenheit, ziehst dich bis auf die Unterwäsche aus – was, mit Verlaub gesagt, in deinem Fall wirklich keine gute Idee ist – und schmachtest mir erwartungsvoll entgegen."

„Aber vorgestern … es war doch so schön", hatte Sybille mit tränenerstickter Stimme gesagt. „Du hast gesagt, ich gefalle dir. Du hast gesagt, du könntest dir vorstellen, öfter mit mir zusammen zu sein."

Raffael Winter hatte den Kopf geschüttelt. „Aber, du Dummchen, das hatte ich doch aufs Klavierspiel bezogen. Und außerdem hatte ich soeben mein Vergnügen." Er hatte selbstzufrieden grinsend einen Fingerzeig zur Wohnungstür gemacht. „Hast du sie nicht gehört, die Lustschreie der kleinen Unschuld vom Lande? Ich habe zwischen ihren Beinen Tasten zum Klingen gebracht, dass es die wahre Freude war."

„Die … du hast …", hatte Sybille mit einem ungläubigen Blick auf die Tür gestammelt, „dieses kleine Mädchen, das mir gerade entgegenkam … du hast mit ihr geschlafen?"

„Dieses kleine Mädchen, meine liebe Sybille, ist volljährig, auch wenn sie vielleicht nicht so aussieht. Sie ist wunderschön, nicht wahr? Diese Haare, die elfenbeinfarbene Haut, die großen, dunklen Augen!" Raffael hatte in Erinnerung an das soeben Erlebte ein seliges Lächeln aufgesetzt. „Und sie ist … so herrlich unschuldig. Beim nächsten Mal, ich freu mich schon drauf, da werde ich sie … na ja, du weißt schon, was ich meine."

Voller Entsetzen hatte Sybille seinen Worten gelauscht. Er hatte es mit Magdalena getrieben? Mit der heiligen Magdalena, wie sie in der Schule nur genannt wurde? Mit ihrer Schülerin Magdalena, die im Unterricht so strebsam war? Deshalb also hatte sie einen so aufgelösten Eindruck gemacht, als sie ihr im Treppenhaus begegnet war. Ja, sie hatte sie nicht einmal gegrüßt, obwohl sie sich doch sonst vor lauter Höflichkeit gar nicht mehr einkriegte, wenn sie ihren Lehrern begegnete. Und diese kleine, biedere, keusche Unschuld vom Lande sollte hier mit Raffael … mit ihrem, Sybilles, Raffael … das war unmöglich!

„Du lügst", hatte sie zu Raffael gesagt, aber der hatte nur laut gelacht und dabei seine so herrlich ebenmäßigen und weißen Zähne gezeigt.

„Was meinst denn du, warum ich gerade kurz im Nebenraum war und dich nicht an der Tür begrüßt habe, meine liebe Sybille", erwiderte er amüsiert. „Wenn du es unbedingt wissen willst, dann zeige ich es dir. Den großen Fleck in meiner Hose, wo sich …"

„Hör auf", hatte Sybille geschrien und sich die Ohren zugehalten, „hör auf damit!" Dann hatte Raffael ihr lachend ihren Rock und ihre Bluse gereicht, und sie hatte sich beschämt wieder angezogen.

Aber wenn sie dachte, dass die Demütigungen damit zu Ende waren, dann hatte sie sich getäuscht. Denn kaum, dass sie neben ihm vor dem Klavier gesessen und die ersten Tasten angeschlagen hatte, legte er seine Hand auf ihr Knie und ließ sie langsam ihren Schenkel hinaufwandern.

„Soll ich dir zeigen, was ich mit der Kleinen gemacht habe?", hatte er ihr lustvoll keuchend ins Ohr geflüstert.

Natürlich hätte sie sofort seine Hand wegschlagen sollen, ja, sie hätte aufstehen müssen und gehen.

Stattdessen hatte sie bei seiner Berührung das bekannte heiße Brennen wieder eingefangen, das sie schon beim letzten Mal spürte, und sie hatte es geschehen lassen. Gerade, als sie das Gefühl hatte, in dem von ihm entfachten Feuer zu verbrennen, hatte er ihr ins Ohr geflüstert: „Komm, mache es mir mit dem Mund."

Also kniete sie sich vor ihn hin, öffnete seine Hose und nahm sein pralles Glied in die Hände. Sein Stöhnen hatte sie immer weiter angestachelt, sie brachte ihn mit dem Spiel ihrer Zunge zum Höhepunkt und nahm seinen Samen in ihrem Mund auf. Bereitwillig bot sie ihm dann ihre gespreizten Schenkel dar, in der Erwartung, dass er ihr jetzt auf die gleiche Art Befriedigung verschaffen würde. Doch hatte er sie nur ausdruckslos angesehen, seine Hose wieder zugeknöpft, sich in Richtung Klavier gewandt und gesagt: „Komm, Sybille, wir waren mit dem Stück noch nicht ganz durch. Du solltest dich nicht immer ablenken lassen, wenn du lernen willst, Klavier zu spielen."

Sybille traten bei dieser Erinnerung Tränen der Wut und der Scham in die Augen. Was, wenn er überall herumerzählen würde, wie sehr er sie gedemütigt hatte? Was würde passieren, wenn es jemand in ihrer Schule erfuhr, ihre Kollegen, ihre Schüler? Sie würde nicht nur die Schule, sondern auch die Stadt verlassen müssen. Ja, Raffael Winter war in der Lage, sie zu vernichten. Und selbst, wenn sie alles abstritt, dann war da immer noch dieses kleine Flittchen, ihre Schülerin Magdalena Fehnkamp. Magdalena hatte sie gesehen, wie sie den Unterrichtsraum betreten hatte. Und mit Sicherheit würde es ihr ein Vergnügen sein, dies auch überall herumzuerzählen. Ach, sie hörte schon das Getuschel, sah schon die belustigten Blicke, die man ihr in der Schule zuwerfen würde!

Und selbst, wenn sie es Magdalena mit gleicher Münze heimzahlte, was würde es nützen? Sie war ein junges und bildhübsches Mädchen. Sybille würde alles dafür hergeben, eine solche Figur zu haben. Und diese Haare! Lange, dunkle, glänzende Locken. Ja, die Haare von Magdalena waren ein einziger Traum. Und ein jeder würde Verständnis für Raffael Winter aufbringen, dass er sie begehrenswert fand und ihr den Hof machte.

Aber bei ihr, Sybille, würden sie fraglos sofort erkennen, dass sie von dem Musiklehrer zum Narren gehalten worden war. *Seht mal an*, würden sie sagen, *da hat er ihr aber mal gründlich gezeigt, wie unattraktiv sie ist. Mit der würde ich es auch nicht treiben wollen, so fett und nichtssagend, wie die ist.* Vermutlich würden sie Magdalena noch auf die Schulter klopfen und sie beglückwünschen, dass nun auch sie es endlich geschafft hatte, ihr Mauerblümchendasein aufzugeben.

„Aber", hatte Sybille eine plötzliche Eingebung, die ihr ein kehliges Lachen entrang und ihr ein fast dämonisches Grinsen aufs Gesicht zauberte, „die Kleine hat ja auch noch einen Vater." Und so, wie sie den auf Elternabenden und bei Elternsprechtagen in den letzten Jahren erlebt hatte, würde der sich über die Eskapaden seiner Tochter ganz bestimmt nicht freuen. Er, der sich einbildete, eine Tochter mit angeborenem Heiligenschein in die Welt gesetzt zu haben. Nun, diesem ach so gottesfürchtigen Fatzke würde sie mal anrufen. Mal sehen, was dann passieren würde. Ganz sicher würde die heilige Magdalena ihren Klavierlehrer nie wiedersehen. Ein klarer Punktsieg für sie, Sybille.

Aber, was würde ihr dieser Sieg nützen, außer der Gewissheit, dass Raffael es nicht mehr mit Magdalena trieb? Schließlich konnte Sie selbst sich doch nun auch nicht mehr bei ihm blicken lassen.

Sybilles Blick fiel auf die Sammlung mittelalterlicher Waffen, die an der Wand ihres Wohnzimmers hingen und Erbstücke ihres Vaters waren. Die scharfen Klingen blitzen im Sonnenlicht. Sie schüttelte langsam den Kopf. Nein, es würde nicht reichen, nur die kleine Magdalena auszuschalten. Raffael würde schnell Ersatz finden, und wieder wäre es eine andere Frau, die mit ihm das erleben durfte, was sie, Sybille, sich doch so sehr ersehnte. Also musste eine andere Lösung her. Und ihr war soeben eine Idee gekommen, wie diese aussehen konnte.

5

Magdalena hatte Mühe sich zu konzentrieren. Und das lag nicht nur daran, dass sie in Gedanken ständig bei Raffael Winter war. Vielmehr war sie in höchstem Maße irritiert. Soeben hatte sie ihre Deutschklausur zurückbekommen, eine Analyse von Goethes Faust. Eigentlich hatte sie angenommen, dass ihr diese Arbeit sehr gut gelungen sei, wie alle anderen Deutschklausuren zuvor auch. Textanalysen fielen ihr gemeinhin leicht, schließlich hatte sie von Kindesbeinen an tagtäglich mit ihrem Vater eine intensive Bibelexegese betrieben und somit schon sehr früh ein Gefühl für die Interpretation von Texten bekommen. Nun aber stand mit nur fünf Punkten erstmals ein *Ausreichend* unter ihrer Arbeit.

Gedankenverloren blätterte Magdalena in dem Stapel Zettel herum, den ihr die Lehrerin soeben mit einem süffisanten Grinsen auf den Tisch geworfen hatte. Mit gerunzelter Stirn las sie die Anmerkungen, die ihre Lehrerin mit rotem Fineliner an den Rand ihrer Ausführungen geschrieben hatte.

Der arme Goethe würde sich im Grabe herumdrehen, wenn er diesen abenteuerlichen Gedankengang zu lesen bekäme stand beispielsweise an einer Stelle und *Finden Sie diese Behauptung nicht sehr anmaßend?* an einer anderen. Und was sollte eigentlich diese Randbemerkung bedeuten: *Die Emotionen zwischen Mann und Frau sind ein Spiel, bei dem man sich leicht die Finger verbrennt, ich mahne zur Vorsicht!*

Aber genau darum war es in der Aufgabe doch gegangen, dachte Magdalena und schüttelte den Kopf. *Analysieren Sie das emotionale Verhältnis, das sich zwischen Faust und Gretchen entwickelt.* Nun, nichts anderes hatte sie doch getan. Schließlich war an der Aufgabe nichts misszuverstehen. Genau mit solch einer Aufgabenstellung hatte sie auch gerechnet und im Vorfeld der Klausur intensiv darüber im Internet recherchiert. Wo also war das Problem?

„Frau Ravensburger", wandte sie sich an ihre Lehrerin, die gerade dabei war, den Notenspiegel mit Kreide an die Tafel zu schreiben, „hätten Sie nach dem Unterricht vielleicht noch Zeit, mit mir meine Klausur durchzusprechen? Ich verstehe da so einiges nicht."

Als sie die Stimme Magdalenas vernahm, hielt Sybille Ravensburger abrupt in ihrer Bewegung inne und drehte sich dann langsam, fast wie in Zeitlupe, zu ihrer Klasse um. Sie kräuselte ihre Lippen und sagte dann gedehnt: „Nein, Magdalena, dazu habe ich leider überhaupt keine Zeit. Wenn Sie Fragen haben, dann reichen Sie diese doch bitte schriftlich bei mir ein. Vielleicht kümmere ich mich dann darum."

Nach diesen Worten herrschte im Klassenraum für einen langen Moment Grabesstille. Zweiundzwanzig erstaunte Gesichter starrten erst die Lehrerin, dann Magdalena, deren Gesicht feuerrot angelaufen war, mit offenem Mund an. Dann erhob sich ein Raunen, das von Sekunde zu Sekunde lauter wurde, bis es schließlich in einem aufgeregten verbalen Austausch über alle Schulbänke hinweg mündete.

„Ruhe", brüllte Sybille Ravensburger und klatschte in die Hände, „ich wüsste nicht, was es hier plötzlich so lautstark zu diskutieren gibt!"

„A-aber", stammelte Magdalena, die immer noch nicht fassen konnte, was ihre Lehrerin soeben gesagt hatte, „ich wollte doch nur … ich verstehe nicht …"

„Nun", wurde sie von ihrer Lehrerin unterbrochen, „den Eindruck hatte ich beim Durchlesen Ihrer Klausur allerdings auch."

Im Klassenraum schwoll ein kurzes Gelächter an, das aber wiederum schnell erstauntem Gemurmel wich. „Na, Magdalena", sagte ihr Klassenkamerad Christian spitz, „war wohl nicht ganz dein Thema, die Liebe, oder?"

Lautes Lachen war die Folge, und Magdalenas Banknachbarin Jantje fügte höhnisch hinzu: „Was will man als heiliges Mauerblümchen auch mit solch einem Schweinkram anfangen, wie er zwischen Faust und Gretchen läuft. Ist doch logisch, dass unser Wunderkind da nicht mehr mithalten kann."

„Wer weiß", wedelte Sybille Ravensburger mit erhobenem Zeigefinger, „stille Wasser sind bekanntlich tief und – steckt nicht womöglich auch in jeder Magdalena ein heimliches Gretchen?"

Magdalena traten angesichts des lauten Gelächters ihrer Kurskameraden die Tränen in die Augen. Gerade überlegte sie, einfach aufzustehen und zu gehen, als die Pausenglocke läutete. Schnell warf sie ihre Sachen in die Tasche und verließ dann hastigen Schrittes den Raum. Sie rannte in die Mädchentoilette, wo sie sich in eine der Kabinen einschloss und ihren Tränen freien Lauf ließ. Sie verstand die Welt nicht mehr. Warum nur war Frau Ravensburger, die bisher immer so anständig zu ihr gewesen war, plötzlich so gemein? Was hatte sie, Magdalena, denn falsch gemacht? Hatte sie mit ihren Ausführungen zum Faust wirklich so daneben gelegen? Aber selbst wenn, dann war das doch immer noch kein Grund, sie in dieser Weise vor dem ganzen Deutschkurs bloßzustellen!

Magdalena zog ein Taschentuch aus ihrer Tasche und schniefte hinein, nachdem sie sich damit über die tränennassen Augen gewischt hatte. Sie wollte so schnell wie möglich zu Raffael, der würde sie ganz bestimmt trösten. Aber sie hatte nicht den Mut, so verheult, wie sie war, durch die Gänge zu laufen. Also würde sie warten, bis es draußen ruhig wurde. Gott sei Dank war der Unterricht für heute beendet. Unmöglich hätte sie noch weiterhin daran teilnehmen können.

Sie kramte in ihrer Tasche, um nach weiteren Taschentüchern zu suchen. Dabei fiel ihr Blick auf ein Foto von Raffael, das sie heimlich aus seinem Unterrichtsraum hatte mitgehen lassen. Der Anflug eines Lächelns flog über ihr Gesicht, als sie sich an die letzten Tage erinnerte. An jedem Mittag war sie gleich nach der Schule zu ihm gegangen. Ihren Eltern hatte sie erzählt, Raffael wolle sie auf ein Konzert vorbereiten, deshalb würden sie ihre Übungsstunden intensivieren.

Magdalena grinste. Intensiviert hatten sie ihre Zusammentreffen tatsächlich, aber auf eine ganz andere Weise, als ihr Vater vermutete. „Nun", hatte der zu ihr gesagt, „ich sehe schon, dass wir mit diesem Raffael Winter einen wirklich guten Griff getan haben, dem guten Pastor sei Dank. Er scheint dein großes Talent erkannt zu haben, Magdalena, und wird dich zu einer großen Pianistin machen. Das ist zu deinem Theologiestudium sicherlich eine hervorragende Ergänzung. Schließlich gilt es den Herrn Jesus auch musikalisch zu lobpreisen. Ich bin sehr stolz auf dich, mein Kind, wirklich sehr stolz!"

Magdalena spürte, wie ihr bei dieser Erinnerung das Blut in den Kopf stieg. Ihr armer Vater! Sie wollte ihm nicht wehtun, ihn nicht belügen. Mit aller Kraft hatte sie versucht, ihre Gedanken von Raffael abzulenken. Geradezu inbrünstig hatte sie immer wieder, Tag und Nacht, zu Gott dem Herrn gebetet, er möge sie von den sündigen Gedanken und Gefühlen erlösen, die sie übermannten, wenn sie den Namen Raffael auch nur hörte.

Aber alles Betteln und Beten half nichts. Raffael war zu einem festen Teil ihrer Gedanken, ja ihres Körpers geworden. An jedem Tag hatte sie sich vorgenommen, nach der Schule nach Hause zu gehen und ihren Eltern zu sagen, dass sie ihren Klavierunterricht aussetzen würde, weil sie die Schule so kurz vor dem Abitur zu sehr in Anspruch nahm. Doch ihre Beine hatten ihr nicht gehorcht, sondern immer wieder den Weg in die Faldernstraße eingeschlagen. Inzwischen wartete er schon auf sie, hielt immer eine neue Überraschung für sie bereit.

In Erinnerung an die gemeinsamen Stunden, die sie mit Raffael verbracht hatte, spürte Magdalena wieder dieses heiße Kribbeln zwischen ihren Beinen, das sie nun schon so gut kannte. Ihr Musiklehrer hatte sie in die Geheimnisse der körperlichen Liebe eingeführt, hatte ein Verlangen in ihr geweckt, von dem sie nicht einmal geahnt hatte, dass es in ihr schlummerte.

Schon der Gedanke an Raffael reichte aus, um in ihr ein loderndes Feuer zu entfachen. Jede Faser ihres Körpers verlangte nach seinen Händen, nach seiner Berührung, seinen Küssen – und vor allem nach seiner harten Männlichkeit. Bereits, als sie am Tag nach ihrem ersten sexuellen Erlebnis bei ihm eingetroffen war, hatte sie ihm nicht verheimlichen können, wie sehr ihr Körper ihn begehrte. Kaum, dass die Tür hinter ihr ins Schloss gefallen war, hatten sie sich die Kleider vom Leib gerissen, waren zu Boden gesunken, und er hatte sie mit einer Leidenschaft genommen, dass es ihr den Atem raubte. Sie beide hatten schon so sehr in Flammen gestanden, dass sie sich keine Zeit zum Vorspiel ließen, sondern Raffael sogleich mit harten Stößen in sie eindrang. Nur ganz vage hatte sie einen kurzen, stechenden Schmerz verspürt, ihr schier unerträgliches Verlangen jedoch gewann sofort wieder die Oberhand. „Oh mein Gott", hatte Raffael lustvoll gestöhnt, „du bist so eng, Lena, so herrlich eng." Und jede seiner fordernden Stöße hatte ihr ein geradezu ekstatisches Vergnügen bereitet, bis sie schließlich in einer wahren Explosion gemeinsam den Höhepunkt erreichten.

An diesem Nachmittag hatten sie es immer und immer wieder getan, hatten nicht voneinander lassen können, bis sie schließlich völlig erschöpft nebeneinander einschliefen und erst zu später Stunde wieder aufwachten. Erschrocken hatte Magdalena auf ihre Uhr geschaut. Ihre Eltern würden sich Sorgen machen, wenn sie nicht bald nach Hause käme, obwohl sie am Morgen vorsorglich angekündigt hatte, wegen eines Schulprojektes womöglich erst am Abend zurück zu sein.

Natürlich hatte sie nicht damit gerechnet, tatsächlich so lange Zeit in Raffaels Armen zu liegen. Schließlich sollte er nach ihr auch noch andere Klavierschüler haben. Aber, als er merkte, dass er und Magdalena noch ein wenig miteinander beschäftigt sein würden und ihrer beider Feuer immer wieder aufflammte, hatte er ihnen telefonisch wegen Krankheit abgesagt.

Auf den Gängen der Schule war es ruhig geworden. Magdalena griff nach ihrer Tasche, verließ ihre Kabine, lugte vorsichtig zur Tür hinaus und strebte, nach dem sie niemanden hatte entdecken können, zum Haupteingang.

„Magdalena, warte!", sagte hinter hier eine Stimme, und sie drehte sich widerwillig um. Vor ihr stand ihr Mitschüler Adrian und sah sie prüfend an. „Du hast geweint", stellte er dann fest.

„Ja. Und jetzt kannst du ja gleich zu den anderen rennen und ihnen das mitteilen. Sie werden ihre wahre Freude daran haben", erwiderte Magdalena schnippisch und lief weiter Richtung Straße.

„Das werde ich ganz bestimmt nicht tun", erwiderte Adrian ruhig und fasste sie am Arm, was sie mit einer abwehrenden Bewegung quittierte.

„Jetzt bleib doch mal stehen, Lena", sagte Adrian und trat ihr mit einem ausladenden Schritt in den Weg. „Mann, hör mir doch einfach mal zu. Ich will dich weder ärgern, noch ist dies hier irgendeine blöde Absprache zwischen mir und den anderen. Ich will einfach nur mit dir reden, okay?"

Magdalena schaute ihn mit hochgezogenen Brauen an. Sie wollte auf dem schnellsten Wege zu Raffael, um sich von ihm trösten zu lassen. Was nur wollte dieser Typ von ihr? Und warum nannte er sie auf einmal Lena? Das hatte bisher einzig und allein Raffael getan. „Ich heiße Magdalena", sagte sie kühl, bemerkte aber im gleichen Moment, wie albern das klang.

„Ach sei doch nicht immer so blöd", bemerkte Adrian nun auch.

„Also, was willst du?"

„Mit dir reden, sagte ich doch. Vielleicht", der Junge deute in Richtung der Wallanlagen, die sich hinter dem Johannes-Althusius-Gymnasium erstreckten, „gehen wir einfach mal zusammen in die Stadt einen Kaffee trinken, was meinst du?"

„Du willst mit mir einen Kaffee trinken?" Magdalena war baff. Noch nie hatte jemand ihrer Schulkameraden mit ihr einen Kaffee trinken wollen.

„Ja, kann auch ein Tee sein", grinste Adrian angesichts ihres verdutzten Gesichtsausdrucks.

„Ich wollte eigentlich … ich habe einen Termin", sagte Magdalena schnell.

„Ach was, nun zier dich nicht so. Sonst erfrieren wir hier noch." Demonstrativ schlug Adrian die Arme vor seinem Körper zusammen. Erst jetzt wurde auch Magdalena bewusst, dass sie vor Kälte zitterte. Es war Ende Februar, und hier draußen blies, bei Temperaturen unter null Grad, ein eisiger Wind.

„Also gut. Ich muss nur mal schnell eine SMS schreiben." Sie zog ihr Smartphone aus der Jackentasche und tippte mit flinken Fingern eine Nachricht an Raffael: *Wird heute später, komme in ungefähr zwei Stunden.*

Seite an Seite machten sich Magdalena und Adrian auf den Weg, gingen am Neuen Theater vorbei, über die Kanalbrücke, und dann durch die Wallanlagen immer in Richtung Innenstadt. Zunächst schwiegen sie beide, weil sie nicht so recht wussten, wie sie das Gespräch beginnen sollten. Schließlich aber meldete sich Adrian zu Wort: „Tut mir leid, das heute mit der Ravensburger."

„Echt?", erwiderte Magdalena säuerlich. „Ich hatte eigentlich den Eindruck, dass ihr euch alle köstlich darüber amüsiert habt."

„Quatsch, ich glaube, die waren alle nur so irritiert darüber, wie sich die Ravensburger verhalten hat. Ich meine, das war ja nun wirklich voll krass. Keine Ahnung, warum die auf einmal so blöd zu dir war. Ich meine, die war doch sonst nicht so."

Magdalena zuckte mit den Schultern. „Ja, irgendwas muss da gewesen sein. Aber ich weiß absolut nicht, was ich falsch gemacht habe. Und meine Klausur …"

Adrian unterbrach sie mit einer Handbewegung. „Geschenkt", sagte er. „Ich weiß zwar nicht, warum sie dir eine Vier gegeben hat, bin mir aber sicher, dass du wie immer eine klasse Leistung abgeliefert hast."

Magdalena sah ihn irritiert von der Seite an. Was war denn auf einmal mit dem los? Nicht, dass er jemals blöd zu ihr gewesen wäre. Nein, vielmehr hatten sie noch nie wirklich miteinander gesprochen. Wie alle anderen hatte auch Adrian sie immer ignoriert. Was also trieb ihn dazu, ihr jetzt solche Nettigkeiten zu sagen und mit ihr einen Kaffee trinken zu gehen? Verstohlen musterte sie ihn. Er sah eigentlich ganz nett aus. Ein markantes, recht hübsches Gesicht, in dem zwei dunkelbraune Augen einen interessanten Kontrast zu seinem strohblonden Haar bildeten. Ja, Adrian war ein attraktiver junger Mann, das war ihr bisher noch gar nicht aufgefallen.

„Ich kann dir die Klausur gleich mal zeigen, wenn sie dich interessiert", sagte sie in die entstandene Stille hinein.

„Ja, ich würde sie gerne mal lesen", nickte Adrian. „Ich hab nämlich auch eine Vier, und da können wir die beiden mal vergleichen." Auf seinem Gesicht zeigte sich ein verschmitztes Grinsen. „Nur, im Gegensatz zu dir, bin ich ganz froh, dass ich überhaupt noch im grünen Bereich bin. Hatte den Faust nämlich gar nicht ganz gelesen, war mir irgendwie zu öde. Hab dann einfach ein bisschen rumgeschwallt."

Magdalena nickte nur, erwiderte aber nichts. Nur rumgeschwallt. Das Buch nicht ganz zu lesen, hätte sie sich niemals getraut. Gott sei Dank hatten sie die Klausur geschrieben, bevor sie Raffael kennen gelernt hatte. So hatte sie unendlich viel Zeit im Internet recherchiert und alles über Faust in Erfahrung gebracht, was nur möglich war. Und das war eine ganze Menge. Hm, dachte sie bei sich, sie hatte keine Ahnung, wie es in Zukunft weitergehen sollte. Sie würde nachts arbeiten müssen, wenn sie sich weiterhin mit Raffael traf. Schließlich würde sie in rund sechs Wochen ihre schriftlichen Abiturprüfungen haben. Da konnte sie sich keinen Schlendrian erlauben.

Am Emder Neuen Markt eingetroffen, setzten sich Magdalena und Adrian in eine Kneipe. Magdalena schaute sich interessiert um, sie war noch nie hier. „Ich bin zum ersten Mal hier", sagte sie dann auch. „Und du?"

Adrian sah sie perplex an. „Ob ich hier schon öfter war? Hm. Ich würde sagen, praktisch täglich. Immer, wenn ich mit Mareike und Renke den Unterricht schwänze." In diesem Moment kam die junge Kellnerin, sie bestellten zwei Tassen Capuccino.

„Ihr schwänzt?" Magdalena sah ihn an wie eine Erscheinung.

„Sicher." Adrian runzelte die Stirn und betrachtete das junge Mädchen, das ihm gegenüber nervös auf dem Stuhl hin und her rutschte, aufmerksam. Schon immer hatte er Magdalena auf verstörende Weise attraktiv gefunden. Diese junge Frau war so widersprüchlich, dass sie eigentlich nicht in ein und denselben Menschen hineinpasste. Sie war sicherlich mit Abstand die hübscheste Frau der ganzen Oberstufe. Lange dunkle Locken, große braune Augen, eine Haut wie Elfenbein, eine gerade, zierliche Nase und volle, rote Lippen. Eigentlich hätte sie an jedem Finger zehn Verehrer haben müssen. Wäre da nicht ihre seltsame heilige Art gewesen, die sie so unnahbar und … ja, so langweilig machte. Sie schien sich ihrer Schönheit gar nicht bewusst zu sein.

Andere Mädchen mit ihrem Potenzial hätten sich stundenlang unter intensiver Inanspruchnahme ihres Schminkkoffers herausgeputzt, sie hätten ihre Haare zu tollen Frisuren aufgetürmt und sich mit Klamotten ausstaffiert, die ihre perfekte Figur betonten. Sie hätten Highheels getragen und den Männern mit ihren langen, schlanken Beinen den Kopf verdreht. Nicht so Magdalena.

Sie trug zwar auch modische, wenn auch ein wenig schlichte Klamotten. Ansonsten aber schien ihr Äußeres sie nicht sonderlich zu interessieren.

Aber gerade diese Mischung aus klassischer Schönheit und Mauerblümchen war es, die Adrian so anziehend fand. Ja, insgeheim hatte er sich immer gewünscht, sie mal ein wenig näher kennen zu lernen. Aber er hatte nicht gewusst, wie er sie ansprechen sollte, sie schien an allen Mitmenschen so völlig desinteressiert. Außerdem hätte er sich zum Gespött seiner Mitschüler gemacht, und das hatte er auf keinen Fall riskieren wollen. Heute aber hatte er die Gelegenheit gesehen, sie anzusprechen, als sie so in Tränen aufgelöst aus dem Klassenraum gestürzt war. Ewig hatte er am hinteren Schulausgang auf sie gewartet, weil er wusste, dass sie diesen Weg einschlagen würde, wenn sie nach Hause wollte.

„Du bist ein seltsamer Mensch, Lena", sagte Adrian.

Magdalena überlegte, ob sie angesichts dieser Bemerkung beleidigt sein sollte, aber irgendetwas in Adrians Gesichtsausdruck sagte ihr, dass sie nicht beleidigend gemeint gewesen war. „Also", sagte sie, nicht weiter auf das soeben Gehörte eingehend, und zog ihre Klausur aus ihrer Tasche hervor, „hier ist sie. Kannst sie lesen, wenn du willst."

Adrian legte die Klausur vor sich auf den Tisch und begann zu lesen. Die Kellnerin brachte den Capuccino, doch das nahm er kaum war. Je weiter er im Text vorankam, desto erstaunter wurde sein Gesichtsausdruck. „Lena, ich habe so was noch nie gelesen", sagte er, nachdem er geendet hatte. „Wie machst du das?"

„Wie mache ich was?"

„Na, das hier." Adrian nahm die Zettel und wedelte damit vor ihrer Nase herum. „Das ist genial, Lena, einfach genial. Mein Gott, ich wünschte, ich könnte mich auch nur halb so gut ausdrücken wie du. Und dann der Inhalt ... soll das eine Doktorarbeit sein, oder was?"

„Es ist nur eine Vier, Adrian. So genial kann es also gar nicht sein."

„Quatsch, Vier. Die spinnt, die Ravensburger. Möchte mal wissen, was in sie gefahren ist. Na ja ...", grinste Adrian und schaute Lena von oben bis unten an, redete aber nicht weiter.

„Na ja was?"

„Ich meine, guck sie dir an. Sie hat ein so nichtssagendes Äußeres, dass es schon fast an ein Wunder grenzt, wenn sie überhaupt wahrgenommen wird."

„Meinst du?" Magdalena runzelte die Stirn. Sie hatte sich noch nie Gedanken darüber gemacht, wie Sybille Ravensburger aussah.

Adrian klopfte sich mit der Hand vor die Stirn. „Hallo, Lena! Vermutlich ist sie jedes Mal total neidisch, wenn sie dich auch nur anguckt."

„Wenn sie mich anguckt? Warum das denn?" Magdalenas Augen wurden immer größer.

„Du bist eine Schönheit, Lena. Hat dir das noch keiner gesagt?" Adrian sah sie ungläubig an.

Magdalena schwieg. Sie dachte an Raffael, der sie auch immer *meine Schönheit* nannte. Aber war sie das wirklich?

„Ich glaube es nicht", rief Adrian und brach in ein herzliches Gelächter aus, „vor mir sitzt die schönste Frau von ganz Emden, ach, was sage ich, von ganz Ostfriesland, und weiß es nicht einmal. Du bist seltsam Lena, wirklich seltsam."

Da Magdalena auch jetzt nicht wusste, was sie darauf erwidern sollte, behielt sie ihr Schweigen bei.

„An deiner Stelle würde ich mit dieser Arbeit zum Direktor gehen", sagte Adrian, nun wieder ernst. „Der soll sie sich durchlesen und der Ravensburger dann einen Einlauf verpassen."

„Meinst du?", fragte Magdalena zweifelnd. Sie wollte ungern eine Petze sein.

„Klar. Dass sich Lehrer mal in der Benotung verhauen, geschenkt. Aber das hier", wieder wedelte er mit der Klausur herum, „das ist Schikane. Ja, reine Boshaftigkeit ist das."

„Ich werde darüber nachdenken", sagte Magdalena schwach.

„Ich kann dir meine Klausur zum Vergleich mitgeben, weil die", Adrians Grinsen breitete sich bis zu seinem Ohren aus, „die ist wirklich total scheiße."

Magdalena nippte an ihrem Capuccino. „Ich möchte nur wissen, was Frau Ravensburger plötzlich gegen mich hat. Sie war doch sonst immer so nett."

„Hast du ihr vielleicht den Freund ausgespannt?"

Magdalena wurde puterrot. „Wie … wie meinst du das?"

„Na, das wäre doch ein guter Grund, oder?"

„Hm."

„Hast du eigentlich einen Freund?", fragte Adrian lauernd. Er konnte es sich zwar nicht vorstellen, schließlich war Magdalena als das Mauerblümchen schlechthin verschrien. Aber wer wusste schon, ob es da nicht irgendein heiliges Pendant in ihrem Leben gab. Wurden die

Heiligen sich nicht immer schon gegenseitig bei ihrer Geburt versprochen?

Magdalena spürte, wie ihr Gesicht anfing zu glühen. „Also … ich … da …"

„Da gibt es jemanden?", fragte Adrian, nun wirklich erstaunt.

„Ja. Aber … mein Vater … du darfst es niemandem sagen."

„Ich schwöre." Adrian hob seine Hand zum Schwur.

Magdalena überlegte noch für einen Moment, ob sie Adrian tatsächlich ins Vertrauen ziehen konnte. Schließlich kannte sie ihn doch eigentlich überhaupt nicht. Dann aber gab sie sich einen Ruck. „Mein Musiklehrer. Raffael. Er ist … wir sind …"

„Raffael?", platzte Adrian hervor. „Doch nicht etwa Raffael Winter, oder?"

„D-doch. Kennst du ihn?"

Adrian sah sie besorgt an. „Oh mein Gott", murmelte er dann.

„Was ist denn mit ihm?"

„Lena! Puh!" Adrian fuhr sich nervös durch die Haare. Das konnte doch nicht wahr sein, dass auch Magdalena auf diesen Scheißtypen hereingefallen war! „Ich will dir ja nicht weh tun, aber …"

„Aber?"

„Raffael Winter vögelt mit allem, was nicht bei drei auf den Bäumen ist, hast du das nicht gewusst?"

„Du lügst!" Magdalena spürte, wie eine unsägliche Wut in ihr aufstieg. So was konnte Adrian doch unmöglich über ihren Raffael sagen!

„Kann es sein, dass dich ein gewisser Jonathan Eckstein an ihn vermittelt hat?"

„J-ja, Pastor Eckstein, wieso?"

„Nun, der liebe Jonathan ist der Lover von Winter."

Magdalena blieb das Herz stehen. Ihr Raffael … Jonathan war … nein, nie im Leben! „Das kann nicht sein", keuchte sie aufgebracht, „du musst dich täuschen, Adrian! Raffael ist nicht … er ist nicht *schwul*!" Das letzte Wort hatte sie praktisch ausgespuckt. So etwas Widernatürliches kam ihr nur schwer über die Lippen.

„Da hast du recht", nickte Adrian und nahm einen Schluck von seinem Capuccino, „Raffael ist nicht wirklich schwul, er ist bi. Er treibt es mit Frauen und Männern. Es sollte mich nicht wundern, wenn er es auch mit Kindern treibt, wenn nicht sogar mit Tieren. Glaub mir, Lena. Dieser Typ ist so abartig krank, der gehört in die Klapse, ehrlich."

„Woher … willst du das wissen?" Magdalena war nun sämtliche Farbe aus dem Gesicht gewichen, sie war weiß wie die Wand.

„Ich kenne seinen jüngeren Bruder, Ben. Wir spielen zusammen Basketball."

„Basketball", sagte Magdalena dumpf. Sie fühlte sich, als hätte ihr ein Pferd vor den Kopf getreten. „Aber, wenn es jeder weiß, warum gehen dann trotzdem …"

„Warum er trotzdem so viele Schüler hat?" Adrian lachte auf, aber diesmal klang es bitter. „Er setzt seinen Lover, diesen Jonathan Eckstein unter Druck. Der besorgt ihm die Schüler, dafür schwört Raffael ihm, ihn nicht zu verlassen. Der Eckstein ist so geil auf den Winter, der würde für ihn auch als Selbstmordattentäter durch die Gegend springen, wenn er nur weiterhin seinen Schwanz lutschen … ähm … sorry!" Adrian hatte bemerkt, wie Magdalena bei seinen letzten Worten zusammengezuckt war.

„Aber … Jonathan Eckstein ist Pastor. Er kann doch nicht …"

„Genau das ist es doch, Lena. Kein Mensch, schon gar nicht die gläubige Kundschaft vom Pastor, käme doch auf die Idee, dass der solche Deals macht. Die heiligen Mamis und Papis vertrauen doch ihrem Herrn Pastor … oh, entschuldige!"

„Mein Vater sagt, er sei ein ehrenwerter Mann", flüsterte Magdalena schockiert.

„Siehst du, genau das meine ich."

„Und Ben ist sich ganz sicher, dass …?"

„Was denkst denn du. Raffael prahlt doch ständig damit, wie viele Frauen und Männer er flachlegt. Der führt sogar eine Strichliste, die bei ihm zu Hause an der Wand hängt, sagt Ben."

„Eine Strichliste? Oh, mein Gott!" Magdalena brach in Tränen aus. Wie demütigend! Sie wälzte sich mittags mit Raffael auf dem Boden herum, er schwor ihr ewige Liebe, und schon am Abend war sie für ihn nur noch ein Strich auf einem verdammten Zettel? „Ich bringe ihn um", stieß Magdalena vor Trauer und Wut bebend hervor, „bei Gott, wenn das wahr ist, bringe ich ihn um!"

6

Onno Fehnkamp ruhte in Gott dem Herrn. Meistens jedenfalls. Es gab allerdings Momente, in denen er durchaus sündige Gedanken hegte, zum Beispiel wenn er erkannte, dass einem Menschen – bevorzugt einem Mitglied seiner Familie – ganz offensichtlich Unrecht zuteil wurde. So auch jetzt. Verärgert schob er die Deutschklausur seiner Tochter Magdalena beiseite, die von ihr, wie er fand, nicht nur brillant formuliert, sondern auch inhaltlich und argumentativ bis ins Detail ausgearbeitet worden war.

Ausreichend! Pah! Was hatte sich diese Frau Ravensburger nur dabei gedacht! Diese grobe Fehlbeurteilung alleine hätte ja schon genügt, um ihm den Tag zu verderben. Was sich diese Lehrerin aber darüber hinaus am Telefon erlaubt hatte, das schlug dem Fass wirklich den Boden aus! Voller Verärgerung griff Onno Fehnkamp in die Keksschale, in der sich die letzten Reste des von seiner Frau in Unmengen zubereiteten Weihnachtsgebäcks befanden. Er brauchte jetzt Nervennahrung, und danach würde er weitersehen.

Still vor sich hinkauend führte sich Onno Fehnkamp zum wiederholten Male das Telefonat mit der Lehrerin vor Augen. Zunächst war sie ja noch ganz freundlich gewesen, hatte ihm jedoch sogleich zu verstehen gegeben, dass sie nicht gedenke, Auskünfte zu den Leistungen seiner Tochter zu erteilen, schließlich sei diese schon volljährig und müsse dazu ihr Einverständnis geben.

Volljährig! Sicherlich, Magdalena war seit einigen Monaten achtzehn Jahre alt, aber deswegen doch noch lange nicht erwachsen! Nein, so ein junges Ding hatte doch gar nicht das Potenzial, geschweige denn die Lebenserfahrung, um mit einer solchen Situation angemessen umzugehen. Also musste ihr doch jemand dabei helfen, und wer, bitte schön, sollte dazu besser in der Lage sein, als er, der treu sorgende Vater, der die Sorgen und Nöte seiner Tochter mit Sicherheit besser einzuschätzen wusste, als irgendjemand sonst auf dieser Welt.

Nein, auf diese Art hatte er sich nicht abspeisen lassen wollen und war ein klein wenig deutlicher geworden. Wenn, so hatte er zu Frau Ravensburger gesagt, sie nicht bereit sei, mit ihm über die ungerechte Beurteilung seiner Tochter zu diskutieren, dann sehe er sich leider gezwungen, diese Sache dem Herrn Direktor vorzulegen. Und dann werde sie schon sehen, was sie von ihrer unmöglichen Verweigerungshaltung habe. Denn der Direktor – und das stehe ja schon von vornherein fest – werde selbstverständlich auf einen Blick erkennen, dass es sich bei der falschen Beurteilung seiner Tochter ganz offensichtlich um eine böse Mutwilligkeit der Lehrerin handelte und um entsprechende Korrektur bitten. All das könne man sich jedoch ersparen, wenn sie, Sybille Ravensburger, sich schon jetzt am Telefon bereit erklärte, das *Ausreichend* in eine *Sehr gut* umzuwandeln.

Schweigen. Die Lehrerin hatte auf diese unverhohlene Drohung hin zunächst kein Wort gesagt. Am anderen

Ende der Leitung war lediglich ein schweres Atmen zu hören gewesen. Dann aber hatte sie plötzlich Worte hervorgestoßen, die bei ihm, Onno Fehnkamp, beinahe zu einem Herzanfall geführt hätten, so sehr hatte er sich aufregen müssen.

„Herr Fehnkamp", hatte Sybille Ravensburger mit gepresster Stimme hervorgestoßen, „wenn Sie tatsächlich glauben, dass es sich bei Ihrem Fräulein Tochter um ein unfehlbares Wesen mit Heiligenschein handelt, dann muss ich Sie leider eines Besseren belehren. Unbestritten ist sie eigentlich eine sehr gute und auch fleißige Schülerin. Aber wissen Sie, Schülerinnen in ihrem Alter können sich von einem auf den anderen Tag verändern. Ja, ganz plötzlich scheinen sie nicht mehr sie selbst zu sein."

Sie hatte eine kurze Pause gemacht, in der Onno Fehnkamp die Gelegenheit ergriffen hatte zu sagen: „Was reden Sie da für einen Quatsch, Frau Ravensburger! Magdalena soll nicht mehr sie selbst sein? Also, mal ganz ehrlich, wo nehmen Sie denn bloß diesen Blödsinn her? In ihrem Leben hat sich rein gar nichts verändert, ich meine, sie ist nach wie vor …"

„Oh je", hatte Sybille Ravensburger ihn mit scheinbar verzweifelter Stimme unterbrochen, „da habe ich jetzt wohl … Sie wissen wohl nicht, Herr Fehnkamp … hm …"

„Was weiß ich nicht?", hatte Magdalenas Vater sie cholerisch angebrüllt.

„Dass Ihre Tochter, nun ja … einen, sagen wir mal, eine Art Freund hat?"

Nun war es an Onno Fehnkamp gewesen, für einen langen Moment zu schweigen. Die Worte der Lehrerin hatten ihn in eine Art Schockstarre versetzt. Magdalena hatte einen Freund? Das konnte doch nicht sein! Nicht seine kleine, unschuldige Tochter, die noch nie ein Interesse am anderen Geschlecht bekundet hatte, sondern in aller Demut ein anständiges und gottgefälliges Leben führte.

„Das ist eine infame Lüge!", hatte er von einem Moment auf den anderen losgedonnert; und hätte er Sybille Ravensburger in diesem Moment vor sich stehen gehabt, so hätte er gesehen, wie sie schreckhaft zusammenzuckte. „Und was soll das überhaupt heißen *Eine Art Freund*? Wie soll denn bitte schön solch *Eine Art Freund* aussehen?"

Die Lehrerin hatte gekichert. „Nun, wenn Sie es wirklich genau wissen wollen, Herr Fehnkamp …"

„Ich bitte darum!"

„Na, dann nennen wir es doch mal anders. Gefällt Ihnen vielleicht das Wort Gespiele besser? Oder Liebhaber? Oder vielleicht … Lover?"

Magdalenas Vater hatte nach Luft geschnappt und mit Mühe hervorgepresst: „Niemals! Niemals hat meine Magdalena einen … Geliebten! Für diese infame Lüge werde ich Sie …"

„Sagt Ihnen der Name Raffael Winter was?", war er von seiner Gesprächspartnerin unterbrochen worden.

„Raffael Winter? Ist das nicht …"

„Genau. Magdalenas Musiklehrer. Sie können mir glauben, Herr Fehnkamp", wieder hatte Sybille Ravensburger albern gekichert, bevor sie weiter sprach, „es sind ganz bestimmt nicht die Tasten des Klaviers, die dieser Winter bei Ihrer Tochter zum Klingen bringt."

„Infame Lüge!", hatte Fehnkamp geschrien. „Was fällt Ihnen ein, mir gegenüber solch unflätige Behauptungen aufzustellen! Herr Winter wurde mir von unserem Herrn Pastor, Jonathan Eckstein, wärmstens empfohlen. Er …"

„Wärmstens, soso", hatte das Kichern am anderen Ende der Leitung zugenommen, „ja, das kann natürlich sein. Schließlich ist Pastor Eckstein bekanntermaßen ja ein warmer Bruder, ein äußerst warmer sogar."

„Was soll das heißen, *Warmer Bruder*?", hatte Fehnkamp irritiert nachgehakt. Er hatte diesen Ausdruck noch nie gehört.

„Er ist schwul, Herr Fehnkamp, stockschwul."

Das hatte gesessen! Vor lauter Schreck hatte sich Magdalenas Vater auf seinen Stuhl zurücksinken lassen, von dem er im Laufe des Gesprächs aus lauter Empörung heraus hochgeschossen war. „D-das ist nicht wahr", hatte er gestammelt und dann mit deutlich festerer Stimme hinzugefügt: „Sie sind eine ganz infame Person, Frau Ravensburger. Ich werde Sie …"

„Sie werden mich was?", hatte Sybille Ravensburger spröde erwidert. „Anstatt mich hier so anzugehen, sollten Sie sich lieber mal mit Ihrem Fräulein Tochter auseinandersetzen, die, wenn Sie mich fragen, derzeit völlig aus dem Ruder läuft. So, wie die es mit diesem Winter treibt, ist es kein Wunder, dass ihre schulischen Leistungen in letzter Zeit zu wünschen übrig lassen. Sie sollten sie mal sehen. Sie führt sich auf wie eine kleine Nutte, sie …"

Auf diese Worte hin hatte Onno Fehnkamp wortlos den Hörer zurück auf die Gabel seines altmodischen Telefons fallen lassen. Und nun saß er auf seinem Stuhl, denkbar schlecht gelaunt und in der Stimmung, alle Kekse, die noch in der Schale lagen, auf einmal in sich hineinzuschieben.

Nun, dachte er bei sich, was machte es für einen Sinn, sich hier über die unverschämten Worte dieser frustrierten Lehrerin den Kopf zu zerbrechen. Er würde, mit seinen Keksen, in aller Ruhe warten, bis Magdalena nach Hause kam, die mit ihrer Mutter beim Einkaufen war. Er war überzeugt, dass sie auf die böswilligen Anschuldigungen genauso empört reagieren würde wie er selbst. Wie sollte es auch anders sein. Seine kleine, unschuldige Magdalena sollte ein Verhältnis mit ihrem Musiklehrer haben! Eher würde sich ja wohl ein Kamel durchs Nadelöhr ... na ja, auf jeden Fall war das alles undenkbar, völlig undenkbar!

Mit Einkaufstüten schwer beladen standen Magdalena und ihre Mutter rund eine halbe Stunde später in der Haustür. „Stellt die Tüten einfach in die Küche", rief ihnen Onno Fehnkamp aus dem Wohnzimmer entgegen, „ich muss dringend mit euch reden."

Daran, aufzustehen und ihnen die schweren Tüten abzunehmen, dachte er nicht. Hausarbeit war schließlich nicht seine Sache, dafür waren die Frauen zuständig. Nie im Leben wäre er auf die Idee gekommen, seine Frau zum Einkaufen zu begleiten, ihr nach dem Essen beim Aufräumen behilflich zu sein oder gar die Wäsche in die Maschine zu stecken. Undenkbar, dass man sich als Mann mit so etwas befasste, schließlich war diesem von Gott die Rolle des Ernährers und Beschützers zugedacht worden, die er, Onno Fehnkamp, auch sehr gewissenhaft ausführte.

Mit seinem Job als Beamter in der städtischen Verwaltung sicherte er das Einkommen seiner kleinen Familie. Dort, im

Amt für öffentliche Ordnung, hatte er auch seine spätere Frau Gundula kennen gelernt. Gleich nach der Hochzeit hatte sie sich aber selbstverständlich seinem Wunsch gebeugt und darauf verzichtet zu arbeiten. Ja, sie hatte verstanden, worin die Rolle einer Ehefrau bestand und sich nie beschwert. Mit diesem ganzen Emanzengequatsche frustrierter Frauen um Gleichberechtigung hatte sie nie etwas am Hut gehabt, und das war auch gut so. Sie führte ihrem treusorgenden Ehemann den Haushalt, bereitete ihm jeden Abend ein warmes Essen, kam des Nachts ihrer ehelichen Pflicht nach und erzog ihre Tochter zu einem gottesfürchtigen Menschen. Genauso sollte es sein, fand Onno Fehnkamp, und er war ziemlich stolz darauf, dass ihm das alles so gut gelungen war.

„Magdalena", sagte er scheinbar ruhig, nachdem sich seine Frau und seine Tochter zu ihm ins Wohnzimmer gesetzt hatten, „ich habe vorhin mit deiner Lehrerin telefoniert." Er nahm die Deutschklausur vom Tisch, wedelte damit in der Luft herum und sah seine Tochter mit seinem stechenden Blick an.

„Aber, Papa ...", setzte Magdalena leise zu einer Erwiderung an, wurde jedoch sogleich von ihm unterbrochen. „Du brauchst mir nicht zu danken", sagte er in einem Tonfall, als würde er mit einer geistig minderbemittelten Person sprechen, „das ist doch eine Selbstverständlichkeit, dass ich mich für dich darum kümmere."

Ich hasse diese schleimige Art, durchfuhr Magdalena ein Gedanke, über den sie bereits im nächsten Augenblick furchtbar erschrak. Was war das? Noch nie hatte sie etwas so Böses auch nur in Ansätzen über ihren Vater gedacht. Was war nur plötzlich los mit ihr? Sie schluckte. „Papa", startete sie vorsichtig einen neuen Versuch, „das … du hättest das nicht tun müssen, weißt du, ich kann das schon …"

„Ich sagte bereits, dass es eine Selbstverständlichkeit ist, dass ich mich darum kümmere", fuhr er erneut dazwischen, und nicht nur sein Tonfall, sondern seine ganze Körperhaltung bekam nun etwas Drohendes. Er zog den Kopf zwischen die Schultern und stieß geräuschvoll die Luft aus, sodass Magdalena unwillkürlich an einen Stier denken musste, der schnaubend zum Angriff auf den ihn bedrohenden Torero ansetzte, um ihn mit einem gezielten Stoß seiner Hörner zu vernichten.

„Was hat Frau Ravensburger denn gesagt?", mischte sich Magdalenas Mutter ein, die zu Recht befürchtete, dass ihr Mann kurz davor stand, einen seiner berüchtigten Wutanfälle zu bekommen. Und das wollte sie nicht riskieren. Sie warf ihrer Tochter einen beschwörenden Blick zu. Magdalena wusste genau, was sie ihr damit sagen wollte: *Provoziere deinen Vater nicht, denn du weißt, dass er keinen Widerspruch duldet.* Ja, das wusste Magdalena nur zu gut, schließlich hatten ihre Eltern ihr schon als Kleinkind beigebracht, dass eine Frau ihrem Mann keine Widerworte zu geben habe. Und dasselbe gelte für die Töchter. So stehe es schon in der Bibel, und so sei es gut.

„Frau Ravensburger ist eine durch und durch unverschämte Person!", herrschte Onno Fehnkamp seine Frau an, als sei ganz alleine sie Schuld an dieser Tatsache. Nicht nur seine Körperhaltung, sondern auch seine Gesichtsfarbe verhießen nichts Gutes mehr. Gundula Fehnkamp begann innerlich zu zittern. Gleich würde seine Wut wie eine Lawine über sie und Magdalena hinwegrollen. Wie hatte das Kind ihn nur so provozieren können! „Dann … hat sie nicht eingesehen, dass …?", unternahm sie mit ihrer ruhigen, immer leicht zittrigen Stimme einen letzten Versuch auf ihn einzugehen, aber es war zu spät.

„Ein Nutte hat sie unsere Tochter genannt", brüllte er mit hochrotem Kopf in den Raum, „eine *Nutte*! Da hört sich doch wohl alles auf!"

Magdalena fuhr bei diesen Worten der Schreck in die Glieder. Ihr war sofort klar, was ihre Lehrerin damit gemeint haben musste. Ganz langsam begann es sich in ihrem Kopf zu drehen, so, als würde auf dem Rummelplatz eine Achterbahn in Gang gesetzt. Gleichzeitig durchströmte ein Rauschen ihre Ohren, während die Achterbahn Fahrt aufnahm, um sich dann in vollem Tempo mit ihr in den Abgrund zu stürzen. Entsetzt schnappte Magdalena nach Luft. Woher wusste Sybille Ravensburger von Raffael?

„Was hast du mit diesem Raffael Winter zu schaffen?", hörte sie wie durch eine Watteschicht ihren Vater auf sich einbrüllen, aber sie war nicht in der Lage zu antworten. Plötzlich fühlte sie zwei starke Hände, die nach ihren Schultern griffen und anfingen sie zu schütteln. „Sag mir sofort, was du mit diesem Musiklehrer zu schaffen hast, Magdalena!"

„Aber, Onno", hörte sie die weinerliche Stimme ihrer Mutter, „du wirst doch dem Kind nichts tun! So lass uns doch in Ruhe darüber reden! Ich verstehe gar nicht, was hier los ist! Onno, bitte!"

Schwer keuchend ließ sich Onno Fehnkamp zurück in

seinen Sessel fallen. Weniger, weil die flehenden Worte seiner Frau zu ihm durchgedrungen waren, sondern vielmehr, weil er plötzlich Schwierigkeiten hatte, Luft zu bekommen.

„Beruhige dich doch!", sagte seine Frau, die aufgesprungen war und ihm nun in hilfloser Geste über die Schulter strich. Erschrocken stellte sie fest, dass seine Lippen eine bläulich-violette Färbung zeigten. Er musste kurz vor einem Herzanfall stehen.

„Kind, nun sag du mir doch, was los ist", wandte sich Gundula Fehnkamp mit bebender Stimme an ihre Tochter. „Du siehst doch, wie dein Vater sich aufregt. Was ist denn nun mit diesem Raffael Winter?"

Magdalena holte tief Luft. Das Rauschen in ihrem Kopf ließ langsam nach, und auch die Achterbahn verlor an Fahrt. „Ich weiß es nicht", sagte sie dumpf, und ihre eigene Stimme erschien ihr plötzlich seltsam verzerrt. „Ich weiß nicht, was Papa damit meint."

„Du bist … du hast … seine Gespielin bist du, hat diese Frau gesagt. Sie sagt, du … teilst das Bett mit ihm", vernahm sie im nächsten Moment ihren Vater. Nun aber klang er nicht mehr bedrohlich. Vielmehr schien seine Stimme ihre ganze Kraft verloren zu haben und plätscherte wie ein dünnes Rinnsal in den Raum.

„Ist das wahr, Magdalena?", fragte ihre Mutter erschrocken und schlug sich entsetzt die Hand vor den Mund.

Statt einer Antwort fing Magdalena hemmungslos an zu weinen. Verzweifelte Schluchzer durchliefen in Wellen ihren schlanken Körper und sie vergrub das Gesicht in ihren Armen. „Ich habe nichts getan", schluchzte sie schließlich verzweifelt auf, „bitte, ihr müsst mir glauben. Ich habe nichts Unrechtes getan."

Onno Fehnkamp starrte seine Tochter minutenlang mit einen unergründlichen Gesichtsausdruck an, während Magdalenas Mutter mit einem seltsam leeren Blick, der ins Nirgendwo gerichtet schien, immer nur wieder stumm den Kopf schüttelte. „Reiche mir die Bibel", sagte Fehnkamp schließlich zu seiner Frau, was diese umgehend tat. „Schwöre bei Gott, dass du die Wahrheit sagst", raunte er seiner Tochter zu, schob ihr die Bibel auf den Schoß, griff nach ihrer Hand und platzierte sie auf der Heiligen Schrift.

„Ich schwöre", flüsterte Magdalena – und im gleichen Moment wusste sie, dass von diesem Moment an in ihrem Leben nichts mehr so sein würde wie zuvor.

7

Gut gelaunt räumte Raffael Winter ein paar Notenhefte, die er am heutigen Tag für seine Klavierstunden benötigt hatte, ins Regal zurück. Bereits seit Tagen schien ihm – trotz des anhaltend dunklen und eisigen Winterwetters – die Sonne heller zu scheinen, das Essen besser zu schmecken und der Schlaf geruhsamer zu sein als jemals zuvor. Alles in ihm fing an zu jubilieren, wenn er an den einen Menschen dachte, der ihn in jüngster Zeit glücklicher machte, als er es jemals zuvor im Leben gewesen war: Magdalena.

Zugegeben, er wunderte sich angesichts dieser andauernden Hochstimmung ein wenig über sich selbst. Bisher hatte er immer gedacht, dass ihn nichts im Leben glücklicher machen könne als häufiger Sex. Ja, tatsächlich, möglichst zahlreiche sexuelle Kontakte zu haben, schien ihm absolut erstrebenswert zu sein. Denn worüber sonst konnte ein Mensch so viel Anerkennung bekommen, wie über ein reges Sexualleben? Für andere begehrenswert zu sein, von ihnen gerne berührt und liebkost zu werden, gesagt zu bekommen, dass man der beste Liebhaber der Welt sei – konnte es Schöneres geben?

Bereits seit Jahren zehrte Raffael von den ständig neuen Erfahrungen, von den in höchster Erregung gehauchten

Liebesschwüren, von der sinnlichen Befriedigung die ihn durchströmte, wenn er, noch schwer atmend nach der Erfüllung seiner Begierde, erschöpft in sich selbst zurücksank.

Doch nun war plötzlich alles ganz anders. Natürlich hatte er auch mit Magdalena Sex. Und alleine bei dem Gedanken an ihren Körper schoss ihm schon heiß das Blut in die Lenden. Aber er wusste, dass sie, im Gegensatz zu den vielen anderen, viel mehr in ihm berührte als seine Manneskraft. Denn schon ihre alleinige Anwesenheit machte ihn glücklich. Seine Finger durch ihr dichtes Haar gleiten zu lassen, ihr tief in die großen, braunen Augen zu schauen, ihren bedächtigen Worten zu lauschen, ihre schlanken Finger über die Tasten des Klaviers gleiten zu sehen – einfach alles an ihr weckte ein Verlangen in ihm, das tiefer war, als es jeder sexuelle Kontakt alleine zu sein vermochte. Lange hatte er sich gegen diese Einsicht gewehrt, aber schließlich hatte er es eingesehen: Er war verliebt. Verliebt in Magdalena. Wie ein Blitz war diese Erkenntnis durch seinen Körper, seine Seele gefahren. Zunächst hatte er über sich selbst gelacht, sich einen Narren gescholten. Aber schließlich hatte er sich diesem, für ihn völlig neuen Gefühl hingegeben.

Und nun drängte jede Faser seines Körpers danach sie wiederzusehen, sie wieder in seinen Armen zu halten. Den ganzen Vormittag über hatte er immer wieder nervös auf die Uhr geschaut und sich gefragt, wann sie endlich bei ihm eintreffen würde. Inzwischen war es vierzehn Uhr, Magdalena müsste längst unterrichtsfrei haben. Zwei Schülerinnen mittleren Alters und ein junger Schüler hatten an diesem Vormittag neben ihm auf der Klavierbank gesessen und enttäuscht feststellen müssen, dass Raffael keinerlei Interesse an ihrem Körper zeigte, wie er es sonst immer tat.

Extra für ihn hatten sie sich herausgeputzt, hatten teure Duftwasser aufgetragen, sich sogar die Fingernägel maniküren lassen. Doch Raffael hatte es kaum bemerkt. In sich ruhend hatte er sich auf den Unterricht konzentriert und jeden Versuch seiner Schüler auf körperliche Annährung wortlos abgewehrt. Enttäuscht waren sie nach ihrer Unterrichtsstunde wieder nach Hause gegangen, und Raffael wusste nicht, ob er sie jemals wiedersehen würde. Aber das war ihm egal. Ab heute würde alles anders werden.

In seine Gedanken hinein hörte er plötzlich einen Schlüssel in der Wohnungstür. Wer mochte das sein? Raffael spürte, wie sein Herz schneller schlug. Aber als er sah, dass es nicht Magdalena war, sondern Jonathan, der da mit einem Lächeln den Raum betrat, verzog er enttäuscht den Mund.

Jonathan kam auf ihn zu, nahm ihn in den Arm und hauchte ihm einen Kuss auf die Wange. „Ich hatte solch eine Sehnsucht nach dir", flüsterte er und begann, an Raffaels Hosenbund herumzufingern.

Mit einem Räuspern schob Raffael Jonathans Hand zurück. Er war selbst erstaunt, wie sehr ihn Jonathans Berührungen kalt ließen, obwohl dieser bisher einer seiner liebsten Gefährten gewesen war. Ihre Liebesspiele waren stets voller Leidenschaft gewesen, immer hatte sich Jonathan etwas Neues einfallen lassen und ihn mit seinen fest zugreifenden, muskulösen Händen fast zum Wahnsinn getrieben. Heute aber spürte Raffael bei seiner Berührung gar nichts. Im Gegenteil breitete sich sogar ein Gefühl der Abwehr in ihm aus.

Jonathan sah ihn erstaunt an und wich von ihm zurück, als er bemerkte, wie sehr sich Raffaels Körper gegen seine Berührung zur Wehr setzte, ihn förmlich von sich stieß. „Was ist los mit dir?", fragte er mit lauerndem Blick. Und irgendetwas in diesem Blick – er wusste nicht genau zu sagen, was – ließ Raffael erschaudern. „Es ist aus. Ich mache Schluss mit dir", sagte er nach einen erneuten Räuspern und hob entschuldigend die Schultern.

„Wie, es ist aus? Was ist aus?" Jonathan klang scheinbar ruhig, aber Raffael meinte, aus seinen Worten dennoch eine versteckte Warnung herausgehört zu haben. In einer reflexartigen Reaktion hob er abwehrend die Hände. „Jetzt mach kein Drama draus", sagte er beschwichtigend, als er sah, wie Jonathan Tränen der Wut – oder der Trauer? – in die Augen schossen.

„Warum?", fragte Jonathan mit jetzt zittriger Stimme und ließ sich, am ganzen Körper bebend, auf den Boden sinken. „Hab ich was falsch gemacht?"

„Nein, nein, natürlich nicht. Es ist nur so, dass …"

Aber Jonathan ließ ihn nicht ausreden, sondern brachte ihn mit einer fahrigen Handbewegung zum Schweigen. „Ich habe immer alles ertragen, Raffael. Dass du mich betrogen hast, dass du hier", anklagend hatte er mit dem Finger auf die Klavierbank gedeutet, „andere Männer und Frauen gehabt hast. Ja, ich hab sie dir sogar zugeführt, weil ich dachte, dass du schon irgendwann merken würdest, was du an mir hast, wenn du sie alle … ausprobiert hättest."

„Ausprobiert?", sagte Raffael baff. „Du hast sie mir zum Ausprobieren gebracht?" Seiner Kehle entwich ein raues Lachen. „Jonathan, ich wusste bisher wirklich nicht, wie naiv du bist. Ja, sicher, du bist eine echte Granate im Bett, das muss ich schon sagen. Aber, glaube mir, es gab im Laufe der Zeit durchaus echte Konkurrenz. Wenn ich da zum Beispiel an den kleinen, schmalen Konstantin denke, der mich mit seinem jungenhaften Körper … na ja … oder sieh dir die üppige Melanie an, eine wahre Wonne, das kann ich dir sagen."

Raffael bemerkte, wie Jonathans Gesichtsfarbe abwechselnd von aschfahl nach puterrot wechselte, während er ihn mit offenem Mund ungläubig anstarrte.

„Das kannst du nicht tun, Raffael", keuchte er, „das kannst du mit mir nicht machen!"

„Jonathan, hör mir zu." Raffael legte ihm beschwörend die Hand auf die Schulter. „Ich hätte nie gedacht, dass mir das mal passieren würde. Hätte es mir jemand vor wenigen Wochen gesagt, ich hätte ihn ausgelacht und vor die Tür gesetzt. Aber es ist passiert, Jonathan. Wie ein Blitz hat es mich getroffen, und ich kann und will mich nicht dagegen wehren. Kurzum, ich habe mich verliebt."

Hatte Raffael geglaubt, Jonathan würde nach diesen Worten erst recht in ein unerträgliches Gezeter ausbrechen, so hatte er sich getäuscht. „Wer ist es?", fragte er lediglich mit rauer Stimme.

„Magdalena."

„Magdalena? Die heilige Magdalena?", erwiderte Jonathan ungläubig. Dann fing er ohne Vorwarnung laut an zu lachen und sich amüsiert auf die Schenkel zu klopfen.

„Raffael", stieß er glucksend hervor, „jetzt wäre ich beinahe auf deine Show hereingefallen! Magdalena! Einfach herrlich! Ich liebe es, wenn du solche Witze machst!"

Raffael drehte sich von seinem Freund weg und begann in einer Art Übersprunghandlung, die Bücher im Regal zurechtzurücken. Mit dem Rücken zu ihm sagte er: „Es ist keine Show, Jonathan. Ich liebe Magdalena, und ich hoffe, dass sie für den Rest meines Lebens bei mir bleibt."

So abrupt, wie Jonathans Heiterkeitsausbruch eingesetzt hatte, genauso abrupt hörte er bei Raffaels Worten auch wieder auf. „Du willst mir doch nicht weismachen, dass auch die kleine Heilige auf dich hereingefallen ist, Raffael, oder? Nie im Leben, doch nicht Magdalena! Ich habe dich ihren Eltern nur empfohlen, weil ich wusste, dass du dir an ihr die Zähne ausbeißen würdest."

Raffael zuckte mit den Achseln. „Nun, es hat tatsächlich ein wenig gedauert, bis ich sie soweit hatte. Länger als bei allen anderen. Aber dann …" er deutete auf den Kaminsims, „sie hat Gefallen an meiner Danaide gefunden."

„Danaide?" Jonathan klang nun vollends geschockt. „Die Danaide hast du von mir geschenkt bekommen, genau wie alle anderen Skulpturen von Rodin."

„Ja, das weiß ich. Und ich bin dir sehr dankbar dafür. Denn ohne die Danaide, die mir wertvolle Schützenhilfe geleistet hat, weiß ich wirklich nicht, ob Magdalena überhaupt jemals so etwas wie eine sexuelle Regung verspürt hätte."

„Magdalena. Mein Gott. Du meinst es wirklich ernst, oder?"

„Ja." Raffael, immer noch mit seinen Büchern beschäftigt, drehte sich zu ihm um und nickte knapp.

„Wenn das ihr Vater wüsste", stöhnte Jonathan auf und raufte sich die Haare. Für einen kurzen Moment noch blieb er auf dem Boden sitzen und streckte flehend die Hand nach Raffael aus. Als dieser nicht reagierte, sah er Raffael mit einem seltsamen Gesichtsausdruck an, wandte sich der Wohnungstür zu und ging grußlos hinaus.

„So", sagte Raffael laut zu sich selbst, als die Tür ins Schloss fiel, und schlug die Hände zusammen, „nachdem das geklärt ist, kommt Magdalena nun hoffentlich bald."

Er hatte sie bereits am gestrigen Abend erwartet, zu seinem Bedauern aber hatte sie abgesagt, weil sie sich nicht wohl fühlte. Sie hatte auch ganz bedrückt geklungen, die Arme. Aber Raffael hatte ihr das Versprechen abgerungen, dass sie am heutigen Nachmittag zu ihm käme, er habe wegen ihr extra alle weiteren Unterrichtsstunden abgesagt. Ja, hatte sie gesagt, sie werde auf jeden Fall kommen, denn sie habe noch was mit ihm zu besprechen. Vielleicht hatte er sich getäuscht, aber ihm war so, als hätte ihre Stimme bei diesen Worten ungewöhnlich kühl geklungen. Nun, wie dem auch sei, sie würde sicherlich gleich hier sein, und dann konnten sie miteinander besprechen, was immer es zu besprechen gab. Und dann würden sie sich lieben. Und sie würden für immer zusammenbleiben.

Gerade, als er überlegte, schon mal ein paar Kerzen aufzustellen, damit sie es später so richtig romantisch hätten, erklang das Läuten der Türglocke. Erfüllt von erregter Vorfreude ging Raffael zur Tür und öffnete.

8

„So wie es aussieht, wurde er hier umgebracht", bemerkte Hauptkommissar David Büttner und biss herzhaft in sein mit mehreren Scheiben Salami belegtes Brot, das ihm von seiner Mittagspause übrig geblieben war.

„Gott sei Dank war ich heute Mittag zurückhaltend", hatte er zu seinem Assistenten Sebastian Hasenkrug gesagt, „sonst müsste ich jetzt zweifelsohne Hungers sterben." Gerade hatten die beiden Polizisten nach einem relativ ereignislosen Tag Feierabend machen wollen, als sie Meldung bekamen, in einem Mehrfamilienhaus in der Faldernstraße habe sich ein Toter eingefunden.

„Und können Sie mir auch sagen, wie sich ein Toter irgendwo einfinden kann?", hatte Büttner dem jungen Polizisten, der ihm die Nachricht in diesem Wortlaut überbrachte, schnippisch gefragt. „Ein *Sich einfinden* setzt ja wohl ganz offensichtlich eine aktive Handlung voraus. Und, ehrlich gesagt, ist mir noch nie eine Leiche begegnet, die ein übertriebenes Maß an Aktionismus an den Tag gelegt hätte. Und darum halte ich es auch in diesem Fall für eher unwahrscheinlich, dass sich welche Leiche auch immer jüngst in der Faldernstraße eingefunden hat."

Der Kopf des jungen Polizisten war angesichts dieser Zurechtweisung tiefrot angelaufen. „Äh … also", hatte er verlegen gestammelt, „die Leiche, also … sie wurde wohl aufgefunden."

„Aufgefunden, soso. Na, das klingt ja schon eher so, als würden wir da tatsächlich gebraucht", hatte Büttner mit einem bedauernden Blick auf seine Armbanduhr gesagt. Seine Frau hatte für diesen Abend deftige Rouladen mit Rotkohl und Klößen angekündigt. Den ganzen Tag schon hatte er sich darauf gefreut, und er hatte am Mittag sogar eines seiner Salamibrote Salamibrot sein lassen, um sich am Abend mit ausreichend Hunger über das herrliche Gericht hermachen zu können. Und nun das. Hätte man die Leiche nicht einfach so lange unbemerkt lassen können, bis er gesättigt und ausgeschlafen am nächsten Morgen wieder zum Dienst erscheinen würde?

„Ja", sagte die Gerichtsmedizinerin Dr. Anja Wilkens nun zu ihm, „dies ist eindeutig der Tatort." Mit einem kurzen Fingerzeig deutete sie auf den Kopf der Leiche. „Er wurde offensichtlich erschlagen. Mit einem dumpfen, schweren Gegenstand."

„Und jetzt werden Sie mir sicherlich gleich sagen, dass Sie auch die Tatwaffe schon identifiziert haben", folgerte Büttner, als die Ärztin nach einer weißen Skulptur griff.

„Ja", nickte sie und reichte die Skulptur an den Kommissar weiter, „es war diese junge Lady hier, die ihm den Schädel zertrümmert hat."

Mit gerunzelter Stirn besah sich Büttner die Skulptur von allen Seiten. „Hübsch", befand er dann, „nur die Blutflecken wollen nicht so ganz dazu passen."

„Das ist die Danaide von Auguste Rodin. Jahrgang 1889. Marmor", wusste Sebastian Hasenkrug beizutragen, nachdem auch er die Skulptur in Augenschein genommen hatte.

„Danaide. Soso. Hat sich gut gehalten für ihr Alter", sagte Büttner spitz. Er konnte es nicht leiden, wenn sein Assistent den Klugscheißer heraushängen ließ. „Ich nehme an, dass das Blut von dem Opfer ist", stellte er dann fest, ohne weiter auf Hasenkrugs Hinweis einzugehen.

„Das nehme ich auch an", erwiderte Dr. Wilkens, „ich werde es im Labor untersuchen lassen."

„Wie lange ist er schon tot?"

„Seit ungefähr drei Stunden, schätze ich."

Büttner warf einen Blick auf die Uhr. „Hm. Ungefähr halb drei also."

„Ja, ungefähr. Genaueres sag ich Ihnen nach der Obduktion."

„Gut. Und wie heißt der junge Mann?"

„Raffael Winter." Dr. Wilkens reichte ihm den Personalausweis, den sie bei der Leiche gefunden hatte. „28 Jahre alt, nicht verheiratet, keine Kinder. Er war Musiklehrer, und dies hier", sie machte eine ausladende Bewegung, „war wohl sein Unterrichtsraum."

„Aha." Büttner sah sich in dem Raum um. Hohe Decken, Parkettfußboden, große, holzgerahmte Fenster, ein halbes Dutzend vollgestellter Regale, offener Kamin, großer Konzertflügel. Und ein flauschig aussehender Teppich am Boden vor dem Kamin.

„Und woher wissen Sie das alles? Kennen Sie das Opfer?"

„Ich nicht", verneinte Dr. Wilkens und deutete auf die Tür zum Nebenraum, „aber nebenan sitzt die junge Frau, die das Opfer gefunden hat."

„Ach ja. Na, dann werde ich mit ihr jetzt mal ein paar Worte plaudern."

David Büttner bedeutete Hasenkrug mitzukommen. Als sie den kleinen Nebenraum betraten, hörten sie ein leises Schluchzen. Auf einem knallroten Sofa saß eine junge Frau und betupfte sich mit einem Papiertaschentuch die Augen. Neben ihr saß eine Polizistin und redete beruhigend auf sie ein. Als sie die beiden Kollegen bemerkte, nickte sie kurz und verließ dann den Raum.

„Sie haben den Toten gefunden?", eröffnete Büttner das Gespräch.

Die junge Frau nickte.

„Darf ich fragen, wie Sie heißen?"

„Magdalena. Magdalena Fehnkamp."

„Warum waren Sie hier bei Herrn Winter, Frau Fehnkamp?"

„Ich ...", Magdalena brach erneut in Tränen aus. „Tschuldigung", sagte sie, nachdem sie sich geschnäuzt hatte, „ich war ... wir waren verabredet, Raffael und ich."

„Sie waren befreundet?"

Magdalena hob den Kopf und sah den Kommissar etwas befremdet an. „Befreundet", murmelte sie dann leise. „Ja ... nein ... ähm ... eigentlich habe ich Klavierstunden bei ihm genommen."

„Klavierstunden also. Und wieso *eigentlich*?", hakte Büttner nach.

„Weil ... ich ... wir hatten ..."

„Sie hatten ein Verhältnis?", half Hasenkrug ihr auf die Sprünge. Er war ganz fasziniert von der bildhübschen jungen Frau, die da in Tränen aufgelöst vor ihm saß. Obwohl ihre Augen gerötet und verquollen waren, so war doch unschwer zu erkennen, dass sie eine wahre Schönheit war. Fast verspürte er so etwas wie Eifersucht gegenüber dem Opfer. Aber das war natürlich Blödsinn.

„Ja … nein … ich … Papa!" Noch ehe sie ihren Satz beendet hatte, war Magdalena aufgesprungen und hatte sich in die Arme eines kräftigen Mannes geworfen, der in diesem Moment den Raum betreten hatte und sie nun beschützend umarmte und ihr sanft über den Kopf strich.

„Sie hatten die Frage meines Kollegen noch nicht beantwortet", stellte Büttner mit einem finsteren Blick auf den fülligen Mann fest, der ganz offensichtlich der Vater der jungen Frau war. „Er hatte gefragt, ob Sie ein Verhältnis mit Herrn Winter hatten."

Kaum hatte er die Worte ausgesprochen, hörte Büttner, wie Onno Fehnkamp laut nach Luft schnappte. „Was fällt Ihnen ein!", presste er empört zwischen den Zähnen hervor. „Alleine diese Frage ist schon eine absolute Unverschämtheit. Natürlich hatte meine Tochter kein Verhältnis mit diesem … *Winter*." Das letzte Wort hatte er ausgespuckt wie ein verdorbenes Stück Fleisch. „Magdalena hatte Klavierunterricht, sonst nichts."

„Frau Fehnkamp, darf ich fragen, wie alt Sie sind?", sagte Büttner an Magdalena gewandt.

„Achtzehn", schluchzte sie.

„Also volljährig. Hm." Büttner musterte Onno Fehnkamp abschätzig von oben bis unten. Ungefähr einen Meter achtzig groß, stark übergewichtig, Halbglatze, stechender Blick, bieder gekleidet. Unsympathisch. „Nun, dann möchte ich Sie bitten, morgen zu uns aufs Revier zu kommen und Ihre

Aussage zu machen", sagte er zu Magdalena. Ihm war klar, dass im Beisein ihres Vaters nichts mehr aus ihr herauszubekommen sein würde. Einen Haustyrannen erkannte er auf den ersten Blick.

„Meine Tochter macht keine Aussage, ohne dass ich dabei bin", stieß Onno Fehnkamp hervor.

„Ihre Tochter ist volljährig", bemerkte Büttner und verdrehte entnervt die Augen, „natürlich macht sie eine Aussage, ohne dass Sie dabei sind. Und eines sagen ich Ihnen gleich: Versuchen Sie gar nicht erst dabei zu sein. Ich werde sie umgehend wieder nach Hause schicken. Wie sind Sie überhaupt hier hereingekommen?"

„Durch die Tür. Ich habe den Beamten gesagt, dass …"

„Ja, ja", winkte Büttner säuerlich ab, „Sie haben ihnen glatt ins Gesicht gelogen und behauptet, dass Ihre minderjährige Tochter hier schutzlos herumsitzt und Sie zu ihrem Schutz herbeieilen. Blablabla!"

„Was ist denn das für ein Ton! Sie unverschämter …ich werde mich über sie beschweren, ich …", polterte Fehnkamp los, wurde aber von Büttner durch ein ebenso lautes *Tun Sie das!* unterbrochen. Er konnte Eltern nicht leiden, die ihre Kinder nicht erwachsen werden ließen. In seiner Laufbahn waren ihm eine ganze Reihe dieser Art vor die Füße gekommen, einer widerlicher als der andere; und er hatte nicht vor, sich von solchen Menschen auf den Nerven herumtrampeln zu lassen, noch dazu auf fast leeren Magen. „Also, Frau Fehnkamp", wandte er sich wieder Magdalena zu, die ihn erstaunt aus großen Augen ansah, „morgen um zehn Uhr im Präsidium."

„Um zehn Uhr ist meine Tochter in der Schule."

„Falsch. Um zehn Uhr ist Ihre Tochter im Präsidium." Als der Polizist in Magdalenas Augen Verunsicherung bemerkte, fügte er hinzu: „Sie bekommen von uns eine Bescheinigung, die müssen Ihre Lehrer akzeptieren."

„Meine Tochter hat nichts getan, so können Sie nicht mit ihr umspringen!", plärrte Onno Fehnkamp hinter den Polizisten her, als diese sich wieder dem Musikzimmer zuwandten.

„Darum geht es doch gar nicht", seufzte Hasenkrug und drehte sich noch einmal zu dem kräftigen Mann um. „Kein Mensch behauptet, dass Ihre Tochter etwas getan hat. Aber sie ist eine wichtige Zeugin, und als solche wird sie befragt werden." Er musterte Onno Fehnkamp mit gerunzelter Stirn. Interessant, dachte er. Warum nimmt der Kerl an, die Polizei könne vermuten, seine Tochter habe etwas mit dem Mord zu tun?

Als Büttner und Hasenkrug wieder am Fundort der Leiche standen, wurde diese gerade von zwei Männern des Bestattungsinstituts in einen Zinksarg gelegt und dann hinausgetragen. Aus dem Hintergrund hörten sie ein lautes Aufschluchzen der jungen Magdalena, aber sie drehten sich nicht mehr zu ihr um. Sie hatten keine Lust, nochmals von ihrem Herrn Vater angegiftet zu werden.

„Sonst noch neue Erkenntnisse?", fragte Büttner die Gerichtsmedizinerin.

„Ich denke, dass es auf keinen Fall Raubmord war." Sie deutete auf einen kleinen Tisch. „Portemonnaie, Papiere, Handy ... alles noch da."

„Irgendwelche brauchbaren Fingerabdrücke?"

Ein Kollege von der Spurensicherung drehte sich grinsend

zu ihm um und bemerkte amüsiert: „Das hier war ein Unterrichtsraum. Und Sie fragen nach Fingerabdrücken? Gucken Sie sich mal das Klavier an. Da hat sich die halbe Menschheit verewigt, würde ich sagen."

„Ich meinte ja auch die Tatwaffe", präzisierte Büttner seine Frage und sah den Kollegen missmutig an.

„Die untersuchen wir noch näher. Aber so wie es aussieht, sind unterschiedliche drauf, ja."

„Auch tausende?"

„Eher so zwei, vielleicht drei."

„Na, sehen Sie, da kommen wir der Sache doch schon näher. Vielleicht haben wir es ja mit einem selten dämlichen Täter zu tun, und er hat die Skulptur mit bloßen Händen über dem Schädel des Opfers niedergehen lassen."

„Schöner Traum."

„Jeden Tag steht ein Dummer auf."

„Aber nicht heute. Hab schon nachgefragt", grinste der Mann von der Spusi.

„Nun gut", ließ Büttner ein Räuspern vernehmen, „alles Weitere sehen wir dann morgen, wenn die Obduktionsergebnisse vorliegen. Jetzt gehen wir erstmal nach Hause, nicht, dass die guten Rouladen meiner Frau noch hart wie Briketts werden. Das wäre wahrlich kein guter Abschluss dieses Tages."

9

Kommissar Büttner verstand nicht, was mit diesem Mädchen los war, das da mit geröteten Wangen vor ihm saß und nervös die Hände im Schoß knetete. Am gestrigen Abend hatte er sie noch für eine ganz normale Achtzehnjährige gehalten, die, geschockt durch das, was sie soeben erlebt hatte, nicht in der Lage war, einen zusammenhängenden Satz herauszubekommen. Doch nun saß sie schon seit knapp einer halben Stunde vor ihm und stammelte ständig *Das ist die Strafe Gottes* vor sich hin. Auf seine Frage, wofür sie Gott denn durch den Tod Raffael Winters habe strafen wollen, hatte sie ihn nur mit großen, verschrockenen Augen angesehen. Gesagt aber hatte sie nichts.

Auch Sebastian Hasenkrugs Gesichtsausdruck wurde von Minute zu Minute sorgenvoller. Hatten sie es hier womöglich mit einer schönen Irren zu tun? Wenn ja, welch eine Verschwendung der Natur! Es konnte doch wohl nicht angehen, dass eine solche Schönheit einen kompletten Dachschaden hatte.

„Frau Fehnkamp", begann Büttner eine neue Frage zu formulieren, „können Sie mir sagen, worauf in Ihrer Familie besonderer Wert gelegt wird?" Hasenkrugs irritierten Blick wehrte er mit einer Handbewegung ab. Er hatte für sich beschlossen, eine neue Strategie zu fahren und bei Adam und Eva anzufangen. Bei dieser jungen Dame durfte man anscheinend nicht mit der Tür ins Haus fallen, wie sie es zunächst versucht hatten. Direkt nach ihrem Erscheinen hatte er sie zunächst gefragt, wie sie in den Unterrichtsraum gelangt sei. Sie wisse, wo der Schlüssel liege, hatte sie geantwortet. Danach war er nochmals auf ihr Verhältnis zu Raffael Winter eingegangen. Und eben das war offensichtlich ein fataler Fehler gewesen, denn dazu war ihr bisher lediglich die Strafe Gottes eingefallen. Bei der Erwähnung des Wortes *Familie* aber schaute Magdalena Fehnkamp ihm erstmals direkt in die Augen.

„Wir legen sehr viel Wert auf das Wort Gottes", antwortete sie ohne zu zögern.

„Aha." Büttner nahm einen Schluck Kaffee und sah sie über den Rand der Tasse prüfend an. Mit solch einer Spezies hatte er es hier also zu tun. Nun, das konnte ja heiter werden. „Dann lesen Sie wohl sehr viel in der Bibel", stellte er nüchtern fest.

„Ja, natürlich. Das Wort Gottes ist unser Begleiter auf all unseren Wegen."

„Ich … muss dann mal die … ähm … KTU anrufen", stotterte Hasenkrug fassungslos und sprang, einem plötzlichen Fluchtgedanken folgend, auf, was ihm ein unwilliges Kopfschütteln seines Chefs einbrachte. Sofort setzte er sich wieder hin.

„Bleiben Sie ruhig da, Hasenkrug", sagte Büttner ruhig, „hier können Sie noch was lernen. Also", fuhr er an Magdalena gewandt fort, „Sie sind also eine gottesfürchtige Familie."

„Ja."

„Und wie groß ist diese Familie?"

„Wir sind zu dritt. Meine Mutter, mein Vater und ich."

„Sie haben keine Geschwister?", wunderte sich Büttner. Normalerweise hatten diese übertrieben Heiligen doch einen ganzen Stall voller Kinder.

„Nein. Meine Mutter sagt immer, es hat nicht sollen sein. Es war wohl Gottes Wille, dass ich ein Einzelkind blieb."

„Hm. Und auf welche Schule gehen Sie, wenn ich fragen darf?"

„Auf das Johannes-Althusius-Gymnasium. 13. Klasse. Ich stehe kurz vor dem Abitur."

Büttner zog die Stirn in Falten. Auf dieser Schule war seine Tochter auch, nur eine Jahrgangsstufe tiefer. Er würde sie mal fragen, ob er Magdalena Fehnkamp kannte. Er konnte sich nicht vorstellen, dass sie mit ihrer Art viele Freunde hatte. Normalerweise hatten es solche Kinder unter Gleichaltrigen eher schwer.

„Und dann gehen Sie wohl auch regelmäßig in die Kirche?"

„Wir haben unseren eigenen Bibelkreis. Wir treffen uns viermal die Woche."

„Viermal die Woche?", rief Hasenkrug verblüfft aus. Wo gab es denn so was?

„Ja."

„Und in der Schule, kommen Sie da gut zurecht?", fuhr Büttner unbeeindruckt fort.

Magdalena nickte, sagte aber nichts. Musste sie auch nicht, denn Büttner war auch so davon überzeugt, dass sie mit Sicherheit eine fleißige und strebsame Schülerin war. Das waren sie fast immer, diese Heiligen. Sie hatten ja sonst nichts im Leben, womit sie sich beschäftigen konnten. Noch dazu hatten sie es sich ja zur Aufgabe gemacht, überall nur Wohlwollen zu erregen. Was ihnen mit ihrer Art natürlich nur selten gelang. Auch der Klavierunterricht passte jetzt gut ins Bild.

„Wissen Sie schon, was Sie nach dem Abitur machen werden, Magdalena?"

„Ich werde Theologie studieren."

„Natürlich. Dafür ist es ganz praktisch, auch Klavier spielen zu können, nicht wahr", näherte er sich vorsichtig seinem eigentlichen Anliegen an.

„Ja." Magdalena senkte den Blick.

„Waren Sie schon lange Schülerin bei Raffael Winter?"

„Seit acht Wochen ungefähr."

„Und gestern hätten Sie auch wieder eine Unterrichtsstunde gehabt."

„Ja. Nein."

Büttner atmete tief durch. Nun musste er vorsichtig sein. Er beugte sich vor und sagte ruhig: „Magdalena, Sie müssen keine Angst haben. Was auch immer Sie hier erzählen, es bleibt unter uns."

„Mein Vater … er …" In Magdalenas Augen trat ein nervöses Flackern.

„Ihr Vater wird nichts erfahren, das verspreche ich Ihnen." Wäre ja noch schöner, wenn er das arme Kind bei diesem Monster verpfeifen würde, dachte er bei sich. Wer sein Kind zu einem Leben fernab jeder Realität heranzog, der hatte auch nichts anderes verdient, befand er. Büttner bemerkte aus dem Augenwinkel, wie sich sein Kollege Hasenkrug versteifte und die Luft anhielt.

„Also, Magdalena", tastete sich Büttner vor, „warum genau waren Sie mit Raffael Winter verabredet?"

„Wir wollten …", Magdalena schaute Büttner hilfesuchend an.

„Sie wollten mit ihm schlafen?", fragte er vorsichtig.

„Ja", hauchte Magdalena kaum hörbar.

„Aber das ist doch nichts Schlimmes, wenn man sich liebt", sagte Büttner schnell, um ihr eine gewisse Sicherheit zu geben. „Und Sie haben Herrn Winter doch geliebt, oder?"

Sie nickte schwach. „Aber mein Vater …"

„Ihr Vater wird davon nichts erfahren, das hatte ich Ihnen versprochen."

„Es war … Sünde." In Magdalenas Augen traten Tränen. „Raffael musste sterben, weil ich mich an ihm versündigt habe."

„Aber Sie haben sich doch geliebt", gab Büttner erneut zu bedenken, „dann kann es doch nun wirklich keine Sünde sein. Hm. Als Sie bei Herrn Winter ankamen, war er aber schon tot."

In Erinnerung an die Bilder, die sich ihr in Raffaels Musikzimmer geboten hatten, schluchzte Magdalena laut auf. „Ich bin zu ihm gerannt", schluchzte sie, „ich wollte ihm helfen, aber ich konnte nichts mehr tun."

„Dann haben Sie den Rettungswagen gerufen."

„Ja."

„Wann hatten Sie Herrn Winter vorher zum letzten Mal gesehen?"

„Zwei Tage zuvor."

„Ist Ihnen irgendetwas Besonderes aufgefallen? War er anders als sonst?"

Magdalena schüttelte den Kopf. „Nein, es war alles wie immer."

„Hatte Herr Winter Feinde?"

„Feinde? Nein. Ich glaube nicht. Ich … kannte ihn ja noch nicht so lange."

„Kennen Sie noch andere Schüler von Herrn Winter? Oder Bekannte von ihm?"

„Nein. Außer Pastor Eckstein. Er hat Raffael meinem Vater empfohlen."

„Wie heißt dieser Pastor mit Vornamen?"

„Jonathan."

„Jonathan Eckstein." Büttner bedeutete Hasenkrug mit einem Kopfnicken diesen Namen zu notieren.

„Okay, Magdalena, das war's dann fürs Erste", sagte Büttner und erhob sich aus seinem Stuhl. „Sie können jetzt gehen."

Auch Magdalena stand auf und reichte ihm und Hasenkrug die Hand.

„Vielen Dank, Magdalena, Sie haben uns sehr geholfen", strahlte Büttner. Er war unendlich erleichtert, dass es ihm doch noch gelungen war, dieses Mädchen aus der Reserve zu locken. Schließlich war sie bisher seine einzige Zeugin, ansonsten tappten sie noch völlig im Dunkeln. Aber nun hatten sie ja schon einen zweiten Namen. Jonathan Eckstein. Ihn würden sie sich als Nächstes vorknöpfen.

Während Magdalena das Polizeipräsidium verließ, schlich sich ein Lächeln auf ihr Gesicht. Das hatte sie gut gemacht! In ihrer Panik, ihr Vater könnte erfahren, dass sie ihn bezüglich ihres Verhältnisses zu Raffael Winter angelogen hatte, hatte sie mitten in der Nacht bei Adrian angerufen und ihn gefragt, was sie machen solle. Bestimmt wolle die Polizei doch jetzt alles ganz genau von ihr wissen. Adrian hatte gelacht und gesagt, sie solle doch einfach das heilige Mauerblümchen geben, das sie über so lange Zeit einstudiert habe. Dann würde der Kommissar bestimmt Mitleid mit ihr bekommen und sie mit Samthandschuhen anfassen. Außerdem würde er ihr mit Sicherheit versprechen, ihrem Vater nichts zu erzählen, wenn sie nur oft genug die reuige Sünderin gab.

Nun, das hatte ja wie am Schnürchen funktioniert. Sie hatte ihre Rolle perfekt gespielt, aber schließlich hatte sie ja auch ein Leben lang Zeit gehabt sie zu proben – freilich ohne zu merken, dass es nur eine Rolle war. Natürlich war die ganze Situation ein Schock für sie. Aber sie hatte Raffael nicht geliebt. Nein, wenn sie ehrlich zu sich selbst war, dann war das einzige, was sie an ihm gereizt hatte, sein Körper gewesen. Dass sie nun keinen Sex mehr mit ihm haben würde, war bedauerlich. Aber andererseits hatte er sein jähes Ende ja selbst provoziert. Wer so mit den Menschen umsprang wie Raffael, der musste sich nicht wundern, wenn ihm jemand eins über die Rübe zog.

Fast an der Schule angekommen, wo jetzt der Mathematikunterricht auf sie wartete, lachte Magdalena befreit auf und warf vor lauter Übermut die Arme in die Luft. Bis zum gestrigen Tag hatte sie sich als Gefangene ihres eigenen Lebens gefühlt. Nichts, was sie bis dahin gemacht hatte, war ihr jemals richtig erschienen. Sie hatte es ertragen, weil sie kein anderes Leben kannte und alles als gottgegeben hingenommen hatte. Aber damit war es jetzt vorbei. Der Mord an Raffael hatte ihr auf seltsame Weise die Augen geöffnet. Ja, über ihre neuen Empfindungen war sie selbst am allermeisten erstaunt. Als sie Adrian erzählt hatte, dass Raffael tot sei, hatte er kurz durch die Zähne gepfiffen und dann gesagt: „Sei froh, dass du diesen geilen Sack los bist."

Er hatte recht. Durch Raffael hatte sich vieles in ihrem Leben verändert. Durch seinen Tod noch mehr. Es war, als habe er einen Schalter in ihrem Gehirn umgelegt. Sie hatte wahrhaftig das Gefühl, dass diese Veränderungen nicht zu ihrem Schaden sein würden.

10

„Die heilige Magdalena?" Jette Büttner verzog angewidert das Gesicht. „Klar kenne ich die. Jeder kennt die. Und keiner legt besonders viel Wert darauf."

„Sie ist also nicht besonders beliebt. Das dachte ich mir." Zufrieden damit, dass er in die richtige Richtung analysiert hatte, rieb sich Hauptkommissar David Büttner seinen umfangreichen Bauch. Soeben hatte er es sich in seinem Fernsehsessel bequem gemacht, um sich eine Wiederholung des Münsteraner Tatorts anzusehen. Seine Frau war mit einer Freundin ins Kino gegangen und würde erst spät zurückkommen. Beim Anblick seiner siebzehnjährigen Tochter Jette, die sich mit angezogenen Knien ins Sofa gekauert hatte und auf ihrem iPhone herumdaddelte, als gelte es den Weltuntergang zu verhindern, war ihm eingefallen, dass er sie nach Magdalena Fehnkamp befragen wollte.

„Hat sie irgendwelche Freunde?"

„Nö."

„Ist sie eine gute Schülerin?"

„Streberin."

„Aha. Wusstest du, dass sie Klavier spielt?"

„Nö."

„Hast du schon mal was von einem gewissen Raffael Winter gehört?"

Erstmals, seit er hier saß … nein, falsch, erstmals seit Monaten, wie er sich ehrlich eingestehen musste, wandte Jette bei dieser Frage ihren Blick vom iPhone ab und sah ihrem Vater direkt in die Augen. Ob sie ihn erkennen würde, fragte er sich innerlich schmunzelnd? Schließlich nahm sie ihn in der Regel nur noch wahr, wenn sie Geld brauchte oder um seine Unterschrift bettelte, die er unter irgendeine verhauene Klausur setzen sollte, damit ihre Mutter nichts davon mitbekam.

„Sag nicht, die hat bei *dem* Klavierunterricht gehabt!" Für Jette schien dies außerhalb ihrer Vorstellungskraft zu liegen.

„Wieso, was wäre so verwunderlich daran?"

Während ihr iPhone am laufenden Band irgendwelche komischen Geräusche von sich gab, sah Jette ihren Vater an, als wäre er soeben mit einem Ufo in ihrem Wohnzimmer gelandet. „Ey, Mann, wo lebst du denn! Hallo! Raffael Winter!"

„Ja, und?"

Jette sah ihn misstrauisch an. „Wieso fragst du mich das eigentlich alles?"

„Ein neuer Fall."

„Ach so." Jette wandte sich nach einem neuerlichen Piepen ihres treuen Begleiters wieder dem iPhone zu. David Büttner dachte schon, dass dies wohl für das nächste halbe Jahr das längste Gespräch gewesen sein dürfte, das er mit seiner Tochter führte, als sie langsam und mit offenem Mund wieder zu ihm aufblickte. „Ein neuer Fall?", war ihr plötzlich ein Licht aufgegangen. „Du arbeitest bei der Mordkommission", sagte sie dann stumpf.

„Gut erkannt.“

„Und wieso sind dann Raffael und Magdalena dein neuer Fall?“

„Weil Raffael Winter tot ist?“, passte sich Büttner ihrem Tonfall an.

„Nee, jetzt nicht ehrlich, oder?“ Jettes Augen weiteten sich auf Tomatengröße.

„Doch, jetzt ehrlich.“

„Krass.“ Nachdem sie in Windeseile ein paar WhatsApp verschickt hatte, und im Nullkommanichts dutzendfaches Gedudel die Antworten ankündigten, fragte Jette: „Und Magdalena hat ihn umgebracht, oder was?“

„Wohl eher nicht. Sie hat ihn gefunden. Das“, fügte er in warnendem Tonfall schnell hinzu, als er sah, dass seine Tochter eine weitere Nachricht versenden wollte, „behältst du bitte für dich.“

„Warum erzählst du mir es dann denn erst“, maulte sie ungehalten und sah bedauernd auf ihr iPhone.

„Ich befrage dich als Zeugin.“

„Mich?“, rief Jette entsetzt aus und schlug die Hand vor die Brust. „Aber ich war doch gar nicht dabei!“

„Das meine ich auch nicht. Aber du kennst die beiden. Was war denn dieser Raffael Winter für ein Typ?“

Zu seiner Verwunderung fing Jette lauthals an zu lachen. „Ey, Paps, du lebst echt nicht in dieser Welt, oder?“

„Und was, bitte schön, veranlasst dich bei dieser Frage zu Heiterkeitsausbrüchen?“, fragte er beleidigt.

„Raffael, Paps, ist der große Bruder von Ben“, erwiderte Jette in einem Tonfall, als hielte sie ihren Vater für grenzdebil.

„Und?"

„Und Ben bringt uns jeden Tag eine Kopie von Raffaels Strichliste mit. Ist total krass."

„Welche Strichliste? Und was ist total krass?"

„Ey, Mann, der vögelt jeden Tag seine sämtlichen Schüler durch!"

Büttner zuckte zusammen. Solche Ausdrücke hätte er aus dem Mund seiner erst siebzehnjährigen Tochter lieber nicht gehört. „Was heißt das?"

„Du weißt nicht, was Vögeln ist?", fragte sie baff.

Büttner stieß vernehmbar die Luft aus. „Das meine ich nicht. Was ist das für eine Strichliste?"

„Sag ich doch gerade: Der vernascht alles, was auf seiner Klavierbank sitzt."

„Woher willst du das wissen?", wurde Büttner hellhörig.

„Weiß doch jeder. Was meinst du, wie viele Schüler auf unserer Schule mit dem schon ihr Vergnügen hatten."

„Schülerinnen, meinst du."

„Nee. Raffael macht da keinen Unterschied. Der nimmt auch Jungs."

„Der nimmt auch ...", sagte Büttner fassungslos. Wo war er denn da hineingeraten? „Missbraucht er sie?" Das wäre allerdings ein gutes Mordmotiv.

„Nee. Quatsch. Die machen alle freiwillig mit. Sind auch alle volljährig. Der muss irgendwie ne ziemliche Granate sein."

„Du hast aber noch nicht mit ihm ...", beschlich den Kommissar eine plötzliche Ahnung, aber Jette verdrehte nur die Augen: „Nehme ich Klavierunterricht, oder was?"

„Weiß Magdalena Fehnkamp davon?"

„Keine Ahnung. Mit der spreche ich nicht."

„Vielleicht nimmt sie an, dass sie die Einzige … Eifersucht", murmelte Büttner leise vor sich hin, aber seine Tochter hatte ein gutes Gehör – zumindest, wenn es drauf ankam. „Nun sag nicht, dass sie und Raffael, nee, nie im Leben!" rief sie mit leuchtenden Augen.

„Das geht dich nichts an", sagte Büttner unwirsch. Das hätte er auf keinen Fall sagen dürfen, ärgerte er sich über sich selbst.

„Boah." So schnell, wie Jette tippte, hatte Büttner keine Chance, diese Nachricht an ihre Freunde noch zu verhindern.

„Wenn du …", begann er seine Tochter zurechtzuweisen, machte dann aber eine wegwerfende Handbewegung. Er konnte jetzt sowieso nicht mehr verhindern, dass diese Meldung in Lichtgeschwindigkeit den Globus umrundete.

„Mann, ey, die heilige Magdalena und der Winter. Total krass! Und wir alle dachten, die wäre nur so'n Opfer!" Jette strahlte wie ein Kleinkind unter dem Weihnachtsbaum.

„Jette, bitte, nun macht Magdalena bloß nicht das Leben noch schwerer, als sie es sowieso schon hat."

„Quatsch", winkte Jette ab, „Adrian sagte die Tage schon, dass sie gar nicht so uncool ist, wie alle glauben. Jetzt weiß ich auch, was er damit gemeint hat. Echt krass!"

„Wer ist Adrian?"

„Ein Kumpel aus der 13. Hat die Tage mit Magdalena den ersten Kaffee ihres Lebens getrunken."

„Mein Gott, bei euch bleibt aber auch nichts geheim, oder?"

„Nee", lachte Jette und wedelte ihrem Vater mit dem

iPhone vor dem Gesicht herum, „wie denn auch?" Und dann tat sie etwas, wofür David Büttner sie bis ans Ende der Welt und noch weiter getragen hätte: Sie gab ihm einen flüchtigen Kuss auf die Wange. Das hatte sie seit bestimmt hundert Jahren nicht mehr getan! Selig grunzend lehnte er sich in seinem Fernsehsessel zurück. Den Tatort hatte er zu einem Großteil verpasst.

11

Trotz des eisigen Wetters saß Katharina Eckstein am frühen Morgen auf ihrer Terrasse, rauchte genüsslich eine Zigarette und trank einen Kognak. Ihren Blick hatte sie auf den Emder Schützenplatz gerichtet, wo sich ein paar Jugendliche vor dem Unterricht einen Spaß daraus machten, sich mit Schneebällen zu bewerfen. Der Winter machte wieder ernst. Nachdem alle nach einem recht milden Februarbeginn gehofft hatten, dass nun bald der Frühling einkehren würde, machte ihnen dieser erneute Wintereinbruch mit seinem schneidenden Wind und dem dichten Schneetreiben einen Strich durch die Rechnung. Mit mürrischen Gesichtern sah sie die Nachbarn warm eingepackt und mit Schneeschaufeln bewaffnet vor die Haustür treten, um ihr Tagewerk mit der Befreiung der Bürgersteige von den in der Nacht gefallenen weißen Flocken zu beginnen. Mit noch geringerer Begeisterung machten sie sich danach daran, ihr Auto auszugraben, nur um – nun vollends schlecht gelaunt – festzustellen, dass die Türschlösser ihres Gefährts über Nacht eingefroren waren und sie das Enteisungsmittel sicher und trocken im Handschuhfach aufbewahrten.

Katharina mochte den Winter. Je dichter die Schneeflocken fielen, desto mehr hatte sie das Gefühl, als würde die Erde durch sie in einen warmen Mantel gehüllt, der sie vor allem Schlechten und Bösen dieser Welt beschützen würde. Heute war so ein Tag. Kaum, dass sich die fahle Wintersonne für kurze Zeit am blassblauen Himmel zeigte und zaghaft ihre noch schwachen Strahlen zur Erde ausstreckte, wurde sie auch schon wieder von dunklen Schneewolken vertrieben, und das Schauspiel begann von neuem.

Gerne zog sich Katharina dann warm an, nahm ihren braunen Mischlingshund Heinrich an die Leine und machte sich auf zu einem ausgiebigen Winterspaziergang über Feld und Flur, immer die alte, inzwischen geteerte Kleinbahnstrecke entlang, bis sie rechts des Weges die Bungalows von Haskamp und später dann am Kanal die roten Backsteinhäuser von Hinte vor sich auftauchen sah.

Auch Heinrich liebte den Schnee. Sobald sie ihn von der Hundeleine befreit hatte, raste er wie toll über die verschneiten Wiesen und Wege, wobei er wie ein Trüffelschwein mit sichtlicher Freude die Schnauze durch den Schnee pflügte und aufgeregt bellend um Katharina herumsprang.

An diesem Tag aber wollte sie mit ihrem Spaziergang warten, bis ihr Sohn Jonathan sich einigermaßen beruhigt hatte. Die Nachricht vom Tode Raffael Winters hatte ihn sehr mitgenommen. Schreckensbleich hatte er am gestrigen Abend plötzlich in ihrem Wohnzimmer gestanden und andauernd *Raffael ist tot, Raffael ist tot* vor sich hingestammelt. Es hatte eine ganze Weile gedauert, bis er in der Lage gewesen war zu erzählen, was passiert war. Völlig aufgelöst berichtete er, dass er gegen Abend nochmals bei Raffael an der Wohnung gewesen sei, weil er mit ihm habe reden wollen. Überall hätten Polizeifahrzeuge herumgestanden, und die Polizisten hätten ihn nicht hineingelassen, obwohl er immer wieder flehentlich beteuert habe, der Lebensgefährte von Raffael Winter zu sein und er diesen doch nur besuchen wolle.

Nun, habe da einer Polizisten kühl zu ihm gesagt, dieser Besuch habe sich sowieso erledigt, da Herr Winter mausetot sei. Deswegen stehe man hier ja schließlich seit geraumer Zeit mit inzwischen fast abgestorbenen Füßen in der Kälte herum. Hineinlassen dürfe er niemanden, schon gar keinen angeblichen Lebensgefährten. Denn seines Wissens sei Herr Winter alles andere als gebunden, sondern vielmehr als der größte Schwerenöter von ganz Emden bekannt. Wie ein Betrunkener sei Jonathan daraufhin durch die Straßen der Stadt gelaufen, bis er schließlich vor der Tür seiner Mutter gestanden habe.

Katharina konnte nicht behaupten, dass ihr der Tod Raffael Winters besonders leid tat. Nur um ihren Sohn machte sie sich Sorgen. Wie würde er es verkraften, zukünftig ohne seine große Liebe auszukommen?

Sie hoffte, dass er schon bald erkennen würde, wie sehr er eigentlich unter der vertrackten Beziehung zu dem Musiklehrer gelitten hatte. Sie war überzeugt, dass er schon bald dankbar sein würde, dass dieses unglückliche Kapitel seines Lebens einen zwar schmerzlichen, aber auch reinigenden Abschluss gefunden hatte. Er konnte sich nun wieder voll und ganz auf seine Arbeit konzentrieren, die unter dem ständigen Zinnober um Raffael Winter stark gelitten hatte. Und sicherlich würde er irgendwann einen neuen Mann finden, der ihn nicht betrog und mit dem er auf Dauer glücklich werden konnte. Katharina seufzte schwer. Sie wünschte es ihm so sehr!

Gerade, als sie ihren Zigarettenstummel im eigens dafür aufgestellten Aschenbecher ausdrückte, hörte sie ein paar nackte Füße, die über den Holzfußboden ihres Wohnzimmers in Richtung Terrassentür platschten. Sie drehte sich um, und ein Lächeln erschien auf ihrem Gesicht, als sie ihren zerzausten und völlig übernächtigten Sohn in grauer Jogginghose und pinkfarbenem Sweatshirt vor sich stehen sah. „Komm, Jonathan", sagte sie und strich ihm im Vorbeigehen über die blasse Wange, „ich mache uns jetzt einen schönen heißen Tee. Magst du auch was frühstücken?"

Jonathan schüttelte den Kopf. Er würde nie wieder einen Bissen herunterkriegen, das war ja wohl klar. Mit verstörtem Blick schlich er in Richtung Haustür und holte die Zeitung aus dem Briefkasten. Er hoffte immer noch, dass er nur schlecht geträumt hatte. Aber schon auf der Titelseite der Emder Zeitung belehrte ihn die in fetten Lettern gedruckte Schlagzeile eines Besseren: *Mord in der Faldernstraße. Junger Musiklehrer wurde erschlagen aufgefunden.*

„Erschlagen", murmelte Jonathan, und seine ohnehin schon blasse Gesichtsfarbe nahm die Farbe von bleichem Wachs an. Schwer ließ er sich auf einen Küchenstuhl sinken und die Zeitung auf den Fußboden fallen. Er hatte jetzt nicht die Kraft, vom Tod seines geliebten Raffael zu lesen.

„Möchtest du Kluntje und Sahne in deinen Tee?", hörte er seine Mutter fragen, reagierte aber nicht.

Katharina zuckte die Achseln und setzte sich ihm gegenüber an den Tisch, nachdem sie zwei Scheiben geröstetes Weißbrot aus dem Toaster gezogen hatte. Schweigend begann sie, ihren Toast mit Butter und Marmelade zu beschmieren, als ihr Blick auf die Zeitung fiel. Sie stand auf und hob sie hoch. Es ist also wirklich wahr, dachte sie, als sie die Schlagzeile las, Raffael Winter weilt nicht mehr unter uns.

Neugierig betrachtete sie das Foto des jungen Mannes, das in der Zeitung abgebildet war. Sie hatte ihn bisher nie richtig zu Gesicht bekommen, bis auf ein einziges Mal, ganz kurz … Hm, befand sie, er sah eigentlich ganz sympathisch aus, wie er so lebendig in die Kamera lächelte, dunkelblonde Haare, sonnengebräunt, lachende, blaue Augen. Ja, sie konnte sich gut vorstellen, dass er bei den Frauen gut ankam – und bei den Männern natürlich, schmunzelte sie mit einem Blick auf ihren Sohn.

Sie las sich den Text durch und erfuhr, dass Raffael gegen 14:30 Uhr ermordet worden war, dass er zuvor noch drei Schülern Klavierunterricht erteilt hatte, wie man seinem Terminkalender hatte entnehmen können, dass die vermutliche Tatwaffe neben ihm gefunden, aus ermittlungstaktischen Gründen aber nicht näher benannt worden war. Die Polizei suche nach Zeugen, die Raffael um die Todeszeit herum gesehen oder gesprochen oder ansonsten etwas Verdächtiges bemerkt hatten.

Gerade, als Katharina Eckstein ihren Sohn fragen wollte, wann er denn eigentlich zum letzten Mal bei Raffael gewesen war, läutete es an der Haustür. Sie warf einen Blick auf die Küchenuhr, die halb neun anzeigte. Wer mochte sie wohl zu so früher Stunde besuchen?

„Moin, mein Name ist David Büttner, das hier neben mir ist mein Kollege Sebastian Hasenkrug. Wir sind von der Kriminalpolizei, ermitteln im Mordfall Raffael Winter und würden gerne mit Jonathan Eckstein sprechen", erfuhr sie, nachdem sie wenig später die Haustür geöffnet hatte.

„Meinen Sohn? Woher wissen Sie denn, dass er hier ist?", fragte Katharina verblüfft.

„Das wussten wir nicht, wir hatten es aber angenommen, nachdem wir bei ihm zuhause niemanden antrafen und der Nachbar meinte, er könne gegebenenfalls hier bei Ihnen sein. Und damit hatten wir anscheinend recht. Dürfen wir reinkommen?"

„Ja, sicher." Katharina trat beiseite und führte die Polizisten in die Küche. „Jonathan, hier sind zwei Herren von der Kripo für dich."

„Moin", sagte der knapp und starrte dann weiter ins Leere, ohne den Besuchern die Hand zu geben.

„Möchten Sie auch einen Tee trinken?", fragte Katharina, nachdem sie den beiden Männern bedeutet hatte Platz zu nehmen.

„Ja, sehr gerne", nickte Büttner und blies sich in die kalten Hände, „bei dem Wetter kann man den gut gebrauchen." Er warf einen prüfenden Blick auf Jonathan. „Alles in Ordnung mit Ihnen, Pastor Eckstein?" fragte er lauernd. Jonathan sah ihn nur kurz an, schwieg dann aber weiter.

„Mein Sohn steht noch unter Schock", meinte Katharina und deutete auf die Zeitung. „Hat ihn sehr mitgenommen, der Tod von Raffael Winter." Sie stellte zwei weitere Tassen auf den Tisch, tat Kluntjes hinein und schenkte dann den

Tee ein. Zu guter Letzt kam noch ein kleiner Klecks Sahne in die Tasse. „Sagen Sie mal, Herr Kommissar", sagte sie und betrachtete Büttner aus zusammengekniffenen Augen, „irgendwie scheint mir, wir kennen uns irgendwoher. Kann das sein? Wie war noch gleich Ihr Name?"

„Büttner. David Büttner", knurrte er. Die Masche kannte er schon, wenn er irgendwo zur Vernehmung auftauchte. Es gab viele Menschen, die gleich auf lieb Kind machen wollten, bevor sie zur Strafsache befragt wurden.

„David! Na klar!" Katharina schlug sich mit der flachen Hand vor die Stirn und zeigte ein strahlendes Lächeln. „Das ist ja ein Ding! Was machst denn du hier in Ostfriesland? Ich dachte, du bist in Hamburg!"

Büttner stutzte, während er die Tasse vom Tisch hob, um seine Hände daran zu wärmen. Sein Assistent Hasenkrug schaute verdutzt von einem zum anderen, und auch Jonathan Eckstein schien plötzlich wacher zu sein, denn er schaute jetzt verhalten neugierig zu Büttner hinüber.

„Mensch, kennst du mich nicht mehr? Ich bin's, Katharina! Katharina Eckstein", half ihm Jonathans Mutter auf die Sprünge.

„Katharina?" Büttners Gesichtsausdruck war ein einziges Fragezeichen. Doch dann, wenn auch sehr langsam, fiel bei ihm der Groschen. „Katharina!" Nun strahlte auch er bis über beide Backen. „Mensch, das ist ja ein Ding! Du hier! Mit dir hätte ich hier nun wirklich nicht gerechnet! Was treibt dich denn nach Emden?" Er warf einen Blick auf Jonathan. „Jetzt weiß ich auch, warum mir der Name Jonathan Eckstein so bekannt vorkam", schmunzelte er.

„Entschuldigung, aber ich verstehe nur Bahnhof", sprach

Jonathan seinen ersten zusammenhängenden Satz an diesem Morgen.

„Das wundert mich nicht", lachte Büttner, „als ich dich … ähm … Sie zum letzten Mal gesehen habe, da trugen Sie noch Windeln."

„Ja, Mensch, das ist jetzt schon vierzig Jahre her. Guter Gott, wie die Zeit vergeht." Katharina dachte an die Zeit zurück, als sie in der Hamburger Kommune gelebt hatte. David Büttner war damals öfter auf Besuch gewesen, sein größerer Bruder, einer ihrer Sexgenossen, hatte ihn mitgebracht. Der Kommissar musste ungefähr ein Jahr jünger sein als sie. „War schon eine wilde Zeit, damals, in der Kommune, nicht wahr?"

Sebastian Hasenkrug quollen bei diesen Worten beinahe die Augen aus dem Kopf. „Sie haben in einer Kommune gelebt, Chef?"

Büttner sah ihn verärgert an. „Und wenn? Was wäre daran so schlimm?"

„Ach was", lachte Katharina, „David war doch damals noch viel zu jung. Er kam nur zu Besuch."

„Na, so jung war ich ja nun auch nicht mehr", beeilte sich Büttner zu sagen. Als kleiner unerfahrener Idiot wollte er nun auch nicht dastehen. „Immerhin war ich schon fast volljährig."

„Ja, und du hast bei uns deine ersten sexuellen Erfahrungen sammeln dürfen", bemerkte Katharina mit einem Augenzwinkern.

„Echt?" Hasenkrugs Augen wurden immer größer.

„Ich glaube nicht, dass das hierher gehört", sagte Büttner gepresst.

„Stimmt, du bist ja jetzt bei den Bullen und aus einem ganz anderen Grund hier, ich vergaß", erwiderte Katharina belustigt. „Na, dann können wir ja später noch in Erinnerungen schwelgen."

Büttner räusperte sich vernehmlich, bevor er einen Schluck Tee nahm und sich dann an Jonathan Eckstein wandte. „Wir sind hier, weil Sie angeblich Schüler an Raffael Winter vermittelt haben, stimmt das?" Und noch bevor Jonathan antwortete, flog Büttners Kopf zu Sebastian Hasenkrug herum, der ihn immer noch mit offenem Mund anstarrte. „Haben Sie eine Maulsperre, oder was?" blaffte er ihn an, woraufhin sein Assistent hochrot anlief und schnell nach seinem Tee griff.

„Ja, ich habe Raffael Schüler vermittelt", sagte Jonathan im nächsten Moment mit dünner Stimme.

„Hatten Sie ein rein berufliches, oder auch ein privates Verhältnis zu ihm?"

„Wir haben uns geliebt", antwortete Jonathan kaum hörbar.

„Sie haben sich …" Nun war es an Büttner, mit offenem Mund dazusitzen. Schnell nahm er eine spitztütenförmig gerollte knusprige Waffel, in Ostfriesland Neujahrskuchen genannt, aus der Schale, die Katharina zwischenzeitlich auf den Tisch gestellt hatte, und biss so hektisch hinein, dass mehrere größere Stücke abbrachen und auf den Boden fielen. Büttner ignorierte es.

„Das heißt, Raffael Winter war Ihr Freund? Ihr Geliebter", klinkte sich nun Hasenkrug ein.

„Ja. Wir haben uns geliebt", wiederholte Jonathan tonlos.

„Hm. Sie wussten aber schon, dass Herr Winter auch mit seinen Schülern, nun, sagen wir mal, sexuell verkehrte?"

„Ja."

„Aha." Büttner warf einen schnellen Blick auf Katharina. Die aber saß angesichts der Worte ihres Sohnes erstaunlich gelassen da. Es war ihr also bekannt, dass ihr Sohn, der Pastor, zum einen schwul war und zum anderen nicht der einzige Sexualpartner von diesem Winter. Wie es ihr wohl damit ging? „Und das hat Sie nicht gestört?"

„Nein. Mir war es lieber, ihn mit anderen zu teilen, als ganz auf ihn zu verzichten."

„Aha. Wann haben Sie Raffael Winter zum letzten Mal gesehen?"

„Vor zwei Tagen."

„Das heißt, Sie waren gestern, also am Tag des Mordes, nicht mehr bei ihm?"

„Nein", log Jonathan.

„Was haben Sie denn um die Tatzeit gemacht?"

„Tatzeit? Wann genau war das?"

„Circa halb drei. Steht in der Zeitung."

„Hab ich nicht gelesen. Ich … konnte nicht." Jonathan fuhr sich fahrig mit den Händen übers Gesicht. „Ich war in der Stadt", sagte er dann, „musste noch was für meine nächste Predigt besorgen."

„Kann das jemand bezeugen?"

„Weiß nicht, im Geschäft vielleicht." Er nannte dem Kommissar den Namen.

„Warum hatten Sie sich gestern nicht mit Herrn Winter verabredet?"

„Er hatte keine Zeit."

„Weil er sich mit seinen anderen Liebhabern vergnügte?" Büttner sah, wie Jonathan bei diesen Worten zusammenzuckte. Genau das hatte er beabsichtigt. Denn er glaubte dem Herrn Pastor kein Wort. Sein Bauchgefühl sagte ihm, dass er log. Die Antworten kamen ihm zu mechanisch, so, als hätte Jonathan sie sich vorher überlegt. Auch nahm er ihm nicht ab, dass er die Techtelmechtel seines Gefährten einfach so klaglos hingenommen hatte, wie er behauptete. Vielmehr war davon auszugehen, dass er von Eifersucht zerfressen war. Ihm, Büttner, würde es auf jeden Fall so gehen, wenn seine Frau ihn so behandeln würde. Das war doch ganz normal. Ja, er ging davon aus, dass dieser Jonathan vor Eifersucht und Verzweiflung nicht mehr ein noch aus gewusst hatte. Ein herrliches Mordmotiv.

„Wie ist es dir denn mit der Liebesbeziehung deines Sohnes gegangen?", wandte sich Büttner übergangslos an Katharina. „Könnte mir vorstellen, dass dich das ziemlich mitgenommen hat, ihn so leiden zu sehen."

„Er ist erwachsen", sagte sie und zuckte mit den Achseln. „Noch Tee?"

„Ja, bitte." Trotz ihrer so offensiv zur Schau gestellten Gelassenheit – oder gerade deswegen – ließ sich Büttner nicht täuschen. Ihr Gesichtsausdruck sprach Bände. Unmöglich konnte ein Mutterherz von solch einer Tragödie, wie sie sich ganz offensichtlich zwischen Raffael Winter und Jonathan Eckstein abgespielt hatte, unberührt bleiben. „Wo warst denn du zur Tatzeit?"

„Ich?" Katharina sah ihn verwirrt an. Mit der Frage hatte sie anscheinend nicht gerechnet. „Ich … war mit dem Hund spazieren."

„Wo?"

„Nach Hinte raus."

„Hat dich jemand gesehen?"

„Keine Ahnung. Was soll das, David? Verdächtigst du jetzt mich, diesen Raffael umgebracht zu haben?"

„Hier ist jeder verdächtig", ließ sich Sebastian Hasenkrug vernehmen.

„So." Katharina sah Büttner wütend an, der aber ließ sich dadurch nicht beirren. „Warum haben Sie Herrn Winter die ganzen Schüler vermittelt, wenn Sie doch wussten, dass er sich mit ihnen amüsieren würde, Herr Eckstein?", wandte er sich wieder an Jonathan.

„Weil er naiv ist", stieß Katharina hervor, noch bevor ihr Sohn den Mund zu einer Antwort geöffnet hatte.

Jonathan warf seiner Mutter einen langen Blick zu. „Stimmt", sagte er dann, „weil ich naiv bin."

Mit einem tiefen Seufzer erhob sich Büttner von seinem Stuhl. „Danke für den Tee", sagte er. „Es war schön, dich wiederzusehen, Katharina", fügte er hinzu und schenkte ihr ein dünnes Lächeln. „Ich wünschte nur, es wäre unter anderen Umständen geschehen."

„Ja", nickte sie, „das wünschte ich auch. Aber konnte ja keiner ahnen, dass du mal ein Bulle wirst, damals, als wir noch alle unsere Brötchen geklaut und gemeinsam die Haschpfeife geraucht haben."

„Danke für die Retourkutsche", sagte Büttner müde, während Hasenkrug verlegen auf seinen Lippen kaute und demonstrativ in eine andere Richtung sah, „aber ich mache hier nur meinen Job. Auch wenn es dir gerade nicht in den Kram passt." Damit wandte er sich um und ging grußlos zur Tür hinaus.

12

Sybille Ravensburger verstand die Welt nicht mehr. Was war nur mit Magdalena Fehnkamp los, dachte sie nun schon zum wiederholten Male. Ihre Schülerin schien ein völlig neuer Mensch zu sein. Wie befreit lachte und alberte sie mit ihren Klassenkameraden herum, und es war, als habe es die stille, strebsame und gottesfürchtige Schülerin Magdalena nie gegeben. Seltsam. Der Tod von Raffael Winter schien sie nicht im Geringsten zu belasten. Eigentlich hatte sie, Sybille, erwartet, das junge Mädchen völlig aufgelöst und in Trauer versunken auf ihrem Stuhl kauern zu sehen. War es doch genau dieser Gedanke an eine am Boden zerstörte Magdalena gewesen, der ihr an diesem Morgen Auftrieb gegeben hatte, sich trotz ihrer äußerst depressiven Stimmung aus dem Bett zu quälen und zur Schule zu gehen. Ja, tatsächlich, sie hatte sich diebisch auf den Anblick einer zerknirschten und verheulten Magdalena gefreut. Denn dieser Anblick würde ihr in ihrer persönlichen Trauer und Wut nicht nur Genugtuung, sondern auch Kraft sein, diesen weiteren furchtbaren Tag durchzustehen.

Genauso, wie sie in den letzten Jahren schon so viele furchtbare Tage durchgestanden hatte. Einen nach dem anderen. In immer dem gleichen Trott. In immer der gleichen Bedeutungslosigkeit. In immer der gleichen

Angst. Ja, Sybille Ravensburger hatte Angst. Vor allem und vor jedem. Und vor allem vor ihrem Leben.

Seit ihrer Jugend schon nahm sie Tabletten, um zu verhindern, dass sie eines Tages von ihrer Angst über die Klippe gestoßen und ins Bodenlose stürzen würde. Natürlich hatten ihre Verwandten und Freunde sie vor diesem Hintergrund für verrückt erklärt, ausgerechnet Lehrerin werden zu wollen. Jeden Tag vor selbstbewussten jungen Menschen zu stehen – würde sie da nicht ganz schnell an ihre Grenzen stoßen?

Aber in diesem Punkt hatte Sybille sich nicht in ihr Leben hineinreden lassen. Für sie war es klar gewesen, dass sie genau diesen Beruf wählen musste, um irgendwann aus ihrer Angst herauszufinden. Und bis jetzt hatte das auch ganz gut funktioniert. In der Regel hatten die Schüler Respekt vor ihr, sie arbeiteten gut mit, und manche schienen sie sogar zu mögen. Zumindest bildete sich Sybille das ein, auch wenn sie es selbst nicht ganz glauben konnte. Aber doch, dachte sie bei sich, es kam schon ab und zu mal vor, dass ihr einer ihrer Schüler ein Lächeln schenkte. Und das bedeutete ihr sehr viel. Denn es hatte weiß Gott noch nicht viele Menschen in ihrem Leben gegeben, die sie angelächelt hatten. Nicht, weil sie sie nicht mochten. Nein, sie hatten sie ganz einfach nicht wahrgenommen.

Wenn auf irgendwen in dieser Welt der Begriff *unscheinbar* zutraf, dann war es sicherlich Sybille. Selbst ihrer eigenen Mutter war es, als Sybille noch klein war, öfter passiert, dass sie ihre Tochter einfach irgendwo vergessen hatte. Mehrfach hatte sie sie beispielsweise in irgendeinem Kaufhaus stehen gelassen, und Sybille hatte sich furchtbar geschämt, wenn sie als Dreikäsehoch alleine dagestanden und alle sie bedauernd angesehen hatten.

Und so war es immer geblieben. Ganz bestimmt war auch ihre Unscheinbarkeit daran schuld, dass sie nie einen Mann abbekommen hatte. Selbst ihr erstes und auf lange Zeit einziges sexuelles Erlebnis war ein Flop gewesen. Sie war mit ungefähr siebzehn Jahren auf einer Klassenparty gewesen, und alle hatten bei einem Schulkameraden in der Scheune übernachtet. Erschrocken, aber auch entzückt hatte sie bemerkt, wie nachts einer der begehrtesten Jungen der Oberstufe in ihren Schlafsack gekrochen kam und anfing, an ihrem Slip herumzufingern, um dann gleich darauf mit harten Stößen in sie einzudringen.

Sie hatte einen stechenden Schmerz verspürt, aber dennoch auch Stolz, dass es ausgerechnet sie gewesen war, die er auserwählt hatte. Also hatte sie dieses wenig romantische erste Mal mit einem Lächeln auf dem Gesicht über sich ergehen lassen. Doch kaum, dass er mit einem lauten Aufstöhnen körperliche Befriedigung erlangte, war er mit einem breiten Grinsen und den Worten *Sorry, aber es war keine andere mehr frei* wieder aufgestanden, hatte sich die Hose hochgezogen und ein Victoryzeichen hin zu seinen Kameraden gemacht, die vor dem Scheunentor standen und sich köstlich amüsierten.

Und dann, viele Jahre und so manche Enttäuschung später, war plötzlich Raffael Winter in ihr Leben getreten. Schon während der ersten Klavierstunde hatte er ihr Avancen gemacht, und sie hatte sich angesichts seiner galanten Annäherungsversuche tatsächlich eingebildet, für ihn etwas Besonderes zu sein. Wieder war sie sehr geschmeichelt gewesen, als er schließlich mit ihr geschlafen hatte. Sie hatte es kaum glauben können, dass ein so attraktiver Mann wie Raffael Winter ausgerechnet ihren Körper sexuell anziehend fand. Und prompt waren auch diesmal ihre Hoffnungen auf ein wenig Liebesglück wieder auf brutale Weise zerstört worden. Und schuld daran war einzig und allein Magdalena Fehnkamp.

Doch statt nun in Trauer und Gram zu versinken, saß Magdalena hier vor ihr wie das blühende Leben und schien irgendwie Gefallen an dem attraktiven Adrian zu finden. Und umgekehrt.

Aber wie war dieser plötzliche Sinneswandel zu verstehen? Warum fand Magdalena bei ihren Klassenkameraden auf einmal so viel Zuspruch? Und was war mit ihrem Vater, dem fürchterlich unsympathischen Onno Fehnkamp? Hatte er denn mit seiner Tochter nicht über ihr schamloses Verhältnis zu Raffael Winter gesprochen? Das konnte doch wohl kaum sein, so aufgebracht, wie er während des Telefonats gewesen war! Nein, Sybille Ravensburger verstand die Welt nicht mehr. Da hatte sie diesem engelsgleichen Miststück mal gründlich eins auswischen wollen, und dann passierte offensichtlich genau das Gegenteil. Selbst den Anschiss des Direktors, der ihr, Sybille, wegen der so offensichtlichen Fehleinschätzung von Magdalenas Deutscharbeit einen ordentlichen Einlauf verpasst und sie angewiesen hatte, die Benotung von *Ausreichend* auf *Sehr gut* zu korrigieren, hatte sie nur mit einem milden Lächeln auf dem Gesicht zur Kenntnis genommen, in der Gewissheit, Magdalena durch das Gespräch mit ihrem Vater viel mehr Schaden zugefügt zu haben, als es eine dämliche Schulnote jemals zu tun vermochte.

Tief in ihre wenig erfreulichen Gedanken versunken, sah Sybille Ravensburger aus dem Augenwinkel, wie sich in der rechten hinteren Ecke des Klassenraums eine Hand gegen die Decke streckte. „Frau Ravensburger", hörte sie im nächsten Moment ihren Namen. „Ja, bitte, was gibt's denn?", fragte sie verstört und sah auf.

Aha, so, wie er mit dem Arm in der Luft herumfuchtelte, schien es ihr Schüler Renke ganz dringend zu haben. Sie hatte ihren Deutschkurs an diesem Tag absichtlich mit einer schriftlichen Textinterpretation beauftragt, weil sie keine Lust auf Konversation hatte, nachdem Magdalena wider Erwarten so außerordentlich gut gelaunt war. Hoffentlich fasste der Junge sich also kurz.

„Ähm", Renke zeigte ein verlegenes Grinsen, während seine sonst so blasse Haut die Farbe eines frisch gegarten Hummers angenommen hatte.

„Nun sag schon", zischte ihm seine Tischnachbarin Mareike zu, während alle anderen gespannt wie die Flitzebögen auf ihren Stühlen saßen und albern kicherten.

„Ähm, also", Renke holte tief Luft, „Frau Ravensburger, ähm … stimmt es, dass Sie auch ein … ähm … also, eine … ähm … sexuelle Beziehung zu Raffael Winter hatten?"

Während Sybille bei diesen Worten augenblicklich das Blut aus dem Kopf in die Beine schoss, und sie nach Luft schnappend glaubte, im nächsten Moment in Ohnmacht fallen zu müssen, brach ihr Deutschkurs in lauten Jubel aus und klopfte ihrem Held Renke anerkennend auf den Rücken.

„Was … was …", japste Sybille nach Worten suchend vor sich hin. Es war ihr jedoch unmöglich, einen klaren Gedanken zu fassen, geschweige denn, einen klaren Satz zu formulieren. Mit letzter Mühe stemmte sie sich mit den Armen am Pult ab und begab sich in die Senkrechte. Prompt wurde ihr schwarz vor Augen, und, während sie sich schwankend in Richtung Tür bewegte, hörte sie nur noch ein Rauschen in den Ohren, das, wie das Geräusch eines sich entfernendes Autos, leiser und leiser wurde, bis es ganz verschwand – und Sybille Ravensburger wie eine ihrer Fäden beraubten Marionette in sich zusammenfiel und hart auf den Boden des Klassenzimmers aufschlug.

„Oh Gott, wie peinlich ist *das* denn!", war das erste, was Hauptkommissar David Büttner hörte, als er mit seinem Assistenten Sebastian Hasenkrug das Schulgebäude des Johannes-Althusius-Gymnasiums durch den Haupteingang betrat. Die Stimme kam ihm sehr bekannt vor, und schon im nächsten Moment erblickte er seine Tochter Jette, die sich mit einigen Klassenkameraden in der Pausenhalle aufhielt, weil es soeben zur großen Pause geläutet hatte. „Mann, ey, Papa, du bist echt so was von oberpeinlich!", setzte sie noch eins drauf, als er ihr mit einem verschmitzten Augenzwinkern zuwinkte.

„Wo geht's denn hier zum Lehrerzimmer, mein Schatz?", rief er ihr bewusst provokativ zu, trat neben sie und gab jedem ihrer Freunde einzeln die Hand.

„Andere Richtung", schnaubte Jette ungehalten und zeigte den Gang hinab. „Gleich rechts."

„He, Mann, hat's hier etwa 'nen Mord gegeben, oder

was?", wagte sich einer ihrer Freunde hervor und blickte Büttner von oben bis unten prüfend an. „Haben Sie auch 'ne Knarre dabei?", fragte er mit glänzenden Augen.

„Ach, halt doch die Klappe, Tjark." Jette zog ihren Kumpel unwirsch am Arm Richtung Schulhof, die anderen der Meute folgten ihnen mit einem breiten Grinsen auf dem Gesicht.

Büttner lief gut gelaunt den Gang hinab und klopfte wenig später an die Tür des Lehrerzimmers. Ein junger, ein wenig zerzaust aussehender Lehrer öffnete ihm die Tür und sah ihn mit finsterem Blick an. „Sprechstunde ist morgen", sagte er knapp.

Büttner zog seine Polizeimarke aus der Jacke und hielt sie ihm unter die Nase. „Mein Name ist Büttner, das hier neben mir ist mein Kollege Hasenkrug. Wir sind hier wegen Frau … ähm …"

„Ravensburger", half ihm sein Assistent auf die Sprünge.

„Genau", nickte Büttner und schob den Lehrer beiseite. „Darf ich fragen, wer Sie sind?"

„Frieso Gerkens. Ich bin ein Kollege von Frau Ravensburger."

„Wo finden wir sie?"

„Kommen Sie bitte mit."

Frieso Gerkens führte sie in einen kleinen Raum, in dem eine Notfallliege stand. Der Notarzt packte soeben sein Zeug zusammen und nickte den Polizisten zu. „Schwäche-anfall und eine Prellung am Arm. Nichts Gravierendes, denke ich. Sie ist bald wieder okay. Ich schicke gleich eine Psychologin vorbei, die sich um sie kümmern wird, sie steht offensichtlich unter Schock."

Büttner runzelte die Stirn. „Und warum hat man uns dann gerufen?", fragte er säuerlich.

Der Notarzt zeigte auf einen älteren Herrn, der in eine Ecke des Raumes gekauert dastand und äußerst besorgt aussah. Zwischen seinen Augen hatte sich eine tiefe Falte gebildet.

„Und Sie sind?", fragte Büttner.

„Hermann Meenders. Ich bin der Direktor dieser Schule."

„Und wieso rufen Sie bei einem Schwächeanfall gleich die Mordkommission? Finden Sie das nicht ein wenig übertrieben?"

„In diesem Fall nicht", schüttelte der Direktor den ergrauten Kopf, und seine Sorgenfalte schien sich noch tiefer in die Stirn zu graben.

„Weil?"

Hermann Meenders deutete mit einem Fingerzeig auf Sybille Ravensburger, die blass auf der Liege lag und ins Leere starrte. „Gut möglich, dass es einen Zusammenhang mit dem Mord an diesem Musiklehrer gibt, diesem …"

„Raffael", stöhnte Sybille Ravensburger in diesem Moment, zeigte ansonsten aber noch immer keinerlei Regung.

„In welchem Verhältnis standen Sie zu Raffael Winter?", wandte sich Büttner an die Lehrerin, doch diese reagierte lediglich mit einem nervösen Flattern ihrer Augenlider.

Der Direktor ließ ein verlegenes Hüsteln vernehmen. „Ich habe die Schüler ihres Deutschkurses gefragt, was vorgefallen ist. Wissen Sie, da hatte sie gerade Unterricht, als … es passierte."

„Und?"

„Nun, sie hatten sich wohl einen Scherz erlaubt und Frau Ravensburger gefragt, ob sie ein … ähm … sexuelles Verhältnis zu diesem Raffael Winter hatte."

„Und?"

„Und was?"

„Hatte sie? Ein sexuelles Verhältnis?"

„Woher soll denn ich das wissen?", schnaubte der Direktor empört.

„Irgendwie müssen die Schüler ja auf solch eine Frage gekommen sein. Welcher Kurs war das, sagten Sie?"

„Der Deutschkurs in der 13."

„Was hat der mit Raffael Winter zu tun?"

„Soviel ich weiß … also, es hat sich hier herumgesprochen … also, man sagt, dass …" Dem Direktor standen nun Schweißperlen auf der Stirn.

„Kommen Sie auf den Punkt", raunzte Büttner ungehalten.

„Also, ganz ehrlich, ich weiß ja nicht, ob da wirklich was dran ist."

„Das wäre ja das erste Mal, dass ein Lehrer etwas nicht weiß", knurrte Hasenkrug und erntete dafür einen vernichtenden Blick des jungen, zerzausten Pädagogen, der nach wie vor hinter ihm stand und neugierig zuhörte.

„Es heißt, Magdalena Fehnkamp sei Zeugin des Mordes gewesen", sagte Hermann Meenders fast flüsternd und mit vorgehaltener Hand.

„So, sagt man das", erwiderte Büttner emotionslos. „Und diese Magdalena Fehnkamp ist in diesem Deutschkurs von Frau Ravensburger?"

„Ja."

„Wo ist dieser Kurs jetzt?"

„Die Schüler sind alle in der Pause."

„Gut, dann kümmern wir uns später darum."

„Moin", hörte Büttner in diesem Augenblick eine Stimme hinter sich, „kann ich mal durch?"

„Wenn Sie mir sagen, wer Sie sind?" Büttner sah die recht attraktive und augenscheinlich sportliche Frau mittleren Alters mit blonder Lockenmähne interessiert an.

„Veronika Flessner. Psychologin. Man hat mich hergeschickt."

Büttner nickte knapp und reichte ihr seine Visitenkarte. „Sobald Ihre Patientin vernehmungsfähig ist, möchte ich mit ihr reden. Bitte geben Sie mir dann sofort Bescheid. Sie könnte eine wichtige Zeugin in einem Mordfall sein."

„Raffael Winter?", fragte die Psychologin.

„Woher wissen Sie das?"

„Wie viele Mordfälle hat Emden denn zurzeit?", zuckte sie mit den Schultern.

„Da haben Sie auch wieder recht", lächelte Büttner verschmitzt. Dann gab er allen zum Abschied die Hand und machte sich, gefolgt von Hasenkrug, auf den Weg zum Ausgang. Die große Pause war inzwischen vorbei, sodass seine Tochter keine Gefahr mehr lief, ihm hier noch einmal zu begegnen.

13

„Wir hätten das nicht tun sollen", bemerkte Magdalena, während sie sich nach und nach den Milchschaum ihres Capuccinos mit einem Löffel in den Mund schob.

„Keiner konnte ahnen, dass sie gleich in Ohnmacht fällt", versuchte Renke sein Verhalten zu rechtfertigen, aber er fühlte sich sichtlich unwohl in seiner Haut. Auch er hatte einen Capuccino vor sich stehen, ihn jedoch noch nicht angerührt.

„Ja, ich finde auch, dass die Ravensburger völlig über-reagiert hat", versuchte es Adrian mit einem Scherz, der jedoch ins Leere lief. Keinem von ihnen war es wirklich zum Flachsen zumute. Was sie getan hatten, war nicht richtig gewesen, selbst wenn nun wirklich keiner mit solch einer heftigen Reaktion der Lehrerin hatte rechnen können.

„Woher wusstest du eigentlich von der Sache?", fragte nun Mareike, die an diesem Morgen wie so häufig zu spät zum Unterricht gekommen war und deswegen nichts von der Absprache ihrer Kurskameraden mitbekommen hatte, sich einen kleinen Scherz mit der Ravensburger zu erlauben. „Stimmt das überhaupt? Ich meine, hatte die wirklich was mit dem Winter?"

„Klar hatte die", sagte Adrian, „sonst hätte die doch auch

nicht so reagiert. Wenn die nicht gewusst hätte, wer das ist, wäre sie doch ganz entspannt geblieben."

„Außerdem haben wir doch dieses Heft von Ben gesehen", stimmte Renke ihm bei.

„Welches Heft?"

„Na, Ben hatte das Heft dabei, in dem Raffael seine ganzen Liebschaften notiert hatte."

„Nee, ne?"

„Doch. Inzwischen liegt das allerdings bei den Bullen."

„Der hat nicht nur Strichlisten geführt, sondern auch noch aufgeschrieben, mit wem er es wann getrieben hat, oder was?"

„Genau. Der war echt total gaga." Zur Unterstreichung seiner Worte fuchtelte Renke mit den Händen vor seinem Gesicht herum.

„Scheiße", ließ sich Magdalena vernehmen, und die anderen drei schauten sie betreten an. „Details hat er aber hoffentlich nicht genannt, oder?", fragte sie mit dünner Stimme.

„Was für Details?"

„Na, du weißt schon, was er genau mit denen, mit uns …"

„Nee. Ähm … nicht wirklich. Nur so allgemeines Gelaber."

Für einige Minuten saßen die vier schweigend voreinander, ein jeder von ihnen in seine Gedanken versunken. Magdalena schaute auf das Gewirr des Wochenmarktes, das sich vor den großen Fenstern der Kneipe ausbreitete. Genau vor ihrer Nase war gerade ein älteres Paar heftig dabei sich zu streiten. Sie konnten sich wohl nicht einigen, welchen Blumenstrauß sie kaufen sollten. Die Probleme möchte ich haben, dachte Magdalena.

Unter der Woche war sie eigentlich noch nie um diese Uhrzeit hier gewesen, stellte sie fest. Schließlich hatte sie immer Unterricht gehabt. An diesem Tag aber hatte sie einen weiteren Schritt hin zu ihrer Unabhängigkeit gemacht. Sie hatte Adrian gefragt, ob sie mit ihm und seinen Freunden in die Kneipe kommen dürfe. Zum Schwänzen des Religionsunterrichts. Adrian hatte sie zunächst nur ungläubig mit großen Augen angesehen, dann aber laut herausgelacht. „Du willst ausgerechnet Reli schwänzen?", prustete er hervor und korrigierte sich dann: „Ähm, ich meine, ausgerechnet du willst Reli schwänzen?"

„Ja", hatte Magdalena mit fester Stimme geantwortet, obwohl ihr schon beim Gedanken an diese für sie bisher undenkbare Aktion die Knie weich wurden. Was, wenn ihr Vater davon erfuhr? Er würde toben vor Zorn, das war sicher. Vielleicht würde er sie sogar schlagen, so wie er es schon häufiger gemacht hatte. Als sie klein war, hatte er sie sogar mit einem Ledergürtel bestraft, wenn sie sich seiner Ansicht nach daneben benommen hatte. Wie einen unerzogenen Hund hatte er sie behandelt. Und genau wie der hatte sie schnell gelernt, sich ihm unterzuordnen. Denn, so hatte er bei solchen Gelegenheiten gebrüllt, würde sie sich nicht benehmen, dann könne er sie nicht mehr lieb haben. Und das hatte sie doch auf gar keinen Fall gewollt. Also hatte sie sich Tag für Tag sehr viel Mühe gegeben, für ihn eine liebenswerte Tochter zu sein. Eine, auf die er stolz sein konnte. Auf keinen Fall aber hatte sie so sein wollen, wie ihre Tante Margret, die Schwester ihrer Mutter, die einfach die Dinge machte, die ihr gefielen. Ja, selbst ihren Job hatte diese nach ihrer Hochzeit und der Geburt ihrer Kinder beibehalten, obwohl ihr Mann ein gutes Einkommen mit nach Hause brachte. Ihre Kinder hatten alle Freiheiten gehabt, die sie sich nur wünschten. Ständig hatten sie bei Freunden übernachtet oder waren ins Zeltlager gefahren.

Wer weiß, hatte ihr Vater dann gesagt, was man da so alles mit den Kindern anstelle, welche Freiheiten die da hätten, welche Flausen man ihnen womöglich in den Kopf setze. Sodom und Gomorrha sei das in dieser Familie.

Anfangs hatte Magdalena noch ab und zu mit ihren Vettern Fabian und Tobias, die nicht weit von ihnen gewohnt hatten, spielen dürfen, aber schließlich hatte ihr Vater es ihr verboten, weil, so meinte er, sie einen schlechten Einfluss auf seine Tochter hätten. Ebenso hatte er seiner Frau untersagt, mit ihrer Schwester Kontakt zu halten. Magdalena war über diese Entscheidung tieftraurig gewesen, denn mit den beiden Jungen und mit Tante Margret war es immer sehr lustig gewesen. Sie waren über Wiesen und Felder gestreift, hatten Verstecken und Fangen gespielt und sich im Sommer gegenseitig nass gespritzt. Soviel Spaß wie damals hatte Magdalena nie wieder gehabt.

Mit ihrer Einschulung war das sowieso alles vorbei gewesen. Ihr Vater war der Ansicht gewesen, jetzt seien andere Dinge wichtig, schließlich solle aus ihr mal ein anständiger und gelehrter Mensch werden. Von nun an hatte sie keine Freunde mehr einladen dürfen, sondern mit ihrer Mutter den ganzen Nachmittag über den Hausaufgaben gesessen und Zusatzaufgaben gelöst, die, so ihr Vater, der Vertiefung ihres Wissens dienen sollten. Außerdem hatte sie mit dem Klavierspiel angefangen und ihre Eltern zum Bibelkreis begleitet.

Ja, ihr Vater hatte dafür gesorgt, dass Magdalena ihre, so sagte er, negativen Eigenschaften, wie ihre Lebhaftigkeit und ihre Neugierde, nicht ausleben konnte, sie dafür aber eine gewissenhafte, gehorsame und gottesfürchtige junge Frau wurde. „Für seine Gene kann man nichts", hatte er gesagt und seiner Frau einen vorwurfsvollen Blick zugeworfen. „Aber man kann etwas dagegen tun, dass die negativen Charaktereigenschaften die Oberhand gewinnen. Mit Gottes Hilfe machen wir dich zu einem anständigen Menschen, Magdalena. Dass du ganz offensichtlich die Eigenschaften deiner Tante Margret mit dir herumträgst, ist eine schwere Bürde. Aber, wie du weißt, setzt uns Gott der Herr immer wieder Prüfungen aus. Deine Last wiegt schwer, doch durch seine Güte und Gnade wirst du sie bald überwunden haben."

Vor diesem Hintergrund war nicht nur sie, sondern auch ihre Mutter mit den Jahren immer ruhiger geworden. Während Magdalena sich der Schule, dem Klavierspiel und der Bibelexegese gewidmet hatte, war ihre Mutter meistens mit Arztbesuchen beschäftigt gewesen.

Ja, ihre Mutter war mit den Jahren immer blasser und kränklicher geworden. Sie hatte sich aber nie beschwert. Magdalena hatte sich häufig Sorgen um sie gemacht, aber wenn sie etwas sagte, hatte auch ihre Mutter nur lächelnd auf Gottes Willen verwiesen. „Das wichtigste ist doch", sagte sie dann, „dass wir ein gottgefälliges Leben führen. Ganz gewiss wird er uns eines Tages dafür belohnen."

Magdalena hatte dann laut geseufzt und sich heimlich stundenlang die Fotos angeschaut, auf denen ihre Mutter ein strahlendes junges Mädchen gewesen war. Sie musste früher sehr glücklich gewesen sein. Und sie hatte Magdalena sehr ähnlich gesehen. Die gleichen dunklen Locken, die gleichen strahlenden Augen. Heute aber war sie nur noch ein Schatten ihrer selbst.

„Ich werde mich bei ihr entschuldigen", sagte Renke in die nachdenkliche Stille hinein. Magdalena schreckte aus ihren trüben Gedanken auf und nickte. „Ja, aber nicht du allein. Wir haben das gemeinsam verbockt. Also gehen wir auch alle gemeinsam zu ihr."

Renke sah sie daraufhin lange an. „Wo warst du nur die ganzen Jahre?", sagte er dann leise.

Adrian lächelte. „Das habe ich mich auch schon gefragt. Aber Hauptsache ist doch, dass sie jetzt zu uns gestoßen ist." Damit nahm er sein Cola-Glas und prostete seinen Freunden zu.

Nur wenig später zahlten sie ihre Getränke und beschlossen, nach Hause zu gehen. „In ein paar Tagen ist die Matheklausur", bemerkte Adrian und zog eine Fratze, „und ihr werdet nicht glauben, wer von gar nichts eine Ahnung hat. Scheiße, wenn ich die auch wieder versiebe, wird's echt knapp. Gut möglich, dass ich dann mein Abi stecken kann."

Seine Freunde zuckten betreten die Schultern. „Sorry, aber du weißt, dass wir dir da auch keine Hilfe sein können. Bin gerade froh, wenn ich meine fünf Punkte halten kann", sagte Mareike und Renke nickte zustimmend. „Genauso sieht's aus."

Magdalena blickte von einem zum anderen. Erstmals ging ihr auf, dass es auch so etwas wie Schulprobleme geben konnte. Darüber hatte sie sich bisher kaum Gedanken gemacht. Schließlich hatte sie in den letzten Jahren in kaum einem Fach mal keine Eins gehabt. Schon deshalb, weil ihr Vater das nicht akzeptiert hätte. Einmal brachte sie aus Versehen nur elf Punkte, also eine glatte zwei, in einer Physikklausur mit nach Hause. Ihr Vater war außer sich gewesen, und hatte ihr gesagt, wie enttäuscht er von ihr sei und dass er solch ein Versagen nicht noch einmal akzeptieren werde.

„Ich könnte dir helfen", bot Magdalena an.

„Du?" Adrian sah sie an wie eine Erscheinung. „Das würdest du tun?"

„Warum nicht?"

„Musst du denn nicht nach Hause?", fragte Mareike zweifelnd.

Magdalena sah auf die Uhr. „Ich sage einfach, dass wir noch eine Vorbesprechung zum Abi haben."

„Du lügst deine Eltern an?" Renke war platt.

„Wieso", lachte Magdalena und fühlte sich plötzlich unendlich befreit, „wenn ich Adrian bei den Matheaufgaben helfe, ist das doch eine Art Vorbesprechung zum Abi, oder?" Sie griff den völlig perplexen Adrian beim Ärmel seiner Jacke und zog ihn mit sich fort, während Mareike und Renke ihnen mit offenen Mündern hinterher starrten.

Interessiert sah sich Magdalena in Adrians Zimmer um. Es war groß und freundlich, ausgestattet mit hellen Möbeln, an den Wänden Poster von Fußballmannschaften und Motorrädern. In einer Ecke, abgeschirmt von einem großen, mit Büchern und DVDs überfrachteten Regal, stand ein breites Bett, an der Wand gegenüber lud eine ausladende schwarze Sitzgruppe zum Herumgammeln ein.

Die großen Fenster boten einen herrlichen Blick über die Wiesen und Felder hinter Wolthusen. Magdalena öffnete die Terrassentür und steckte schnuppernd die Nase in den frischen Nordostwind. „Wow", sagte sie, „die Aussicht ist ja der helle Wahnsinn!" Sie schaute nach rechts und links. „Und die Terrasse gehört ganz alleine dir, oder was?", stellte sie dann erstaunt fest.

„Ja. Die von meinen Eltern ist um die Ecke."

„Und wer hat das Zimmer neben dir?" Magdalena hatte eine zweite Tür zur Terrasse entdeckt.

„Meine Schwester. Clara. Aber sie ist schon ausgezogen. Sie studiert in München."

„München? Das ist aber weit weg."

„Hat sie sich so ausgesucht."

„Und deine Eltern hatten nichts dagegen?"

„Warum sollten sie. Wenn Clara es so will."

„Hm." Magdalena sah Adrian eindringlich an. „Und was willst du nach dem Abi machen?", fragte sie dann.

„Studieren. Irgendwas Technisches, glaube ich. Weiß noch nicht so genau."

„Für Technik braucht man Mathe", grinste Magdalena.

„Stimmt. Und was willst du machen?"

„Theolo …" Magdalena stutzte und runzelte die Stirn.

„Was ist?"

„Ich … weiß nicht. Mein Vater … er meint, ich soll Theologie studieren."

„Und was meinst du?"

„Das dachte ich bisher auch. Ich meine, eigentlich habe ich nie wirklich darüber nachgedacht. Mein Vater …" Magdalena schüttelte verwirrt den Kopf, während sie, in

Gedanken versunken, die Haarspange aus ihrem Zopf löste. Ihre dunklen Locken fielen ihr in dichten, glänzenden Wellen den Rücken hinab. Fröstelnd schlug sie die Arme vor dem Körper zusammen und ging ins Zimmer zurück. Ihr war plötzlich sehr kalt. Langsam ließ sie sich auf den Schreibtischstuhl sinken, der direkt neben der Terrassentür stand, stützte sich mit den Ellenbogen auf den Schreibtisch und vergrub ihren Kopf in den Händen. „Ach Adrian", sagte sie gedehnt, „ich weiß eigentlich gar nicht mehr, was ich will. Es ist plötzlich … alles so anders, so … verwirrend." Dann schluchzte sie unvermittelt laut auf und brach in Tränen aus.

Adrian trat hinter sie und legte eine Hand auf ihre Schulter. „Du musst es wirklich verdammt schwer gehabt haben", sagte er leise, „so verdammt schwer. Was haben sie nur mit dir gemacht?" Mit einer sanften Bewegung strich er Magdalena die Haare zurück, die sich wie ein fließender Vorhang über die Schreibtischplatte ergossen. „Du bist so wunderschön, Lena, so wunderschön", sagte er heiser. Und noch ehe er sich's versah, war Magdalena mit ihrem Schreibtischstuhl herumgewirbelt und warf sich in seine Arme. „Halt mich fest, Adrian, bitte, halt mich ganz fest!", schluchzte sie, und ihr Körper wurde von Weinkrämpfen geschüttelt.

Adrian legte einen Finger unter Magdalenas Kinn und hob es sanft an. Er nahm ein Papiertaschentuch vom Schreibtisch und begann, ihr die Tränen von den Wangen zu tupfen. Sein Gesicht war nun ganz nah an dem ihren. Er sah ihre großen, geröteten Augen, ihren vollen roten Mund. Eine seltsame Erregung ergriff von ihm Besitz.

Er strich mit den Fingern über ihre glatte, elfenbeinfarbene Haut. „Sag, wenn du es nicht willst", hauchte er mit belegter Stimme, und als sie nicht reagierte, presste er seine Lippen auf die ihren, die sie, wie auf ein geheimes Kommando hin, leicht öffnete. Augenblicklich versanken sie in einem leidenschaftlichen Kuss.

Während Adrian glaubte, innerlich zu verbrennen, spürte er, wie Magdalenas Hände langsam seinen Rücken hinunterwanderten und sich schließlich am Gürtel seiner Hose zu schaffen machten. „Oh mein Gott", stöhnte er auf, „was machst du nur mit mir, Lena?" Aber sie ließ nur ein heiseres Lachen vernehmen, während sie sein steifes Glied mit beiden Händen umschloss. Adrian schob ihren Pullover hoch und taste sich mit fiebernd erregten Händen zu ihren kleinen, drallen Brüsten vor. Mit sanftem und doch festem Griff begann er sie zu kneten. Doch gerade, als er auch ihre Hose öffnen wollte, schob sie ihn von sich und ließ sich zurück in den Schreibtischstuhl fallen. Fasziniert beobachtete Adrian, wie sie sich selbst ihrer Jeans entledigte, den Slip nach unter streifte, und sich ihm schließlich mit über die Stuhllehnen gespreizten Beinen darbot.

Schwer atmend ließ er sich auf die Knie sinken und vergrub seinen Kopf in ihrem Schoß. In schnellen Bewegungen ließ er seine Zunge über die schwellende, feuchte Weichheit ihrer Scham gleiten, während sie seinen Kopf mit ihren Händen zu sich heranzog und sich mit halbgeschlossenen Lidern und sich wölbenden Lippen ihrer überschäumenden Ekstase hingab.

Kurz, bevor Adrian Zunge Magdalena zum heiß ersehnten Höhepunkt brachte, zog er sie von Stuhl herab, ließ sich auf den Teppich zurücksinken, so dass sie auf ihm zu sitzen kam und führte sein Glied mit einem heftigen Stoß in sie ein.

Magdalenas Mund entglitt ein kaum hörbares, kehliges Aufstöhnen, und sie begann, sich im Rhythmus ihrer intimsten Wünsche auf und ab zu bewegen. Schließlich beugte sie ihren Oberkörper vor, sodass sich ihre langen, seidenweichen Haare über Adrians Körper ergossen. Ungehemmt bot sie ihm ihre Brüste dar, die er mit beiden Händen umschloss, während sie sich mit ihren Händen auf seinem harten, muskulösen Brustkorb abstützte. Als beide glaubten, innerlich zu verglühen, richtete sich Magdalena wieder auf, warf ihren Kopf zurück und ließ sich in sexueller Ekstase auf ihm hinauf und hinab gleiten, umschloss sein Glied fest mit ihren Schamlippen, bis sie schließlich in einem Gefühl der lustvollen Verschmelzung gemeinsam den Höhepunkt erreichten.

„Puh, was war denn das!?", keuchte Adrian, als sich Magdalena wenig später in seine Armbeuge kuschelte und ihn so fest umschlungen hielt, als wollte sie ihn nie wieder loslassen.

„Es war wunderschön", flüsterte Magdalena kaum hörbar, während sie mit ihrem Finger seine Bauchmuskulatur entlangfuhr.

„Es war das Schönste, was ich jemals erlebt habe", erwiderte Adrian und gab ihr einen Kuss auf die Stirn. „Bitte lass uns für immer zusammen bleiben, Lena."

„Mein Vater …", reagierte Magdalena fast instinktiv, und ihr Körper versteifte sich.

„Pschscht", machte Adrian und nahm sie fest in den Arm, „er wird nichts dagegen tun können. Gar nichts."

„Du kennst ihn nicht."

„Wenn er uns blöd kommt, wird sich das schnell ändern. Dann lernt er mich kennen."

„Unterschätze ihn nicht."

„Wie sollte ich. Schließlich hat er so etwas Fantastisches wie dich zustande gebracht. Er muss einfach ein Teufelskerl sein."

Magdalena zuckte bei diesem Ausdruck zusammen. Ein Teufelskerl. Für diesen Ausdruck hätte sie, Magdalena, mindestens zwei Extrastunden in demütiger Haltung und Buße tuend über ihrer Bibel verbringen müssen. „Was meinst du, wer Raffael ermordet hat?", fragte sie, um vom Thema abzulenken.

„Keine Ahnung. Ist mir auch nicht wichtig."

„Mir eigentlich auch nicht."

„Dann ist ja gut."

„Finde ich auch."

Im nächsten Moment versanken sie eng umschlungen in einen traumlosen Schlaf.

14

Zum wiederholten Male wischte David Büttner mit dem
Ärmel seines Pullovers über seine Schreibtischplatte, obwohl die Striemen, die er mit ihrer Hilfe hatte entfernen
wollen, schon längst verschwunden waren.

Irgendwie hatte er angenommen, dass der Mord an
Raffael Winter, der ihn vor wenigen Tagen heimgesucht
hatte, schnell zu lösen sein würde. Und wenn er sich nun
rein auf die Indizienlage stützen würde, wäre es auch gar
nicht mehr so schwer. Denn dann könnte er sich jetzt
Magdalena Fehnkamp vorknöpfen, und gleich darauf
Jonathan Eckstein. Oder umgekehrt. Denn von diesen
beiden, so hatte er soeben erfahren, waren Fingerabdrücke
auf der Mordwaffe, der Danaide von Rodin, gefunden
worden. Und dann, neben ein paar unbekannten, natürlich noch die von Winter, aber es war doch recht unwahrscheinlich, dass der sich die Skulptur selbst über den
Schädel gezogen hatte.

Hasenkrug hatte gemeint, er solle die beiden, Magdalena
und Jonathan, sofort in die Mangel nehmen. Die zwei seien
emotional schließlich so labil, dass mit einem baldigen Zusammenbruch mit sich anschließendem Geständnis zu
rechnen sei. Aber irgendetwas in Büttner sträubte sich dagegen zu glauben, dass einer von beiden es gewesen sei.

Genau genommen gab es ja noch eine ganze Menge mehr Verdächtige. Um nicht zu sagen, mehrere Dutzend. Mit Widerwillen dachte Büttner an die Listen, die sie in der Wohnung des Mordopfers gefunden hatten. Fein säuberlich hatte dieser über Jahre hinweg seine sexuellen Abenteuer aufgelistet und – man höre und staune! – mit Schulnoten versehen.

Also, wenn das alles so stimmte, dann musste dieser Winter hochgradig krank im Hirn gewesen sein. Was nur trieb einen Menschen dazu, solch ein Sexmonster zu werden? Büttner hatte sich ein wenig bei den Klienten des Musiklehrers umgehört. So viele hochrote Köpfe und peinlich berührtes Gestammel hatte er bei seinen Zeugen selten erlebt.

Ja, es schien tatsächlich so zu sein, dass Winter nahezu jeden seiner Schüler vernascht hatte, egal ob Männlein oder Weiblein. Und angeblich hatten die meisten sogar von den jeweils anderen Liebschaften nichts gewusst. Wie konnte denn das angehen? Hatten sie denn ihren Verwandten und Freunden gegenüber alle die Klappe gehalten? Und wenn ja, warum? Und was, verdammt noch mal, hatte dieser Winter an sich gehabt, dass alle freiwillig auf seiner Klavierbank die Beine breitgemacht hatten?

Nicht auszudenken, wenn seine Tochter Jette eines Tages beschlossen hätte, Klavierunterricht zu nehmen. Natürlich hätte er ihr das gerne erlaubt. Und dann wäre womöglich auch sie …

Büttner ließ ein verärgertes Grunzen vernehmen. Nein, Magdalena und Jonathan waren weiß Gott nicht die einzigen Verdächtigen. Vielmehr schienen alle, die jemals bei

Raffael Winter ein- und ausgegangen waren, ein handfestes Motiv zu haben. Und was, wenn zum Beispiel Magdalenas Vater Wind von der Sache bekommen hatte? Der machte ja nun überhaupt nicht den Eindruck, als würde er es klaglos hinnehmen, dass seine Tochter von wem auch immer vernascht wurde.

Und was war mit Katharina Eckstein, der Mutter von Jonathan? Wie er inzwischen herausbekommen hatte, war ihr die Beziehung ihres Sohnes zu seinem jugendlichen Liebhaber immer ein Dorn im Auge gewesen. Hatte sie endgültig dafür sorgen wollen, dass ihr Sohn wieder ein normales Leben führen konnte, fernab von Eifersucht und Liebeskummer?

Dann war da auch noch diese Lehrerin, Sabine oder Sybille … Soundsoviel. Ach, er konnte sich doch partout ihren Namen nicht merken. Außerdem war er sich sicher, nicht mal ein Phantombild von ihr erstellen zu können, sollte er jemals dazu gezwungen sein. Er wusste nämlich ums Verrecken nicht mehr, wie diese Dame aussah.

Na ja. Sei's drum. Auf jeden Fall konnte diese Sybille sich durchaus an Raffael Winter gerächt haben. In dem ominösen Notizheft nämlich war auch sie aufgeführt gewesen – mit wenig schmeichelhafter Bewertung. Sollte sie es in die Finger bekommen haben? Dann allerdings wäre es nicht verwunderlich, wenn sie ihn ins Jenseits befördert hätte. Denn so eine vernichtende Beurteilung, wie Winter über sie abgegeben hatte, könnte wahrlich kein Mensch so schnell verkraften. *Verklemmt wie ein kaputtes Ventil* und *Stöhnt wie eine altersschwache Katze mit Darmbeschwerden* hatte unter anderem in dem Heft gestanden.

Grund genug also, den Knüppel herauszuholen und ihn niederzumachen, oder?

Nun, wie dem auch sei. An irgendeiner Stelle musste er jetzt mit seinen Ermittlungen fortfahren. Also hatte er Katharina Eckstein ins Präsidium bestellt. Wenn er ehrlich war, dann hatte er es weniger deswegen getan, weil er sie für besonders verdächtig hielt.

Nein, vielmehr hatte er Lust, ein wenig mit ihr zu plaudern und zu hören, wie es ihr ergangen war in all den Jahren. Und außerdem wollte er ihr klarmachen, dass sie vor seinen Kollegen nicht immer die vergangenen Geschichten aufwärmen sollte. Denn seine Vergangenheit in den Fängen der Hasch rauchenden und sexualbefreiten Hamburger Kommunarden ging schließlich niemanden etwas an.

Laut seufzend erhob sich Büttner von seinem Stuhl und winkte Hasenkrug, mit ihm in den Vernehmungsraum zu kommen.

„Katharina", rief er wenig später fröhlich aus, als er die Mutter des Pastors in dem steril wirkenden Raum sitzen sah, und reichte ihr in einer freundschaftlichen Geste die Hand.

„Musste das hier wirklich sein?", fragte sie säuerlich und machte eine ausladende Bewegung mit den Armen. „Wir hätten auch bei mir gemütlich eine Tasse Tee trinken können, wenn du schon das Bedürfnis hast, mich über mein Leben auszuquetschen, David."

„Wer sagt denn, dass ich dich über dein Leben aus-quetschen will?", erwiderte Büttner scheinbar verblüfft. Sie hatte ihn also durchschaut. Das passte zu ihr, dachte er vergnügt. Katharina war schon immer – wie würde Jette sagen? – ja, genau, eine Blitzmerkerin gewesen.

„Ach, tu doch nicht so. Also, damit das gleich klar ist, den Gefallen werde ich dir unter diesen Umständen nicht tun. Komm einfach zu mir, wenn der Fall abgeschlossen ist, dann können wir uns gemeinsam die Familienfotos anschauen und in Erinnerungen schwelgen. Bis dahin aber sage ich dir, was ich für richtig halte. Und alles andere sage ich dir nicht. Alles klar? Du verdächtigst meinen Sohn?", fuhr sie ohne Luft zu holen fort.

Büttner lachte, während Hasenkrug ziemlich verdattert da saß. Er konnte mit solch forschen Frauen nur schwer umgehen.

„Ja, Katharina, nach wie vor ist jeder verdächtig, der mit Raffael Winter in engerer Beziehung stand", nickte Büttner, nachdem er sich wieder gefangen hatte. „Bis heute hat Jonathan kein vernünftiges Alibi vorgelegt. Vielleicht kannst du uns da weiterhelfen?"

Katharina Eckstein zog einen Flachmann aus der Tasche und nahm einen tiefen Schluck. „Puh", sagte sie und streckte Büttner die Flasche entgegen, „das tut gut. Möchtest du auch?"

Büttner winkte mit einem Grinsen ab, während Hasenkrug vor Empörung der Mund offen stand. „Hier ist Alkohol nicht erlaubt", rief er und sah seinen Chef herausfordernd an. Das würde der doch nicht einfach so durchgehen lassen? Doch, das würde er, wie Hasenkrug gleich darauf feststellen musste, als ihm Büttner mit einer eindeutigen Geste über den Mund fuhr.

„Also", wiederholte Büttner dann, „Jonathan hat kein Alibi."

„Wenn das so ist, dann ist das so", erwiderte Katharina Eckstein und nahm einen weiteren Schluck.

„Es interessiert dich nicht, wo er zum Tatzeitpunkt war?"

Katharina schraubte ihren Flachmann zu und ließ ihn in ihre Tasche zurück gleiten. Dann beugte sie sich vor und kniff die Augen zusammen. „David", sagte sie ruhig, „wenn Jonathan Raffael Winter umgebracht hat, dann ist das so. Wenn nicht, dann nicht. Ich kann dir nicht sagen, welche die richtige Variante ist. Das herauszufinden ist ganz alleine dein Job – und vielleicht noch der dieses blassen Jünglings hier." Sie machte eine Kopfbewegung in Richtung Hasenkrug, der empört nach Luft schnappte. „Wenn es Jonathan war, dann wird er seine Strafe bekommen. Ich kann und will daran nichts ändern. Schließlich ist der Kerl schon groß, und man sollte annehmen, dass er in der Lage ist, für sich und sein Handeln selbst die Verantwortung zu übernehmen. Auch wenn ich manchmal daran zweifle."

„Auch du hast kein Alibi", fuhr Büttner unbeeindruckt fort.

„Doch, das habe ich. Mein Alibi heißt Heinrich." Sie zog die Nase kraus. „Pech nur, dass er es wohl kaum bestätigen wird."

Auf diese Aussage hin begann Hasenkrug wie wild, in seinen Unterlagen zu blättern. „Einen Heinrich hatten Sie bei der letzten Vernehmung nicht erwähnt", stellte er dann mit finsterem Blick fest und wunderte sich, warum sein Chef bei diesen Worten die Augen verdrehte und ihn dann wie einen Hund anblaffte.

„Keine Sorge, Hasenkrug", sagte Büttner und kräuselte die Lippen, „dieser Heinrich würde uns in diesem Fall sowieso nicht weiterhelfen."

„Chef", schwoll Hasenkrug sichtlich der Kamm, „ich sehe nicht ein, warum Frau Eckstein hier eine Sonderbehandlung erfährt. Immerhin gehört sie zum Kreise der Hauptverdächtigen. Und da lassen Sie einen womöglich wichtigen Zeugen einfach außen vor?"

Katharina zog die Augenbrauen hoch und sah Hasenkrug mitleidig an. Sie sagte aber nichts, sondern zog erneut ihren Flachmann hervor.

„Wenn Sie unbedingt wollen, dann können Sie diesen Heinrich ja mal aufsuchen und hören, was er zu sagen hat, Hasenkrug. Von mir aus machen Sie das jetzt gleich. Danach kommen Sie wieder her und erstatten Bericht. Ist das in Ordnung?", sagte Büttner, während es nun an Katharina Eckstein war, ihn zunächst fassungslos und dann äußerst belustigt anzusehen.

„Und wo wohnt dieser Heinrich?", fragte Hasenkrug sichtlich zufrieden.

„Bei mir", antwortete Katharina. „Sie können ihn gar nicht verfehlen. Falls er nicht aufmacht, unter der Fußmatte liegt ein Schlüssel. Gehen Sie einfach rein. Heinrich wird sich mächtig freuen, Sie zu sehen, da bin ich ganz sicher."

Hasenkrug sah erst sie und dann seinen Chef misstrauisch an. Als die beiden aber nur teilnahmslos zurückblickten, stand er auf und ging zur Tür. „Na gut", sagte er, „dann nehme ich mir diesen Kerl mal vor."

„Tun Sie das, Hasenkrug, tun Sie das", seufzte Büttner, „wenn Sie unbedingt darauf bestehen."

„Ich will mir nur nicht vorwerfen lassen, nicht jeder Spur nachgegangen zu sein", blaffte Hasenkrug.

„Da haben Sie auch schön recht", nickte Büttner.

„Braver Junge", lachte Katharina Eckstein. Aber das hörte Hasenkrug nicht mehr. Er hatte sich bereits auf den Weg gemacht.

Nachdem Büttner auch beim dritten Anlauf nichts in Sachen Alibi aus Katharina herausbekommen hatte, verlegten sich die beiden ein wenig aufs Plaudern. Auf diese Weise erfuhr Büttner, welch tragischen Verlauf Katharinas Leben nach ihrer Kommunardenzeit bis zum Tod ihres Mannes genommen hatte, und es tat ihm aufrichtig leid, dass sie so hatte leiden müssen. Nun verstand er auch ihre Alkoholsucht. Er selbst hatte sich nie besonders viel Gedanken gemacht, was aus den Bewohnern der Kommune geworden war. Schließlich hatte er nie richtig dazu gehört. Nachdem sein Bruder ausgezogen war, um sein Studium in Göttingen fortzusetzen, hatte er keinen Kontakt mehr zu den Leuten gehabt. Er war zur Polizei gegangen und verließ Hamburg dann vor wenigen Jahren Richtung Emden, weil ihm der Job in der Großstadt zu anstrengend geworden war.

„Tut mir leid, dass die Jungs dich so haben hängen lassen", sagte Büttner ehrlich betroffen, „ich hatte davon keine Ahnung."

„Du warst ja auch so ziemlich der Einzige, der nicht als Jonathans Vater infrage kam", sagte Katharina nachdenklich. „Ich war einfach zu jung damals. Ich war so naiv anzunehmen, dass ich bei den Kommunarden für den Rest meines Lebens gut aufgehoben sein würde. Nun, jeder zahlt Lehrgeld im Laufe seines Lebens", fügte sie achselzuckend hinzu.

„Könnte mein Bruder der Vater von Jonathan sein?", ging Büttner plötzlich ein Licht auf.

„Nein. Der kam erst zu uns, als ich schon schwanger war."

„Schade", sagte Büttner, „ich hätte ihm die Hölle heiß gemacht."

„Lass mal sein. Für Unterhaltszahlungen wäre es jetzt sowieso zu spät", zeigte Katharina ein schiefes Grinsen. „Und du? Hast du Familie, David?"

„Ja, ich habe …", setzte Büttner zum Reden an, wurde jedoch von einem wutschnaubenden Hasenkrug unterbrochen, der in diesem Augenblick wie ein Berserker mit hochrotem Kopf zur Tür hereingeschossen kam. „Das lasse ich mir nicht gefallen, Chef", stieß er hervor, „das lasse ich mir ganz bestimmt nicht gefallen!"

„Wuff", machte Büttner und brach gemeinsam mit Katharina in schallendes Gelächter aus.

15

Ein Hauch von Frühling lag in der Luft. Hauptkommissar Büttner nahm es an diesem Tag erstmals richtig wahr, als er die Stadt Emden verlassen und hinaus aufs Land gefahren war. Genauer genommen nach Rysum, eine kleine Ortschaft, die sich im Schutze des Deiches kreisförmig in die Weite der Landschaft kauerte. Mit seinen kleinen, von mächtigen Gulfhöfen umrahmten Backsteinhäuschen kam Rysum praktisch als der Prototyp eines ostfriesischen Dorfes daher. Die mit rotem Backstein gepflasterten Gassen führten zwischen den Gulfhöfen sternförmig die Warft hinauf zur jahrhundertealten Kirche, die sich rühmen durfte, die älteste bespielbare Orgel Nordeuropas zu beherbergen. Überragt wurde der Rysumer Ortskern von einer hübsch restaurierten historischen Windmühle, die ihre ausladenden Flügel wie zur Lobpreisung in das frische Frühlingsblau des Nordseehimmels streckte.

Büttner sog die frische Seeluft tief in seine Lungen. Viel zu lange war es her, dass er die Stadt verlassen hatte, befand er unter dem Eindruck der scheinbar unendlichen Weite der Krummhörn, die sich seinen Augen hier unverstellt darbot. Er beschloss, seine Frau am nahenden Wochenende zu einem Ausflug über Land einzuladen. Nicht unbedingt, um sich langen Spaziergängen am

Deich hinzugeben. Nein, körperliche Bewegung war eigentlich gar nicht sein Ding, wie man seinem Leibesumfang unschwer ansah. Vielmehr würde er sich gerne zu Tee und Kuchen in ein gemütliches, von der Frühlingssonne durchflutetes Café setzen und die Beschaulichkeit der ostfriesischen Landschaft genießen. Vielleicht hier in Rysum, vielleicht an der Knock. Das würden sie dann sehen.

Noch aber war an nette Ausflüge nicht zu denken, denn heute war er rein dienstlich nach Rysum gekommen. Soeben lief er mit seinem Assistenten Sebastian Hasenkrug die Mönkehörner Lohne hinauf, um Ben Winter, dem Bruder von Raffael Winter, einen Besuch abzustatten. Das Auto hatte Büttner nach einiger Überwindung unterhalb der Ringstraße stehen gelassen. Zum einen, weil die Rysumer Gassen eigentlich zu schmal waren, um von großen Fahrzeugen zugeparkt zu werden. Vor allem aber, damit Büttner am Abend seiner Frau erzählen konnte, er habe, wie sie es ihm immer wieder mit einem vorwurfsvollen Blick auf seinen Bauchumfang ans Herz legte, freiwillig einen Spaziergang über Land gemacht.

Ben Winter lebte mit zwei Freunden in einem kleinen, geduckten Landarbeiterhaus aus rotem Klinker. Die weißen Holzsprossenfenster waren umrahmt von dunkelgrünen Fensterläden, das Grundstück eingefasst von einem niedrigen, weißen Holzzaun. Beim Anblick des üppig bepflanzten Vorgartens ließ sich erahnen, dass dieses Kleinod in der warmen Jahreszeit eine wahre Augenweide sein musste. Noch aber lagen Büsche und Sträucher im Winterschlaf, lediglich ein paar vorwitzige Schneeglöckchen und

Krokusse hatten bereits ihre Köpfe durch die kühle Erde ins helle Licht geschoben.

Ben Winter – von seinen Eltern eigentlich auf den Namen Benjamin getauft, wie Büttner bei der Durchsicht der Polizeiakten festgestellt hatte – war kein unbeschriebenes Blatt. Er hatte sich in seinem jungen Alter bereits etliche Male wegen kleinerer Diebstähle, vorsätzlicher Körperverletzung oder auch Nötigung vor dem Richter verantworten müssen. Auch hatte sich schon der ein oder andere Psychologe mit ihm befasst, mit dem Ergebnis, dass er als in Ansätzen verhaltensgestört eingestuft worden war. Genau wie bei seinem Bruder Raffael, der sein Heil in einem ausschweifenden Sexualleben gesucht hatte, schien die Ursache dieser Störung klar zu sein: Der frühe Tod ihrer Eltern, die vor elf Jahren bei einem Autounfall ums Leben kamen.

Die beiden Jungen waren von einem Tag auf den anderen aus einem behüteten Dasein in die düstere Welt der Waisenkinder gestoßen worden. Bis zur Volljährigkeit waren sie in Heimen untergebracht gewesen, was bei Raffael einen nur kurzen Aufenthalt, bei seinem um zehn Jahre jüngeren Bruder Ben aber eine halbe Ewigkeit bedeutet hatte. Gleich nach seinem achtzehnten Geburtstag war Ben in sein Rysumer Elternhaus zurückgekehrt, das seit dem Tod seiner Eltern vermietet gewesen war. Zwei Freunde von ihm, Sören Hattinga und Ella Brandstuhl, hatten mit ihm eine Wohngemeinschaft gegründet, weil sie es zu Hause nicht mehr aushielten und ihnen sein Angebot daher sehr entgegenkam.

Auf das Läuten der Kuhglocke hin, die ganz offenbar als Klingelersatz an der Haustür angebracht worden war, öffnete den Polizisten ein junges Mädchen. Ihr schlanker Körper steckte in einem langärmligen gestreiften T-Shirt und einer Latzhose. Ihre mittelblonden, glatten Haare hatte sie zu einem lockeren Pferdeschwanz gebunden, aus der sich bereits so manche Strähne gelöst hatte und ihr ins Gesicht fiel. An ihren Händen, die sie auf Schulterhöhe in die Luft hielt, klebte ganz offensichtlich Erde.

„Moin", grüßte Büttner und stellte sich und Hasenkrug vor, „wir hätten gerne mit Ben Winter gesprochen."

Das Mädchen nickte nur knapp, blies sich eine Haarsträhne aus der Stirn und bedeutete ihnen wortlos einzutreten. Kaum, dass sie die Küche betreten hatten, rief sie lautstark nach Ben und machte sich dann an einer Reihe von Pflanztöpfen zu schaffen.

„Wie man sieht, bereiten Sie wohl die Frühjahrsaussaat vor", sagte Büttner freundlich, erntete von ihr jedoch nur ein Stirnrunzeln.

„Ja, Ella hat echt ein Händchen für alles, was mit Grünzeug zu tun hat", sagte eine Stimme hinter Büttner, „im Sommer ist sie aus ihren Blumen- und Kräuterbeeten kaum noch herauszubekommen." Der junge Mann machte keine Anstalten, den Polizisten die Hand zu reichen, sondern hielt seine Hände in seiner grauen Jogginghose vergraben.

„Sie sind Benjamin Winter?", fragte Büttner.

„Ich bin Ben, ja. Und Sie kommen wegen Raffael, nehme ich an."

„Genau. Wir würden Ihnen gerne ein paar Fragen stellen."

„Meinetwegen. Tee?" Er deutete auf einen Teekessel, der bereits auf dem Herd vor sich hin brodelte.

„Gerne."

„Setzen Sie sich." Ben wies auf zwei bunte Stühle, die an dem großen, massiv hölzernen Küchentisch in der Mitte des Raumes standen, auf dem Ella gerade ihre Frühlingsvorbereitungen in Angriff genommen hatte. Büttner setzte sich und sah sich in der Küche um. Sie war das, was man gemeinhin wohl als chaotisch bezeichnete. Die Küchenmöbel und -geräte waren ein buntes Potpourri, das aussah, als hätte man es in aller Eile auf dem Sperrmüll zusammengeklaubt. Unter der Decke waren quer durch den Raum Schnüre gespannt, an denen getrocknete Kräuter aller Art hingen. Die Wände waren zwar verputzt, aber nicht gestrichen. Der Steinfußboden wies zahlreiche Schlieren und Flecken auf. Prachtstück war ein alter Kachelofen aus weißen Fliesen mit blauem Muster, auf dessen Sims zusammengerollt eine grau getigerte Katze lag und schlief. Und das, wie Büttner interessiert feststellte, zwischen vier kleinen, weißen Marmorskulpturen.

„Hübsch haben Sie es hier", stellte Büttner fest. Er deutete auf den Kachelofen. „Vor allem die Skulpturen da gefallen mir."

„Ja", sagte Ben, während er damit beschäftigt war, vier Teetassen aus dem Schrank zu kramen. „Sie gehörten alle meinem Bruder Raffael."

„Und wieso sind die jetzt bei Ihnen?", fragte Hasenkrug. „Ich meine, die Wohnung Ihres Bruders ist doch noch polizeilich versiegelt."

Ben grinste. „Die Skulpturen standen ja auch schon vorher hier. Raffael hat sie mir mal gegeben, weil er sie in seinen Räumen nicht mehr haben wollte." Er nahm den durchdringend pfeifenden Teekessel vom Herd und goss das kochende Wasser in eine weiße Kanne. „Aber sagen Sie Jonathan bloß nichts davon. Der hat sie ihm nämlich geschenkt."

„So." Büttner stand auf, um die Kunstwerke näher zu betrachten und nahm sie einzeln in die Hand. „Ziemlich … hm … freizügig", stellte er kurz darauf fest.

„Ja", nickte Ben mit einem Stirnrunzeln, „sie passten perfekt zu meinem Bruder."

„Sind alle von Auguste Rodin, das habe ich gleich gesehen", warf Hasenkrug neunmalklug in den Raum. „Der Kuss, Gier und Wolllust, Sturz eines Engels. So heißen sie."

„Alle Achtung", sagte Ben belustigt, „Sie haben's ja echt drauf."

„Ihr Bruder wurde mit solch einer Skulptur erschlagen", sagte Büttner.

„Ich weiß. Mit der Danaide. Die stand bei ihm im Unterrichtsraum."

„Wieso hat er sie nicht auch bei Ihnen abgestellt?"

„Keine Ahnung. Hat irgendwas von Verführung gefaselt. Den normalen Scheiß eben."

„Den normalen Scheiß? Wie meinen Sie das?" Büttner ließ sich zurück auf seinen Stuhl sinken und nahm die Tasse in die Hand, in der ein Kluntje leise im heißen Tee vor sich hin knisterte.

„Raffael dachte nun mal an nichts anderes, als an den nächsten Fick."

„Arschloch", ließ sich Ella erstmals aus den Tiefen ihrer Pflanzen vernehmen, wobei nicht klar war, wen sie mit dieser wenig schmeichelnden Bezeichnung eigentlich gemeint hatte.

„Wen meinen Sie damit?", hakte Hasenkrug nun auch prompt nach.

„Na, wen wohl! Raffael, dieses notgeile Schwein natürlich", sagte Ella mit rauer Stimme.

„Hatten Sie auch …", setzte Hasenkrug an, wurde jedoch sofort von einem harschen *Ach, Quatsch!* unterbrochen.

„Aber er hat es versucht", stellte Büttner fest.

„Klar hat er. Der konnte doch an niemandem vorbeigehen, ohne seinen Schwanz reinzustecken."

Büttner verzog sein Gesicht zu einer missbilligenden Fratze. „Sie sagen ja gar nichts dazu, Herr Winter", sagte er an Ben gewandt. „Macht es Ihnen nichts aus, wenn man derart über Ihren toten Bruder spricht?"

Ben zupfte sich einen imaginären Fussel vom Ärmel seines dunkelblauen Sweatshirts und zog eine Schnute. „Warum sollte es", bemerkte er dann, und seine Stimme klang nun trotzig, „Ella hat doch recht."

„Was machte es für einen Sinn, dass Sie die Strichlisten und nach seinem Tod auch die Notizhefte Ihres Bruders in der Schule verteilt haben?"

„Spaß muss sein."

„Sie fanden das lustig?", fragte Hasenkrug perplex. „Meinen Sie nicht, dass Sie damit dem ein oder anderen mächtig geschadet haben?"

„Wenn überhaupt, dann haben sie sich selbst geschadet. Sind doch alle freiwillig mit Raffael in die Kiste."

„Frau …", Büttner zog die Stirn in Falten, „wie hieß diese Lehrerin noch gleich, Hasenkrug?"

„Ravensburger."

„Richtig. Also, Frau Ravensburger hat es eher nicht

gut getan, dass ihr Verhältnis mit Ihrem Bruder bekannt wurde."

„Ach die." Ben machte eine wegwerfende Handbewegung, während er noch einmal Tee nachschenkte. Mehr schien er dazu nicht zu sagen zu haben.

„Sie gehen auch aufs Johannes-Althusius-Gymnasium", stellte Büttner fest.

„Ja." Ben schenkte Büttner ein breites Grinsen. „Ich kenne Ihre Tochter gut. Jette. Ist cool drauf, die Kleine, echt!"

Nach kurzem Nachdenken beschloss Büttner, diese Aussage als Kompliment zu nehmen, wenn er sich auch nicht ganz sicher war, ob Ben es so gemeint hatte. „Was hatten Sie für ein Verhältnis zu Ihrem Bruder?", wechselte er das Thema.

Bens Stirn umwölkte sich. „Kein sexuelles, wenn Sie das meinen", sagte er dann flapsig, was Ella dazu veranlasste, laut loszuprusten.

„Das hatte ich auch nicht angenommen. Und ansonsten? Haben Sie sich verstanden?"

„Nicht besonders."

„Warum?"

„Wie Ella schon sagte: Er war ein Arschloch."

„Hatte er außer Ihnen noch mehr Feinde?", fragte Büttner provozierend.

„Wie viel Zeit haben Sie?"

„Haben Sie Ihren Bruder erschlagen?"

„Nein, leider nicht." Ben blies die Backen auf und ließ dann schwungvoll die Luft wieder aus ihnen entweichen.

„Sie sind mehrfach vorbestraft wegen Körperverletzung", warf Hasenkrug ein.

Ben zuckte die Schultern. „Der ein oder andere braucht ab und zu mal ein paar auf die Zwölf."

„Ihr Bruder auch?"

„Der am allermeisten."

„Was hat er Ihnen getan?"

Ben schnappte nach Luft und ließ im nächsten Moment seine Fäuste donnernd auf den Tisch niedersausen. „Er hat mich verdammt noch mal in diesem scheiß Kinderheim verschimmeln lassen!", brüllte er dann so unvermittelt in den Raum, dass Ella vor lauter Schreck einen Blumentopf fallen ließ und Hasenkrug der heiße Tee über die Finger schwappte, was ihn zu einem höchst unflätigen Ausruf veranlasste.

„Falsche Frage", murmelte Ella vor sich hin, während sie die Scherben des Topfes vom Boden sammelte.

„Mir scheint, Sie sind Ihrem Bruder gegenüber nicht ganz aggressionsfrei eingestellt", stellte Büttner trocken fest.

„Psychologenscheiße", knurrte Ben, der sich nun zu ärgern schien, dass er sich vor den Polizisten dermaßen hatte gehen lassen.

„Sind Sie ein Paar?", fragte Büttner und nickte mit dem Kopf in Richtung Ella.

„Wir sind zu dritt", konterte Ben, und Ella grinste breit.

„Was heißt das?"

„Wissen Sie, was ein flotter Dreier ist?" Ben schnalzte mit der Zunge, während Hasenkrug vor Verlegenheit tiefrot anlief und auf seine Schuhspitzen starrte.

„Erklären Sie es mir", sagte Büttner gedehnt und warf einen Blick auf seine Armbanduhr. Er bekam so langsam Hunger. Ob seine Frau die Speckpfannkuchen schon fertig hatte?

„Sören und ich lieben Ella, und Ella liebt uns beide. Ist 'ne geile Nummer, das kann ich Ihnen sagen. Vor allem, wenn man auf Ecstasy ist. Sollten Sie auch mal ausprobieren, Herr Kommissar."

„Ich dachte, Ihr Bruder sei das Sexmonster gewesen", ließ sich Büttner von dieser Provokation nicht beeindrucken. Vielmehr musste er innerlich schmunzeln, weil er bei Bens Worten an seine Kommunardenzeit in Hamburg hatte denken müssen. Mein Gott, dachte er bei sich, wenn dieser Kerl wüsste, was wir da alles ausprobiert haben! Da konnte er sich seinen flotten Dreier und seine paar Pillen sonst wo hinschieben. Kinderkram!

„War's das?", fragte Ben und fing an, die Teetassen vom Tisch zu räumen. Ein glatter Rausschmiss.

„Kennen Sie Magdalena Fehnkamp?", stellte Büttner eine letzte Frage, als er schon fast zur Tür hinaus war. Ben sagte nichts, sondern atmete nur schwer und sah ihn aus seinen dunklen Augen hasserfüllt an. Büttner nickte wissend. Dieser Blick war ihm Antwort genug.

„Er hat Ihnen gar nicht geantwortet, und Sie gehen einfach?", zischte Hasenkrug ihm zu, kaum dass die Haustür hinter ihnen ins Schloss gefallen war, und sie die Mönkehörner Lohne wieder hinabliefen.

„Brauchte er nicht", zuckte Büttner die Achseln und hielt sein Gesicht der Sonne entgegen, die so angenehm warm auf die winterblasse Haut schien. „Unter den Rodin-Skulpturen lagen diverse Fotos. Heimlich aufgenommen, so wie es aussah. Und nun raten Sie mal, wer auf diesen Bildern zu sehen war."

„Magdalena Fehnkamp?"

„Richtig. Wenn mich nicht alles täuscht, war nicht nur der liebe Raffael, sondern auch sein kleiner Bruder Ben ganz vernarrt in die Kleine."

„Mord aus Eifersucht?"

„Gut möglich. Wäre ja nicht das erste Mal. Und Aggressionspotenzial hat der Kerl ja offensichtlich genug, wie seine Akte zeigt."

16

Tik-tak, machte es, *tik-tak, tik-tak*. Und dann, nach wenigen Augenblicken, wieder: *Tik-tak, tik-tak*. Magdalena lauschte mit weit aufgerissenen Augen angestrengt in die dunkle Stille. Seit sie das Licht ihrer Leselampe am Bett gelöscht hatte, hörte sie dieses seltsame Geräusch. Es kam vom Fenster her. Oder war es doch vor ihrer Zimmertür? So sehr sie sich auch bemühte, sie konnte es nicht eindeutig verorten. Noch nie hatte sie am späten Abend ein solches Geräusch gehört. War es ein Tier, das vor ihrem Fenster auf der Jagd nach Beute durch die Büsche strich? Aber nein, kein nachtaktives Tier, das Magdalena kannte, hätte jemals solch leise Klopfgeräusche gemacht. Da! Da war es wieder! *Tik-tak, tik-tak, tik-tak*. In immer dem gleichen Rhythmus. In immer der gleichen Lautstärke.

Magdalenas Atmung wurde schneller, und sie zog ihre Bettdecke bis zur Nasenspitze hoch. Sie erinnerte sich, dass sie als kleines Kind häufig Angst in der Dunkelheit gehabt hatte. Inständig hatte sie in dieser Zeit darum gebettelt, dass ihre Nachttischlampe mit dem lachenden Mondgesicht und den Sternen auch während der Nacht anbleiben dürfe, weil sie Angst vor den Schatten hatte, die sich im matten Licht der Straßenlaterne durch den gelben Vorhang hindurch zu wahren Dämonen auswachsen konnten, wenn sich die Äste der im Vorgarten stehenden Birke im Wind hin und her wiegten. Sobald Magdalena die Augen aufmachte, hatten sie mit ihren langen, dünnen Fingern nach ihr gegriffen, waren ihr übers Gesicht gefahren, hatten an der Zimmerdecke ihren Totentanz aufgeführt.

Sie hatte dann mit angehaltenem Atem dagelegen, aus lauter Angst, der seichteste Lufthauch, der ihrer Nase entwich, würde sie verraten. Ja, sie hatte sich totgestellt, damit sie nicht von den Dämonen bemerkt und aus ihrem Bett gezerrt würde. Ganz langsam ballte sich an diesen Abenden ein Schrei in ihrer Kehle zusammen. Ein Schrei, der, einem Kloß aus Hefeteig gleich, von Sekunde zu Sekunde anschwoll, bis er so dick war, dass sie glaubte, ersticken zu müssen.

Aber sie war tapfer gewesen. Nein, sie hatte nicht geschrien. Und sie war auch nicht Schutz suchend zu ihren Eltern gerannt. Weil ihr Vater es ihr verboten hatte. Gott werde sie dafür strafen, hatte er gesagt, wenn sie ihn und ihre Mutter in ihrer Nachtruhe störte, nur, weil ein paar alberne Schatten durch ihr Zimmer tanzten. Und sie hatte natürlich nicht gewollt, dass sich Gott über sie ärgern musste.

Mit zitternden Fingern tastete Magdalena nach dem Schalter ihrer Nachttischlampe und knipste sie an. Sie schaute sich im Zimmer um, aber alles war wie immer. Sie lauschte. Eine Minute, zwei Minuten, drei Minuten. Nichts geschah. Alles war ruhig. Ein Seufzer der Erleichterung entwich ihrem Mund, und mit einem seichten Lächeln auf den Lippen schalt sie sich selbst einen albernen Kindskopf.

Andererseits war es ja auch kein Wunder, dass ihre

Nerven ihr einen Streich spielten, bei allem, was sie in den letzten Tagen durchgemacht hatte. Schließlich fand man nicht jeden Tag eine Leiche, die in ihrer eigenen Blutlache lag. Und dann die ganzen Fragen und Verhöre, der Ohnmachtsanfall von Frau Ravensburger … die plötzlich entflammte Liebe zu Adrian.

Nein, dachte sie bei sich, ein Wunder war es wirklich nicht, wenn ihr bei alledem die Nerven durchgingen. Mit einem Seufzer schaltete sie das Licht wieder aus. Sofort begannen die langen, schmalen Schatten wieder mit ihrem Tanz durchs Zimmer. Aber das interessierte sie nicht mehr. Irgendwann hatte sie sie als ihre stetigen nächtlichen Begleiter akzeptiert, die zwar in gewisser Weise bedrohlich, aber ganz offensichtlich nicht gefährlich waren. Solange sie nur schön ruhig in ihrem Bett liegen blieb.

Magdalena drehte sich auf die Seite, mit dem Gesicht zur Wand. Gerade glitt sie in einen leichten Schlummer hinüber, als es wie durch einen Nebel hindurch wieder an ihre Ohren drang: *Tik-tak, tik-tak, tik-tak.* Mit schreckensweiten Augen setzte sie sich im Bett auf, denn außer dem seltsamen Geräusch war nun klar und deutlich noch etwas anderes zu vernehmen: Eine verzerrte Stimme. Sie klang wie die eines Roboters, und sie sprach in kurzen Abständen immer nur das eine Wort: *Magdalena.*

Wie von Furien gehetzt sprang Magdalena aus dem Bett, drückte wie besessen auf alle Lichtschalter, die in ihrem Zimmer zu finden waren, und blieb dann, die Arme schützend vor ihrem Körper verschränkt, wie zur Salzsäule erstarrt in der Mitte des Raumes stehen. War das Geräusch jetzt weg? Ja. Aber nur dieses seltsame *Tik-tak.* Ihr Name

aber, der so blechern klang, wie eine rostige Konserven-
dose, schallte nach wie vor durch die Nacht: *Magdalena,*
Magdalena, Magdalena.

In ihrer Panik schlang sie die Arme um ihren Kopf und
presste sie mit ganzer Kraft gegen die Ohren. War sie verrückt geworden? War das die Strafe Gottes? Erschien er
ihr, um sie für ihr sündiges Verhalten zu züchtigen?

Ja, das musste es sein! Denn hatte sie nicht erst heute
wieder den ganzen Nachmittag mit Adrian verbracht?
Hatte sie sich ihm nicht in Sünde hingegeben, immer und
immer wieder, bis sie beide kaum noch Luft zum Atmen
gehabt hatten? War sie nicht seit dem Nachmittag, an dem
Raffael sie erstmals verführt hatte, mehr und mehr der
Sünde verfallen? Und nun kam Gott der Herr zu ihr, um
sie auf den rechten Weg zurückzuführen.

Gerade wollte Magdalena auf die Knie fallen, um Ab-
bitte zu leisten und den Herrn um Vergebung zu bitten, als
plötzlich die Tür zu ihrem Zimmer aufflog und mit einem
lauten Knall gegen die Wand donnerte. Erschrocken fuhr
sie herum.

„Papa", keuchte sie wie von Sinnen und warf sich im
nächsten Moment in seine Arme. Doch er stieß sie von
sich, das Gesicht wutverzerrt. „Was fällt dir ein, mitten
in der Nacht einen solchen Krach zu machen", schrie er
außer sich vor Zorn, „sag mir augenblicklich, was in dich
gefahren ist, mitten in der Nacht Musik zu hören!"

Magdalena sah ihn entgeistert an. Sein Kopf war hochrot angelaufen und schien im nächsten Moment platzen zu
wollen. Seine wenigen noch verbliebenen Haare standen
wie elektrisiert vom Kopf ab. Sein Bademantel hing auf

Halbacht, er hatte es nicht geschafft, ihn ordentlich zu-zubinden und zerrte nun nervös an seinem Gürtel herum. Seine Füße waren nackt. Offensichtlich hatte er sich nicht einmal die Zeit genommen, in seine Pantoffeln zu schlüpfen.

„Aber, ich … ich tue doch gar nichts", stammelte Magdalena und brach, nun vollends mit den Nerven am Ende, weinend in sich zusammen.

„Woher kommt dieses verdammte Geräusch?", schnaubte Onno Fehnkamp wutentbrannt, griff ihr grob in ihre Lockenmähne und zog sie an dieser wieder auf die Beine. Magdalena gab einen durchdringenden Schmerzensschrei von sich, woraufhin ihre Mutter ins Zimmer gestürmt kam und mit schriller Stimme rief: „Aber, Onno, was machst du denn mit dem Kind!? Gott im Himmel, was ist denn bloß in dich gefahren!?"

Onno Fehnkamp erstarrte. Ganz langsam, wie in Zeit-lupe, drehte er sich zu seiner Frau um und sah sie an, als wäre sie soeben der Hölle entstiegen. Er löste seinen Griff aus Magdalenas Haaren und ging nun, mit drohend er-hobener Hand, langsamen Schrittes auf seine Frau zu, die, die Augen vor Entsetzen weit aufgerissen, Schritt für Schritt vor ihm zurückwich.

Doch ganz plötzlich, als hätte jemand in seinem Hirn einen Schalter umgelegt, blieb Onno Fehnkamp stehen. Er lauschte und drehte sich dann wie von Geisterhand ge-steuert um. „Was ist das?", sagte er fast flüsternd, und seine Augen verengten sich zu schmalen Schlitzen. „Was, um alles in der Welt, ist das?"

Ohne Magdalena oder seine Frau noch eines Blickes zu

würdigen, folgte er wie gebannt dem blechernen Geräusch, das nach wie vor in immer dem gleichen Rhythmus durchs Zimmer hallte. *Magdalena, Magdalena, Magdalena!* Am Fenster angekommen, zog er den Vorhang beiseite – und stieß im nächsten Moment einen kehligen Laut aus, der einem Grunzen sehr nahe kam. Wie gebannt folgten Magdalenas Augen jeder seiner Bewegungen. Soeben öffnete er mit einer schwungvollen Bewegung das Fenster, griff nach einem Gegenstand und schleuderte ihn in den Raum. Scheppernd fiel er zu Boden und ließ noch einmal Magdalenas Namen vernehmen. Dann endlich gab er Ruhe. Es war ein kleiner, silberfarbener Rekorder.

Magdalena kauerte auf dem Boden und wimmerte still vor sich hin. Ein eisiger Lufthauch strich ihr vom Fenster kommend durchs Gesicht und ließ sie erschaudern. Ihre Mutter hatte sich zu ihr hinuntergebeugt und strich ihr mit leerem Blick immer wieder mechanisch über den Kopf.

Onno Fehnkamp aber starrte sichtlich verwirrt zunächst auf den Rekorder, dann auf die Straße hinaus, die vom Schein der Straßenlaterne in ein seichtes Licht getaucht wurde. Alles war ruhig, lediglich in der Ferne war das röhrende Geräusch eines sich entfernenden Motorrollers zu hören. Resigniert zuckte er mit den Schultern und griff nach dem Fenster, um es wieder zu schließen. Doch gerade in diesem Moment hörte er im Gebüsch, das das Haus der Fehnkamps von dem der Nachbarn abgrenzte, ein Rascheln.

„Ist da jemand?", rief er in die Stille hinein. Nichts rührte sich. Für eine kurze Weile noch horchte er in die Nacht hinaus, doch als sich nichts tat, schloss er das Fenster und zog den Vorhang zu. Mit schlurfenden Schritten durchstreifte er das Zimmer. Die tiefe Röte seines Gesichts war nun einer wächsernen Blässe gewichen. Wie ferngesteuert näherte er sich dem Rekorder, nahm ihn hoch und begutachtete ihn. Dann warf er seiner Tochter einen unergründlichen Blick zu. „Wer war das?", fragte er tonlos.

17

Frühjahrsputz. Vielleicht war es dafür noch ein wenig zu früh, denn schließlich war es erst Anfang März, und der Wetterbericht kündigte für die nächsten Tage einen erneuten Wintereinbruch an. Aber irgendetwas musste sie tun, sonst würde sie in dieser Enge noch verrückt werden.

Also zog sich Sybille Ravensburger gelbe Gummihandschuhe über, ließ heißes Wasser mit einem guten Schuss Putzmittel in einen blauen Eimer laufen und kramte im Schrank unter der Spüle nach einem Lappen. Dabei fiel ihr Blick auf ein weinrotes Stück Stoff, das sich zwischen all ihren Putzmitteln und -lappen ein wenig eigentümlich ausnahm.

Obwohl niemand im Raum war, sah sie sich peinlich berührt in ihrer Küche um, so, als wolle sie ausschließen, dass sie in diesem Moment von wem auch immer beobachtet wurde. Ja, seit dem Vorfall in der Schule, als dieser unverschämte Renke sie auf ihre Beziehung zu Raffael Winter angesprochen hatte, litt sie unter einer gewissen Paranoia. Denn woher, bitte schön, wussten ihre Schüler von der Sache? Schuld daran konnte doch einzig und alleine Magdalena Fehnkamp sein, dieses kleine, scheinheilige Flittchen.

Zwar hatte sie, Sybille, angenommen, dass Magdalena sie

damals im Treppenhaus gar nicht wahrgenommen hatte. Aber da musste sie sich getäuscht haben. Ganz bestimmt hatte sie Raffael auf Sybille angesprochen, und er hatte ihr vermutlich hämisch lachend von der tiefen Demütigung erzählt, die er ihr zugefügt hatte.

Ja, nur so konnte es gewesen sein. Und in ihrer schäbigen Geltungssucht hatte Magdalena alles brühwarm ihren Mitschülern aufgetischt. Das war sicherlich auch der Grund für ihre plötzliche Beliebtheit. Denn wer eine solch heiße Story zu erzählen hatte, der war schon wer bei diesen jungen Leuten.

Beim nächsten Gedanken lief Sybille ein kalter Schauer über den Rücken. Und was, wenn sie diese Geschichte sogar ins Internet eingestellt hatte? Auf Facebook und Twitter und allen anderen furchtbaren Portalen, auf denen sich die Schüler tagein, tagaus herumtrieben, nur, um ihre Mitmenschen zu drangsalieren und bloßzustellen?

Womöglich war sie längst, ohne es zu wissen, eines dieser bedauernswerten Mobbingopfer geworden, von denen man immer wieder in den Medien hörte. Doch wie sollte sie das herausfinden? Sie selber verkehrte nicht auf diesen Portalen.

Hm. Gerade gestern erst hatte sie sich lange Gedanken darüber gemacht, wie sie sich nun ihrerseits bei Renke und Magdalena für das ihr widerfahrene Leid rächen konnte. Über die Deutschzensuren war da nicht viel zu machen, wie sie ja erst unlängst hatte feststellen müssen. Nie wieder wollte sie sich eine solche Standpauke anhören, wie sie ihr Direktor Meenders bezüglich der Benotung von Magdalenas Deutschklausur gehalten hatte.

„Ich weiß nicht, welches Hühnchen Sie mit Magdalena Fehnkamp zu rupfen haben, und ich will es auch gar nicht wissen", hatte Meenders ihr mit warnender Stimme gesagt und hinzugefügt: „Aber was auch immer es ist, ich wünsche nicht, dass es in irgendeiner Weise ihre Objektivität als Lehrerin beeinflusst. Ich hoffe, ich habe mich klar ausgedrückt!"

Das hatte er. Also hatte sie sich etwas anderes ausdenken müssen, um Magdalena ein wenig von dem zurückzugeben, was sie ihr, Sybille, angetan hatte. Und da war ihr gestern auch schon was eingefallen.

Sybille nahm das rote, spitzenbesetzte Stück Stoff zwischen Daumen und Zeigefinger und betrachtete es mit gerümpfter Nase. Wie hatte sie nur jemals auf die peinliche Schnapsidee kommen können, Raffael mit solchen Dessous beeindrucken zu wollen? Beschämt und voller Wut hatte sie damals, gleich nach ihrer letzten Unterrichtsstunde bei Raffael, ihre gerade erst erstandenen, sündhaft teuren Dessous in den Mülleimer unter der Spüle geschmissen. Dieser Slip, den sie jetzt in den Fingern hielt, musste versehentlich neben dem Mülleimer gelandet sein und war somit zwischen die Putzlappen geraten.

Noch ehe Sybille wusste, wie ihr geschah, sprang sie auf, schnappte sich eine Schere und begann, den Slip in Stücke zu schneiden. „Nie wieder", rief sie aus, „nie wieder werde ich …" Doch, noch ehe sie den Satz beendet hatte, fiel ihr Blick auf ihren Putzeimer, der nach wie vor unter dem strömenden Wasserhahn stand. Er war längst voll, genauso wie die Spüle, in der er stand. Da sie mit dem Eimer den Ausfluss zugestellt hatte, begann das schäumende Wasser soeben, sich seinen Weg über den Rand des Beckens zu bahnen. Die ersten Rinnsale liefen bereits die Schranktüren hinab und breiteten sich auf dem Fliesenboden aus. Mist!

Sybille hastete zum Wasserhahn und drehte ihn zu. Dann begann sie mit ihrem angeschnittenen Slip, das Wasser notdürftig aufzunehmen. Genau in diesem Moment klingelte es an der Haustür. Bestimmt die Post, dachte Sybille gehetzt und ließ den Slip auf den Boden fallen.

„Moin, Frau …", begann David Büttner und sah seinen Assistenten Hasenkrug dann hilfesuchend an.

„Frau Ravensburger", sagte der mit einem entschuldigenden Lächeln. „Moin. Wir würden gerne mal mit Ihnen sprechen. In der Angelegenheit Raffael Winter."

„Ach so?" Sybille sah ihn wenig begeistert an. „Ich putze gerade", sagte sie dann dumpf und wusste im gleichen Moment, wie dämlich das klang.

„Wir waren gerade in der Schule. Aber Direktor Meenders sagte uns, dass Sie noch krankgeschrieben sind."

„Ja. Das ist richtig."

„Dürfen wir reinkommen?", fragte Hasenkrug mit hochgezogenen Brauen. Er hatte wenig Lust, auf den Stufen der Außentreppe zu versauern.

„Ach so. Ja. Ja, natürlich", beeilte sich Sybille zu sagen und bat die Polizisten einzutreten und in die Küche durchzugehen. Dort angekommen, räusperte sich Büttner vernehmlich, denn sein Blick war auf das spitzenbesetzte Stück Stoff gefallen, das klatschnass am Boden lag. Es war unschwer zu erkennen, worum es sich bei diesem, nun offensichtlich zum Putzlappen umfunktionierten Stoff einmal gehandelt hatte.

Oh mein Gott, schoss es Sybille durch den Kopf und sie lief tiefrot an, *die müssen mich für total pervers halten!* Schnell bückte sie sich, hob den Slip auf und warf ihn mit zusammengepressten Lippen in den Eimer. „Entschuldigung", murmelte sie verlegen, „ich wollte … ich dachte … der Frühjahrsputz …"

„Schon gut", schnitt Büttner ihr das Wort ab, „wie gesagt, wir sind wegen Raffael Winter hier. Können Sie uns sagen, in welcher Beziehung Sie zu ihm standen?"

„In welcher … Beziehung?", stammelte Sybille und warf einen schnellen Blick auf den Eimer. Büttner sah seinen Assistenten bedeutungsvoll an. Die Frage hatte sich erübrigt. „Gehe ich richtig in der Annahme, dass auch Sie ein sexuelles Verhältnis zu ihm gepflegt haben?", redete er deswegen gar nicht lange um den heißen Brei herum.

„Ja … ähm … nein. Wir haben nur einmal …" Sybilles Gesicht glühte.

„Also ja. Und Ihnen ist sicherlich auch bekannt, dass Sie nicht die Einzige waren?" Büttner betrachtete sein Gegenüber abschätzig. Wie nur konnte es sein, dass Raffael Winter gleichzeitig Interesse an der bildhübschen Magdalena und dieser eher unattraktiven Frau gefunden hatte? Wie sie dastand in ihrer grauen Jogginghose und der Schürze, die sie sich um den üppigen Leib gebunden hatte, was ihrer Figur nicht eben schmeichelte! Und dann dieses strähnige Haar, das ihr verklebt in die Stirn hing! Von der unglücklichen Stellung ihrer Zähne mal ganz abgesehen. Nein, irgendwie verstand Büttner nun überhaupt nicht mehr, wie dieser junge Musiklehrer getickt haben musste. Er gab ihm Rätsel auf.

„Ich dachte … ich habe erst nach seinem Tod erfahren, dass es da noch andere … ähm … Liebschaften gab", log Sybille.

„Ach, tatsächlich", entfuhr es Hasenkrug, und es war unschwer zu überhören, dass er ihr nicht glaubte.

„Sie haben ziemlich heftig reagiert, als Ihre Schüler Sie mit Ihrem Verhältnis zu Raffael Winter konfrontierten. Gab es dafür einen Grund?"

„Na hören Sie mal!", rief Sybille empört aus. „Ich bin Lehrerin an dieser Schule, und damit ganz klar eine Respektsperson. Da können die Schüler sich doch nicht einfach alles erlauben!"

„Aber ein Verhältnis mit einem attraktiven jungen Musiklehrer zu haben, ist doch erstmal nichts Schlimmes. Was hat Sie dann bei der Frage Ihres Schülers so aufgebracht?", hakte Büttner nach, obwohl er meinte, die Antwort schon zu kennen, denn schließlich hatte er die Aufzeichnungen in dem Notizheft gelesen.

„Es war so demütigend", schluchzte Sybille und schlug die Hände vors Gesicht. Gleich darauf wurde sie von einem Weinkrampf geschüttelt.

Büttner verzog beim Anblick der beachtlichen, sich unter Schluchzern wogenden Oberweite der Lehrerin mitleidig das Gesicht. Dieser Klavierlehrer war ein absolutes Dreckschwein gewesen, das stand für ihn fest. „Raffael Winter hat sie gedemütigt?", fragte er leise nach.

Sybille nickte stumm und zog ein Taschentuch aus der Schürze, mit dem sie sich die Nase schnäuzte. Mit ihrem jetzt verheulten, fleckigen Gesicht sah sie einfach erbarmungswürdig aus.

„Wann haben Sie ihn zum letzten Mal gesehen?", fragte Hasenkrug.

„Einige Tage vor seinem Tod", schniefte Sybille. „Er hatte es gerade mit diesem Flittchen getrieben. Magdalena Fehnkamp. Ich …" Ihr Satz endete in einem erneuten Heulkrampf.

„Wo waren Sie an seinem Todestag, so gegen halb drei?", fuhr Hasenkrug unerbittlich fort.

„Ich? Sie verdächtigen mich?"

Aber sicher, gerade Leute, die ihren Boden mit Spitzenunterwäsche putzen, sind bei uns höchst verdächtig, dachte Hasenkrug bei sich, laut aber sagte er: „Reine Routine. Wir fragen das jeden, der mit Winter zu tun hatte."

„Ich war zu der Zeit zu Hause. Habe meinen Unterricht vorbereitet."

„Das wissen Sie so genau?"

„Natürlich. Es war doch klar, dass Sie mich das über kurz oder lang fragen würden. Insofern habe ich natürlich auch schon vor Ihrem Besuch darüber nachgedacht."

„Gibt es dafür Zeugen?"

„Nein, ich war alleine."

„Kennen Sie auch Ben, den Bruder von Herrn Winter?" mischte sich nun Büttner ins Gespräch.

„Nein."

„Er geht auch auf Ihre Schule."

„Ja, ich weiß. Ich hatte ihn aber nie im Unterricht. Man hört nur allgemein, dass er sehr schwierig sein soll."

„Inwiefern?"

„Nun ja, er schwänzt häufiger den Unterricht. Außerdem war er ab und an mal in eine Prügelei auf dem Schulhof verwickelt. Und man nimmt an, dass er in der Schule auch schon mit Drogen gedealt hat. Aber das war ihm nie nachzuweisen."

„Raffael und Ben Winter hatten eine schwierige Kindheit."

„Mag sein, davon weiß ich nichts."

„Okay, Frau …"

„Ravensburger", half Hasenkrug erneut aus.

„Frau Ravensburger. Das war's erstmal. Wenn wir noch mehr Fragen haben, kommen wir wieder auf Sie zu." Büttner warf einen Blick auf den Eimer und verzog den Mund zu einem ironischen Grinsen. „Derweil wünsche ich viel Vergnügen beim Frühjahrsputz."

Sybille brachte die beiden Polizisten zur Tür. Dann schüttete sie laut fluchend das Putzwasser samt Slip in die Toilette und spülte dreimal nach. Die Lust aufs Putzen war ihr gründlich vergangen.

18

Er liebte diese Videos. Sie waren besser, als jeder Porno-
film, den er sich in den vergangenen Jahren im Internet
angesehen hatte. Und er liebte Ella. Denn sie war eindeutig
die Größte in dem, was sie mit ihm machte.

Anfangs hatte er einen heftigen Neid auf seinen Bruder
verspürt, als er gemerkt hatte, wie leicht es Raffael fiel, seine
Klavierschüler um den Finger zu wickeln und sie dann für
seine sexuelle Befriedigung zu benutzen. „Sie lieben mich
alle", hatte Raffael immer mit einem breiten Lachen gesagt,
um dann scheinbar verlegen mit den Schultern zu zucken
und hinzuzufügen: „Was soll ich tun?"

Ben hatte sich maßlos über diese Arroganz geärgert, denn
ihm fiel es damals schon schwer, ein Mädchen, das ihm gefiel, auch nur anzusprechen. Ständig hatte er sich gefragt,
mit welcher Masche es seinem Bruder gelang, Frauen wie
Männer in die Waagerechte zu locken. Dann, von einem
Moment auf den anderen, war ihm mitten in der Nacht
eine Idee gekommen: Er würde es sich einfach anschauen.
Also hatte er einen günstigen Moment abgewartet, war in
Raffaels Unterrichtsraum eingedrungen und hatte – gut
versteckt in einem der Kuscheltiere, die Raffael haufen-
weise von seinen Liebsten geschenkt bekommen hatte
und die seither im Regal verstaubten – eine kleine Kamera

installiert. Die Aufnahmen wurden live und in Farbe auf seinen Rechner gespielt und dort gespeichert. Ben konnte sie sich ansehen, wann immer und so oft er wollte. Und das tat er auch – gemeinsam mit Ella. Und manchmal war auch Sören dabei.

Heute aber waren sie alleine, Ella und er. Soeben erfreuten sie sich an einer Aufnahme, in der Raffael ein Mädchen namens Melanie vernaschte. Melanie hatte Rundungen genau an der richtigen Stelle. Und Raffael hatte ganz offensichtlich nicht genug von ihr bekommen können. Gerade griff er in Melanies schwarzen BH aus teurer Spitze und befreite ihre wohlgeformten Brüste aus den Körbchen. Lustvoll stöhnte er auf, als sie ihm in ihrer schwellenden Weichheit entgegen drangen. Er nahm sie fest in beide Hände, knetete sie mit seinen schlanken, muskulösen Händen und liebkoste sie mit seiner Zunge, während Melanie ihren Kopf in den Nacken legte und kehlige Laute der Lust von sich gab.

Schließlich ließ Raffael eine seiner Hände nach unten wandern, schob ihren Slip über den Schamlippen zur Seite und drang mit seinem Mittelfinger in sie ein. Mit immer schneller werdenden kreisenden Bewegungen brachte er ihr Innerstes in Wallung, was sie ganz offensichlich in höchste Ekstase versetzte. In rhythmischen Bewegungen strecke sie ihm ihren Unterleib entgegen und bot ihm ihre Scham offen dar. Auf dem Höhepunkt der Lust angekommen, trieb Raffael seinen Schwanz mit kräftigen Stößen in sie hinein.

Dies war der Moment, in dem auch Ben einen fast animalischen Schrei von sich gab. Die ganze Zeit über hatte Ella, während er mit glasig-faszinierten Augen aufs Video starrte, mit den Fingern ihrer rechten Hand seinen steif aufgerichteten Penis massiert, ihn wieder und wieder in den Mund genommen, und mit ihren vollen, roten Lippen fest umschlossen, während ihre Zunge mit seiner Eichel ihr ungehemmtes Spiel trieb.

„Ella, du bist der helle Wahnsinn", keuchte er, während er seinem Bruder beim sexuellen Höhepunkt zusah, aufstand und den Reißverschluss seiner Hose schloss. „Gleich kommt Sören nach Hause, der wird es dir sicher gerne besorgen, wenn dir danach ist."

Er wusste, dass Ella Sören im Bett bevorzugte. Das war ihm auch ganz lieb, denn er legte nicht besonders viel Wert darauf, einer Frau Befriedigung zu verschaffen. So kam es nur sehr selten vor, dass er Ella berührte oder gar in sie eindrang. Nein, er liebte es, das Gefühl zu haben, von den Händen und dem Mund einer Frau verwöhnt zu werden, ohne dass sie Ansprüche an ihn stellte. Sören aber brauchte den orgiastischen Aufschrei einer Frau, um selber kommen zu können, ließ sich jedoch, im Gegensatz zu Ben, nur ungern oral befriedigen. Insofern waren sie ein perfektes Dreiergespann.

Ella wandte sich wieder ihren Blumen zu, die auf dem großen Küchentisch darauf warteten, aus ihren kleinen Plastiktöpfchen befreit und in ausladende Blumenkübel umgepflanzt zu werden, um sich später in der warmen Frühlingssonne richtig entfalten zu können. Ben schaltete das Video ab und machte sich daran, für seine Politikklausur zu lernen, die am nächsten Tag anstand. Politik war das einzige Fach, dem er in der Schule überhaupt ein gewisses Interesse entgegenbringen konnte. Na ja, und Geschichte vielleicht. Das aber mit Abstrichen.

Sein Ziel war es, irgendwann ein großer Politiker zu sein. Außenminister fände er gut, da könnte er reisen und coole Menschen kennen lernen. In seiner Heimatgemeinde, der Krummhörn, engagierte er sich in einer alternativen Liste, die mit den etablierten Parteien nichts am Hut hatte. Hier wollte er lernen, wie man Kampagnen, Seilschaften und, wenn nötig, auch Intrigen spann. Denn das, so hatte er längst begriffen, war das A&O des Politikgeschäfts. Inhalte waren da eher zweitrangig, man musste lediglich lernen zu reden ohne viel zu sagen. Einfach die Leute solange mit Nullaussagen und Sprechblasen zusülzen, bis sie bereit waren, ihm ihre Stimme zu geben.

Aber das – Rhetoriktraining, Psychologie, selbstbewusstes Auftreten – kam später. Irgendwann würde er dann in eine der etablierten Parteien eintreten (in welche war ihm eigentlich egal), sich ganz nach oben intrigieren und schließlich neben den Großen und Reichen Platz nehmen. Ganz nebenbei würden ihm die schönsten Frauen zu Füßen liegen, denn Macht machte ja bekanntlich sexy. Das sah man zum Beispiel an Berlusconi, den Ben für seine Verschlagenheit und seinen bedingungslosen Egoismus sehr bewunderte. Ja, in solch einer Position wollte er auch mal sein, das hatte er sich fest vorgenommen. Das Schmuddelkind aus dem Heim, das seinen Bruder immer und immer wieder tränenüberströmt anbettelte, bei ihm statt im Heim wohnen zu dürfen, war er lange genug gewesen. Nie wieder würde er sich mit den Niederungen des Lebens zufrieden geben. Seine Welt war die der Macht und des Geldes.

In die neuesten politischen Entwicklungen vertieft, stellte Ben nur aus den Augenwinkeln fest, dass Sören nach Hause kam, seinen Rucksack in die Ecke schmiss und Ella einen Kuss auf die Wange gab. Als Sören sich von ihr abwandte, hielt sie ihn am Gürtel fest und begann wortlos, seine Hose aufzuknöpfen. Sören lächelte erfreut, denn er liebte es, wenn Ella von sich aus die Initiative ergriff. Das hieß, dass sie richtig heiß war.

„Na", flüsterte er ihr heiser ins Ohr, „hat Ben dich mal wieder am langen Arm verhungern lassen?" Natürlich wusste er, dass es Ella nichts ausmachte, Ben einen zu blasen, ohne dafür eine Gegenleistung erwarten zu können. Aber dieser Satz gehörte zum Spiel. Er wollte, dass Ella sich an den steifen Schwanz von Ben erinnerte, an das Gefühl, ihn pochend und heiß im Mund zu halten und die ersten Tropfen seines Spermas zu schmecken. Ihn machte der Gedanke an, dass sie es, kurz bevor er sie nahm, einem anderen Mann besorgt hatte.

Im Nullkommanichts hatten sie sich beide untenherum entkleidet. Ella schob ein paar Teller beiseite und legte sich zwischen die Blumenkübel auf den Küchentisch. Während Sören mit seinem brettharten Schwanz ihre Klitoris bearbeitete, beobachtete er Ben, der scheinbar unbeteiligt am anderen Ende des Tisches saß, sie aber aus den Augenwinkeln heraus genau beobachtete. Sören wusste, dass er sich, verdeckt von der Tischplatte, einen runterholte.

Es dauerte nicht lange, bis Ella einen langgezogenen, erfüllten Schrei ausstieß. In höchster Erregung drang Sören in sie ein und ergoss sich bereits nach wenigen Stößen in ihren Unterleib. Während er sich aus Ella zurückzog, sah er, dass Ben nach einem Handtuch griff und anfing, an sich herum zu wischen. Er grinste. Ja, dachte er zufrieden, sie waren wirklich das perfekte Team. In allen Dingen. Und deswegen würde ihnen auch ihre nächste, gemeinsam geplante Aktion gelingen. Codewort: Magdalena.

19

Was wollte diese Frau von ihr? In Magdalenas Kopf rumorte es. Jeden Augenblick konnte ihre Mutter nach Hause kommen, und auch ihr Vater würde bald Feierabend haben. Auf gar keinen Fall durften sie mit dieser Katharina ins Gespräch kommen. Was, um Himmels willen, fiel ihr eigentlich ein, sie, Magdalena, zuhause aufzusuchen? Angeblich war sie die Mutter von Pastor Eckstein. Soeben zog sie zum wiederholten Male einen Flachmann aus ihrer Tasche und nahm einen kräftigen Schluck. Magdalena zog missbilligend die Stirn in Falten. „Ja, Kindchen, so endet man, wenn man zum Spielball der Männer wird", nickte Katharina und starrte Magdalena aus glasigen Augen an. „Lass es dir eine Warnung sein."

„Ich habe nichts getan", bekräftigte Magdalena ihre Worte, die sie gegenüber Katharina Eckstein an diesem Tag bereits mehrere Male hatte fallen lassen. Sie warf einen erneuten Blick auf die Uhr, und ihr wurde ganz schwummrig. „Meine Eltern kommen gleich nach Hause", sagte sie schwach und strich sich eine widerspenstige Locke aus der Stirn. „Es wäre besser, wenn Sie dann nicht mehr hier wären."

„Sex ist nur solange ein Spiel, wie sich alle an die Regeln halten", fuhr Katharina unbeeindruckt fort, „ich habe da so meine Erfahrungen."

„Ich weiß absolut nicht, worauf Sie hinaus wollen", erwiderte Magdalena kläglich, denn sie spürte, wie ein dumpfer Kopfschmerz in ihr hochstieg. Ganz langsam, vom Nacken her kommend, arbeitete er sich vor, ergriff bereits von ihrem Hinterkopf Besitz, und es würde nicht mehr lange dauern, bis vor ihren Augen ein Flimmern einsetzen würde. Migräne. Magdalena kannte diesen furchtbaren Schmerz, seit sie in die Schule gekommen war. Immer wieder wurde sie von einem Moment auf den anderen von ihm heimgesucht. Ihre Eltern waren mit ihr von Pontius zu Pilatus gelaufen, aber kein Arzt hatte ihr helfen können. Schließlich waren sie bei einer Heilpraktikerin gelandet. Doch diese hatte sie und ihre Eltern nur mit kritischem Blick gemustert und dann behauptet, dass organisch alles in Ordnung sei. Vielmehr sei das Problem psychosomatischer Natur. Die Heilpraktikerin hatte ihren Eltern ans Herz gelegt, Magdalena einer verbindlichen Therapie zuzuführen, das Kind scheine mächtig unter Druck zu stehen. Das, und nur das ganz alleine, sei der Grund für ihre Schmerzattacken. Sie sei aber zuversichtlich, dass ein erfahrener Therapeut die Ursache herausfinden und Magdalenas Leid damit beenden könne.

Selten hatte Magdalena ihren Vater so dermaßen ausrasten sehen, wie in diesem Augenblick. Heftig nach Luft schnappend war er aufgesprungen, hatte mit spitzem Finger auf die Heilpraktikerin gezeigt und sie in unflätiger Weise beschimpft. Magdalena hatte vor Angst gezittert und sich in ihrem Stuhl ganz klein gemacht, denn sie kannte diese Ausbrüche ihres Vaters nur zu gut. Was also würde passieren, wenn ihm auch hier die Hand ausrutschte, wie es so häufig schon zuhause geschehen war, wenn er sich mal wieder über die Ungezogenheit seiner Tochter hatte ärgern müssen? Sie ganz alleine wäre schuld, wenn ihr Vater gegenüber der Heilpraktikerin handgreiflich würde. Denn schließlich waren ihre Eltern doch nur wegen ihr, Magdalena, in diese unangenehme Situation geraten. Hätte sie nicht ständig über diese furchtbaren Kopfschmerzen geklagt, wäre ihren Eltern das hier alles erspart geblieben.

Von diesem Moment an hatte sie sich vorgenommen, gegenüber ihren Eltern nie wieder ein Wort über ihre Migräne zu verlieren. Lieber würde sie die Schmerzattacken stumm ertragen, als dass ihre Mutter und ihr Vater nochmals gezwungen sein würden, sich nur wegen ihr nervlich dermaßen aufreiben zu müssen.

Und so war es seither gewesen. Immer, wenn Magdalena spürte, dass eine Migräne im Anmarsch war, hatte sie sich mit der Begründung, noch lernen zu müssen, in ihr Zimmer zurückgezogen. Ihr Vater hatte ihr dann vor einigen Monaten beim Abendessen zugenickt. „Mein liebes Kind", hatte er mit einem zufriedenen Lächeln gesagt, „mir scheint, dass du deine Migräne überwunden hast. Bereits seit Wochen hattest du keinen Anfall mehr. Das stimmt mich sehr glücklich, zeigt es doch, dass ich mit meiner Vermutung, das sei nur eine vorübergehende Geschichte, die sich irgendwann auswachsen würde, recht gehabt habe."

„Du siehst blass aus, Kind", sagte Katharina in ihre Gedanken hinein und klang ehrlich besorgt.

„Nein, nein, es geht schon", stieß Magdalena schnell hervor. „Was …"

„Du willst wissen, warum genau ich hier bin?", schnitt Katharina ihr das Wort ab. „Nun, mir ist zu Ohren gekommen, dass du, nun, sagen wir mal, ein etwas, hm, sexuell ausgelastetes Leben führst."

Magdalena glaubte in diesem Moment, ihr Kopf müsse zerspringen. Es war, als habe ihr jemand eine Kugel ins Hirn gejagt, die jetzt in rasender Geschwindigkeit von einer Hirnwindung zur nächsten raste. „Das ist … nein, wer behauptet das?", stieß sie keuchend hervor.

„Mein Sohn. Du kennst ihn ja. Pastor Jonathan Eckstein. Ich habe gestern mit ihm zusammengesessen. Er ist ziemlich mit den Nerven runter, wegen Raffael. Er meint, nun, er meint, du seiest an allem schuld."

„An allem schuld?" Magdalenas Stimme war nur noch ein Flüstern. Das Flimmern vor ihren Augen wurde stärker. Genau genommen sah sie nur noch kleine schwarze Blitze. Sie konnte ihr Gegenüber kaum noch erkennen.

„Er sagt, du hast Raffael den Kopf verdreht. Er sagt, dass du nur mit ihm gespielt hast. Weil du mit allen nur spielst. Weil du so tust, als seist du eine Heilige. Vielmehr aber seist du wie eine Spinne, die ihr Netz webe, um darin ihre Opfer zu fangen. Und eines dieser Opfer sei Raffael Winter gewesen. Du hast ihn in deinem Netz gefangen und ihn nach vollbrachter Kopulation umgebracht. Genauso würdest du es mit allen anderen Männern tun. Ja, Jonathan sagt, du seist ein Sexmonster, das keine Gnade kenne."

„Warum sagen Sie so was?", flüsterte Magdalena, nahm aber ihre eigene Stimme durch das zunehmende Rauschen in ihrem Kopf kaum noch wahr.

„Ich wiederhole nur das, was mein Sohn mir gesagt

hat." Für wenige Augenblicke schwieg Katharina, dann fuhr sie mit ruhiger Stimme fort: „Ich bin nicht hier, um dir einen Vorwurf zu machen, Magdalena. Ganz bestimmt nicht. Und ich glaube auch nicht, dass du Raffael umgebracht hast. Jonathan hat sich da in irgendwas verrannt. Er sucht ganz einfach einen Schuldigen. Nein, ich will dich nur warnen. Glaube mir, ich weiß, was es heißt, ein sexuell ausschweifendes Leben zu führen und sich dabei auf das Verantwortungsgefühl der Männer zu verlassen. Ich habe es getan. Und ich bin bitter enttäuscht worden. Ganz bitter. Ich würde dir ein solches Schicksal gerne ersparen."

„Ich verstehe nicht … ich habe nicht", stammelte Magdalena. Was nur warf diese Frau ihr vor?

„Du bist schön, Magdalena, wunderschön", fuhr Katharina Eckstein unvermittelt fort. „Das war ich auch mal, nur auf eine andere Art. Und nun sieh dir an, was aus mir geworden ist."

Magdalena nickte unmerklich. Sie wäre dieser Aufforderung gerne gefolgt, aber sie konnte ihren Blick nicht mehr fokussieren, so sehr hatte sich dieses abscheuliche Flimmern vor ihren Augen inzwischen verschärft.

„Nun, ich gehe dann mal wieder. Mir scheint, dir geht es nicht gut." Katharinas Stimme klang so ruhig, wie zuvor. Und doch glaubte Magdalena, eine gewisse Schadenfreude herauszuhören. Was nur hatte sie dieser Frau getan, dass sie sich an ihrem Leid ergötzte? Aus ihrem verschwommenen Blickwinkel nahm sie wahr, dass sich Katharina Eckstein aus ihrem Stuhl erhob. Gleich darauf hörte sie, wie die Türklinke herunter gedrückt wurde. Unwillkürlich stieß

Magdalena einen Seufzer der Erleichterung aus. Aber sie hatte sich zu früh gefreut. Denn genau in diesem Augenblick hörte sie die erstaunte Stimme ihrer Mutter sagen: „Guten Tag. Darf ich fragen, was Sie im Zimmer meiner Tochter zu suchen haben?"

Katharina stieß ein kehliges Lachen hervor und schob Gundula Fehnkamp beiseite. „Fragen Sie lieber, was all die Männer im Schoß Ihrer Tochter zu suchen haben", rief sie laut und deutlich, während sie die Treppe hinunterlief und die Haustür hinter sich in Schloss fallen ließ.

Noch ehe ihre Mutter daraufhin irgendetwas erwidern konnte, sprang Magdalena aus ihrem Stuhl hoch und hetzte an ihr vorbei zur Toilette, wo sie sich in hohem Bogen erbrach.

„Was hat diese Frau damit gemeint?", fragte Gundula Fehnkamp, als Magdalena, leichenblass und mit tiefen, dunklen Ringen unter den Augen, wieder ins Zimmer kam. „Was redet sie da? Und wer ist diese Frau überhaupt?"

Magdalena legte sich auf ihr Bett, schloss die Augen und schwieg. Obwohl sie jetzt wieder deutlicher sehen konnte, weil das Flimmern vor ihren Augen nachgelassen hatte, fühlte sie sich so elend, dass sie einfach nicht die Kraft aufbrachte, auf die Frage ihrer Mutter zu antworten. Sie wollte alleine sein. Einfach nur alleine.

Aber ihre Mutter ließ sie nicht in Ruhe. Als Magdalena ihre Augenlider ein kleines bisschen anhob, bemerkte sie, dass ihre Mutter sie mit starrem Blick ansah. Zugleich schien es ihr, als ob sie sie gar nicht wahrnahm, sondern durch die hindurch sah, als wäre sie aus Glas.

„Wer nur war diese Frau?", stellte die Mutter Sekunden

später ihre Frage erneut, „und was nur hat sie in Magdalenas Zimmer zu suchen?" Sie sprach so leise, dass Magdalena sie kaum verstand. In diesem Moment ging ihr auf, dass ihre Mutter völlig in sich selbst versunken war. Ja, sie hatte sich in sich selbst zurückgezogen, weil in ihrer kleinen, engen Welt soeben etwas passiert war, das sie nicht einzuordnen vermochte.

Magdalena wurde plötzlich bewusst, *wie* klein und eng die Welt ihrer Mutter tatsächlich war. Für sie gab es nur ihren Mann und ihre Tochter. Und den Bibelkreis. Keinerlei Freunde kamen jemals zu Besuch, auch wurde sie von niemandem angerufen. Genau wie Magdalena selbst. Ja, wenn sie es genau überlegte, dann hatte sie tatsächlich noch nie einen Anruf bekommen. Außer vielleicht von ihren Großeltern zum Geburtstag. Aber auch das war irgendwann vorbei gewesen, nachdem ihre Mutter den Umgang mit ihrer Schwester Margret von ihrem Mann verboten bekommen hatte. Die Großeltern hatten noch eine Weile versucht zu vermitteln, mit dem Ergebnis, dass auch sie schließlich von Onno Fehnkamp zu unerwünschten Personen erklärt worden waren.

Mama muss sehr einsam sein, schoss es Magdalena durch den Kopf. Trotz ihrer kaum zu ertragenden Kopfschmerzen schlug sie die Augen auf und sagte: „Es war Katharina Eckstein. Sie ist die Mutter von Pastor Eckstein."

„Soso", erwiderte ihre Mutter abwesend und schüttelte fast unmerklich den Kopf, dann gab sie sich wieder ihren Grübeleien hin. Magdalena schluckte. Wie abgekämpft und ausgezehrt ihre Mutter aussah! Sie war doch früher eine so hübsche Frau gewesen! Und jetzt? Der große, rote

Sessel, in dem sie saß, schien die zarte, blasse Person völlig zu verschlucken.

„Setz dich zu mir, Mama", sagte Magdalena einer spontanen Eingebung folgend und streckte ihr die Hand entgegen. Sie dachte zunächst, dass ihre Mutter sie gar nicht gehört hatte. Doch schließlich erhob sie sich in mechanischen Bewegungen aus dem großen Sessel und schlurfte wie ferngesteuert auf Magdalenas Bett zu. Dabei gelang es ihr kaum, die Beine zu heben. „Soso, das war also die Mutter von Pastor Eckstein", sagte sie, während sie schlaff auf die Bettkante niedersank.

„Ja", nickte Magdalena. „Sie war hier wegen Raffael Winter. Ihr Sohn trauert sehr um ihn. Sie waren … sehr gut befreundet."

„Ja, aber Raffael Winter hat den Tod verdient!", brach es aus Gundula Fehnkamp in einem so harschen Tonfall und so energiegeladen heraus, dass Magdalena unweigerlich zusammenfuhr.

„Aber, Mama", rief sie erschrocken aus und vergaß dabei für einen Moment, wie dreckig es ihr eigentlich ging, „wie kannst du nur so etwas sagen!"

„Ich sag es ja gar nicht", erwiderte die Mutter und zeigte ein etwas verwirrt anmutendes Grinsen, „dein Vater sagt es."

„Papa? Er hat gesagt, dass Raffael den Tod verdient hat?" Magdalena war sich jetzt sicher, dass ihre Mutter unter Schock stand. Nie im Leben konnte ihr Vater so etwas gesagt haben!

„Oh ja, und nicht nur einmal", nickte ihre Mutter, und ihr Blick wurde noch ein wenig irrer. „Weißt du, dein Vater kann manchmal sehr wütend werden."

Bestürzt bemerkte Magdalena, dass ihrer Mutter bei diesen Worten Tränen in die Augen stiegen. Sie wollte etwas erwidern, wurde aber sogleich unterbrochen. „Oh ja, es hat Onno sehr wütend gemacht, dass diese Lehrerin behauptet hat, du würdest mit diesem Raffael Winter … du hättest … dass sie behauptet … ja, das hat ihn sehr geärgert. Er sagte, ich würde nicht richtig auf dich aufpassen."

„Aber, Mama, das stimmt doch gar nicht …"

„Ist schon gut, mein Kind." Gundula Fehnkamp ergriff die Hand ihrer Tochter und tätschelte sie. Ihre Finger waren eiskalt. „Ich weiß doch, dass du mit Raffael … ich meine, du bist eine schöne junge Frau …"

„Du weißt es?" Magdalena brachte nur noch ein Krächzen hervor.

„Ach, mein liebes Kind, ich bin deine Mutter. Und auch ich war mal jung." Sie stutzte und fuhr sich mit zittrigen Fingern übers Gesicht. Dann fuhr sie mit schiefgelegtem Kopf fort: „Und was ist eigentlich mit diesem jungen Mann, mit dem du dich jetzt häufiger triffst?"

„A-Adrian?" Magdalena verstand die Welt nicht mehr. „Weiß Papa auch …"

„Nein, Gott bewahre!" Gundula Fehnkamp riss erschrocken die Augen auf. „Er würde … genauso wie mit Raffael …"

„Genauso wie … was meinst du damit, Mama?", fragte Magdalena lauernd, und sie spürte, wie ihr der kalte Schweiß ausbrach. „Papa hat doch nicht …"

„Oooooh, dein Vater war sooooo wütend!", rief ihre Mutter langgezogen und starrte Magdalena nun mit angstverzerrtem Gesicht an. „Er hat getobt, und dann …"

„Und dann?" Magdalenas Stimme war nur mehr ein Flüstern. „Ist er zu … er ist doch nicht zu Raffael gegangen?"

„Doch, ja, ich fürchte, das ist er."

„Und wann? Ich meine, wann war das?"

„Hm. Raffael Winter war dann nicht mehr." Gundula Fehnkamp sah plötzlich sehr zufrieden aus.

Magdalena schluckte. „Papa hat Raffael … umgebracht?"

„Umgebracht?" Ihre Mutter schien erstaunt. „Dein Vater hat Raffael Winter umgebracht?"

„Das hast du doch gerade gesagt!"

„Ich? Nein. Das habe ich nie gesagt." Ihre Mutter schüttelte nun mit einer solchen Vehemenz den Kopf, dass ihr die langen, strähnig aussehenden Haare um den Kopf stoben.

Magdalena war verwirrt. „Und … woher weißt du von Adrian?", fragte sie vorsichtig.

„Adrian?"

„Du hast nach dem jungen Mann gefragt, und ich habe gesagt, er heißt Adrian." Magdalena bekam es mit der Angst zu tun. War ihre Mutter womöglich nicht mehr ganz richtig im Kopf?

„Ach, der junge Mann, ja. Weiß ich doch, dass der Adrian heißt. Nun, wir haben doch unsere Freunde aus dem Bibelkreis, die kennen ihn und die haben dich mit ihm gesehen und haben mich dann angerufen. Sie waren ein wenig irritiert, weil er ja gar nicht zu unserer Gemeinde gehört."

„Gute Freunde, soso", murmelte Magdalena. „Aber du hast es Papa nicht erzählt!?" Es war mehr eine Feststellung, als eine Frage.

Gundula Fehnkamp presste die Lippen zusammen, und wieder trat ein Ausdruck tiefster Angst in ihr Gesicht. „Doch."

„Aber gerade hast du doch gesagt, dass Papa nichts von Adrian weiß!" Magdalena spürte Panik in sich aufsteigen.

„Aber ich musste es doch sagen", flüsterte ihre Mutter, „sonst hätte er es doch von unseren Freunden aus dem Bibelkreis erfahren, und dann …"

„Verstehe", winkte Magdalena ab und eine Welle der Übelkeit stieg in ihr hoch, „und dann hätte er es dich noch mehr spüren lassen."

Wo habe ich nur all die Jahre gelebt, fragte sich Magdalena und ließ sich ermattet in ihre Kissen zurücksinken. Warum nur habe ich nicht verstanden, was hier im Haus passiert? Dass mein Vater ein regelrechter Tyrann ist. Und dass meine Mutter systematisch von ihm unterdrückt wird.

Ja, Magdalena fiel es plötzlich wie Schuppen von den Augen, und sie sah ihre Mutter voller Mitleid an. Doch plötzlich schoss ihr ein Gedanke durch den Kopf, der sie erzittern ließ und all ihre Ängste der letzten Jahre und Monate in den Schatten stellte. Sie atmete tief ein und fragte dann: „Seit wann weiß Papa das mit Adrian?"

„Ooooooh", rief ihre Mutter wieder und sah Magdalena eindringlich an, „das weiß er seit letzter Nacht. Er hat laut geschrien. Du weißt, die Sache mit dem Rekorder. Und er hat schon wieder die Hand gehoben …" Bei der Erinnerung ergriff ein heftiges Zittern von Gundula Fehnkamps Körper Besitz. „Und da habe ich gesagt, dass der Rekorder bestimmt von diesem Adrian ist. Und dann …"

„Dann hast du es ihm gesagt."

„Ich musste es doch", wiederholte ihre Mutter weinerlich, „sonst …"

„Ja, ja ich weiß", erwiderte Magdalena und nun war sie es, die ihrer Mutter beruhigend die Hand tätschelte. „Er muss furchtbar wütend gewesen sein." Magdalena erinnerte sich, dass sie ihren Vater mitten in der Nacht hatte schreien hören.

„Ja."

„Er hat mich aber nicht zur Rede gestellt. Warum?"

„Nun, es war mitten in der Nacht, und er wollte dich nicht …"

„Mama", entfuhr es Magdalena, „er hat mich schon so oft nachts geweckt, wenn er wütend war!"

„Ich … habe ihn abgelenkt."

„Abgelenkt?" Magdalena sah sie verständnislos an, dann aber verstand sie. Sie zwang sich, den aufsteigenden Ekel herunterzuschlucken. „Aber was wird er machen, wenn er heute nach Hause kommt?"

Gundula Fehnkamp sah sie lange und eindringlich an, während ihre Augen feucht wurden. „Ich fürchte, dass er sich das nicht gefallen lässt, Magdalena. Er wird dich … Und ich werde ihn nicht daran hindern können."

„Das heißt?", krächzte Magdalena.

„Du solltest nicht hier sein, wenn er kommt."

20

Krachend ließ Onno Fehnkamp den zerbeulten, aber noch funktionstüchtigen Rekorder auf David Büttners Schreibtisch knallen, was dieser mit einem ungehaltenen Stirnrunzeln quittierte. Er hasste Choleriker. Und er hasste es, an seinem Schreibtisch so mir nichts, dir nichts überfallen zu werden. Und er hasste Onno Fehnkamp, da war er sich spätestens jetzt ganz sicher.

Hauptkommissar Büttner machte eine unmissverständliche Geste in Richtung Sebastian Hasenkrug, der in der Tür stand und wild mit den Armen fuchtelte, was wohl so viel heißen sollte wie *Ich habe ja versucht ihn aufzuhalten*. „Holen Sie mir einen Kaffee und eine Schachtel Kekse, Hasenkrug, sofort!", bellte Büttner ungehalten. Gerade hatte er sich auf den Weg nach Hause machen wollen, als dieses Monstrum zur Tür hereingebrochen war und ihn damit von seinem ungarischen Gulasch abhielt. Dafür stand ihm, Büttner, zumindest eine Entschädigung zu, befand er schlecht gelaunt.

Büttner lehnte sich mit verschränkten Armen in seinem Schreibtischstuhl zurück und musterte sein Gegenüber mit abfälligem Blick. Ganz offensichtlich schien Onno Fehnkamp kurz vor einem Kollaps zu stehen. Wie ein Fisch auf dem Trocknen schnappte er immer wieder nach

Luft, der Schweiß rann ihm in wahren Sturzbächen über das feiste Gesicht. Büttner überlegte einen kurzen Augenblick, ob er schon mal prophylaktisch den Rettungswagen alarmieren sollte, verwarf diesen Gedanken aber gleich wieder. Sollte der werte Herr sich tatsächlich dazu entschließen, hier vor seinen Augen unwürdig in sich zusammenzufallen, wäre immer noch genügend Zeit dafür. Man sollte nichts übereilen, hatte er sich zum Lebensmotto erkoren.

„Was kann ich für Sie tun?", fragte Büttner mit galliger Stimme, als der massige Mann wieder in der Lage zu sein schien, neben seinen keuchenden Luftstößen auch ein paar Worte aus sich heraus zu lassen.

„Ich verlange, dass Sie dieses Dreckschwein bestrafen!", stieß Fehnkamp röchelnd hervor.

Büttner schniefte und zog langsam ein Papiertaschentuch aus der Hosentasche, um sich dann ausgiebig und geräuschvoll zu schnäuzen. „Darf ich auch den Namen dieses Dreckschweins erfahren?", näselte er aus dem Taschentuch hervor.

„Adrian", knurrte Fehnkamp.

„Adrian. Hm. Hat er auch einen Nachnamen?"

„Das ist Ihre Aufgabe, den herauszufinden."

„Und wofür genau soll ich das Dreckschwein Adrian bestrafen?"

„Er hat meine Tochter belästigt."

„Sagt wer?" Provokativ stand Büttner auf, trat an die Fensterbank und begann, die darauf zahlreich vertretenen Kakteen mit Wasser zu besprühen.

„Ich sage das."

„Und womit wurde Ihre Tochter belästigt?" Büttner machte keine Anstalten, sich zu seinem ungebetenen Gast herumzudrehen.

„Na, mit dem hier!", stieß Fehnkamp cholerisch hervor und ließ seine Faust auf den Rekorder hinunterfahren. Büttner setzte sich wieder hin.

Sebastian Hasenkrug betrat den Raum mit einem Tablett, auf dem sich eine Thermoskanne, drei Kaffeetassen und eine blecherne Keksdose befanden. Vorsichtig stellte er es auf dem Schreibtisch genau vor seinem Chef ab und setzte sich dann auf einen freien Stuhl. Büttner schenkte sich einen Kaffee ein, griff beherzt in die Keksdose und ignorierte die weiteren Tassen.

„Also, Herr Fehnkamp", sagte er mampfend, „nun noch mal von vorne. Was hat es mit diesem verdammten Rekorder auf sich, und warum, verflucht noch mal, nehmen Sie an, dass mich dieses Ding in irgendeiner Weise interessieren könnte?"

Mit Genugtuung registrierte er, wie sein Gegenüber bei den Worten *verdammt* und *verflucht* zusammenzuckte. Nicht umsonst hatte er sich auf diese Wortwahl verlegt. Er sah gar nicht ein, dass er der einzige sein sollte, der sich hier ärgerte.

„Wer seine Stimme gegen Gott den Herrn richtet, der wird …", setzte Onno Fehnkamp an, nachdem er sich von seinem Schrecken erholt hatte, wurde aber von Büttner mit einer harschen Geste unterbrochen. „Kommen Sie endlich zur Sache, Fehnkamp, Sie verplempern meine Zeit", sagte er unwirsch und schob sich einen weiteren Keks in den Mund.

„Dieser Rekorder", wieder fuhr die Hand Onno Fehnkamps auf das Gerät hinab, „stand nachts auf der Fensterbank meiner Tochter und hat ihren Namen gerufen!"

Büttner runzelte die Stirn, während Hasenkrug fragend von einem zum anderen sah. Hatte er irgendwas verpasst? Er verstand kein Wort.

„Das müssten Sie mir mal näher erklären", sagte Büttner, und ein amüsiertes Lächeln umspielte jetzt seinen Mund. „Warum, um Gottes Willen, ruft dieser Rekorder meinen Namen?"

„Nicht Ihren Namen", erwiderte Fehnkamp barsch, „den Namen meiner Tochter!"

„Ach so. Und warum tat er das?"

Fehnkamp schnaubte. „Ich erwarte, dass Sie herausfinden, wie dieser Adrian dazu kommt, dieses Gerät auf die Fensterbank meiner Tochter zu stellen. Er hat sie damit in Angst und Schrecken versetzt."

„Lassen Sie mal hören", forderte Büttner ihn auf und Onno Fehnkamp drückte den Startknopf des Gerätes. *Magdalena*, schallte es ihm umgehend entgegen, *Magdalena, Magdalena*. Sofort ging Fehnkamps Atmung wieder schneller. Ungesund röchelnd stieß er immer wieder *Da hören Sie's, da hören Sie's* hervor, während er sich mit einem Stofftaschentuch die Stirn abtupfte.

„Können Sie sich vorstellen, warum Adrian Ihrer Tochter das antun sollte?", stellte Büttner die nächste Frage. Das amüsierte Lächeln war genauso schnell aus seinem Gesicht gewichen, wie es gekommen war. Die Sache gefiel ihm ganz und gar nicht. Wurde Magdalena Fehnkamp seit Neuestem von einem Stalker verfolgt?

Onno Fehnkamp schüttelte den Kopf. „Ich verstehe das nicht."

„Und Sie sind ganz sicher, dass es dieser Adrian war?"

„Natürlich bin ich das."

„Haben Sie ihn gesehen?"

„Nein", sagte Onno Fehnkamp scharf, „aber wer soll es denn sonst gewesen sein!?"

„In welchem Verhältnis steht dieser Adrian zu Ihrer Tochter?", wollte Büttner wissen. Irgendwas kam ihm komisch vor, er wusste aber noch nicht genau zu sagen, was es war.

„Meine Tochter hat kein Verhältnis!" donnerte Fehnkamp in den Raum.

„Das habe ich auch nicht behauptet", knurrte Büttner ungehalten, „aber irgendwoher müssen Sie den Namen doch kennen!"

Fehnkamp zuckte nur mürrisch die Achseln und schwieg. „Könnte es nicht auch jeder andere gewesen sein? Ein dummer Jungenstreich vielleicht?", mutmaßte Büttner, obwohl er es besser wusste. Unter anderen Umständen hätte er es für möglich gehalten. Aber nun vermutete er einen klaren Zusammenhang zum Mordfall Raffael Winter. Wer auch immer versuchte, Magdalena auf diese Weise Angst einzujagen, der machte das bewusst. Aber warum? Wusste Magdalena mehr, als sie sagte? Hatte sie den Mörder womöglich doch gesehen, und nun versuchte der Täter auf solch eine abscheuliche Weise, sie unter Druck zu setzen?

„Seit dieser Musiklehrer tot ist, ist bei uns nichts mehr, wie es war. Magdalena ist nicht mehr wie sie war. Unsere heile Welt … sie gerät aus den Fugen", sagte Onno

Fehnkamp und rieb sich immer wieder fahrig mit seinen feuchten Händen über die Hosenbeine. Auch schien er bei diesen Worten mehr und mehr in sich zusammenzufallen, wie ein Koloss aus Gummi, aus dem plötzlich die Luft entwich. Fast hätte er Büttner leid getan. Schließlich war auch er Vater einer Tochter, und wenn er sich vorstellte, dass irgendjemand so etwas mit Jette ... Aber nein. Dieser Fehnkamp war ein Widerling, daran war nicht zu rütteln. Und wer weiß, dachte Büttner bei sich, vielleicht war dieses hier ja auch alles eine geschickte Inszenierung. Ja, womöglich hatte Onno Fehnkamp die Aktion selber geplant und ausgeführt, um seine Tochter, die ihm plötzlich das Gefühl gab, ein selbstständig denkender Mensch zu sein, vor lauter Furcht zurück in die Arme ihres treusorgenden Vaters zu treiben? Vielleicht gab es diesen Adrian überhaupt nicht?

„Wir werden uns der Sache annehmen", sagte er daher nur und wandte sich dann an Hasenkrug: „Bringen Sie den Rekorder in die KTU, sie sollen ihn auf Fingerabdrücke untersuchen und auch die Stimme analysieren. Auch wenn ich wenig Hoffnung habe, dass wir etwas Aussagekräftiges finden."

„Ich verlange, dass Sie jemanden an unserem Haus postieren."

„Das geht nicht. Ist alles zu vage. Sollte es wieder passieren, dann rufen Sie uns unverzüglich an, Herr Fehnkamp. Außerdem schicke ich jemanden von der Spurensicherung vorbei, er soll sich das Gelände vor Magdalenas Fenster mal genau anschauen. Haben Sie in der letzten Nacht irgendwas Auffälliges bemerkt?"

„Da war ein Rascheln im Gebüsch. Sonst nichts.“

„Nun, das kann alles Mögliche gewesen sein. Aber wir werden mal nachsehen. Vielleicht findet sich irgendetwas, was da nicht hingehört.“ Er nickte Hasenkrug zu, der sich umgehend den Rekorder schnappte und verschwand.

Onno Fehnkamp erhob sich schwerfällig von seinem Stuhl, grüßte kurz und war mit einem knappen *Halten Sie mich auf dem Laufenden* verschwunden.

David Büttner beschloss schweren Herzens, auf sein ungarisches Gulasch zu verzichten. Er würde jetzt in Ruhe über das soeben Gehörte nachdenken und dann einen Schlachtplan entwerfen. Irgendwie musste es ihm gelingen herauszubekommen, wer Magdalena auf so perfide Art ängstigen wollte.

Sein Bauchgefühl sagte ihm, dass es dieser Adrian nicht gewesen war. Zunächst einmal musste er aber herausfinden, ob Magdalena Fehnkamp einen Jungen dieses Namens überhaupt kannte. Ihm war, als hätte seine Tochter Jette einen Jungen dieses Namens mal erwähnt. Aber war das in diesem Zusammenhang gewesen? Und wenn ja, gehörte diesem Adrian der Rekorder? War er dann womöglich auch der Mörder von Raffael Winter? Hm. Das wäre wirklich zu schön, denn damit wäre ja auch sein Fall gelöst.

21

Nach der Schmach mit ihrem Slip hatte Sybille Ravensburger eigentlich angenommen, dass es nicht mehr schlimmer kommen könne. Noch tagelang war ihr die Schamesröte ins Gesicht gestiegen, wenn sie an den peinlichen Augenblick zurückdachte, in dem die Polizisten Büttner und Hasenkrug den vermeintlichen Putzlappen mit unverhohlen erstauntem, ja amüsiertem Gesichtsausdruck wahrgenommen hatten. In den darauf folgenden Nächten war ihr diese Szene immer wieder im Traum erschienen und hatte zum Teil groteske Züge angenommen. So hatte sich Sebastian Hasenkrug in einem der Träume den Slip mit einem diabolischen Grinsen über das Gesicht gezogen und sie dann, unter dem schallenden Gelächter seines Chefs, in Handschellen abgeführt. Ein anderes Mal hatten die Polizisten sie genötigt, sich nackt auszuziehen und vor ihren Augen mit dem Slip den Küchenboden zu wischen.

Regelmäßig war Sybille dann am ganzen Körper zitternd und schweißgebadet aufgewacht. Seither hatte sie Angst davor, sich am Abend ins Bett zu legen und einzuschlafen. Also hatte sie beschlossen, sich vor dem Schlafengehen von ihren quälenden Gedanken – die in ihrem Kopf einem Perpetuum Mobile gleich ihre endlosen Kreise zogen – abzulenken.

Da sie sich aber weder in der Lage sah, sich auf ein Buch zu konzentrieren, noch die Muße hatte, einer Fernsehsendung ihre volle Aufmerksamkeit zu schenken, hatte sie sich schließlich dazu entschlossen, ein wenig im Internet zu surfen. Zunächst schien dies auch die perfekte Therapie zu sein, denn sie entdeckte im Netz derart viele Dinge, die sie interessierten, dass das Internet von einer Verlegenheitslösung bereits nach kurzer Zeit zu einer Art positivem Verlangen geworden war, das es ihr ermöglichte, in eine andere Welt einzutauchen und die Last des Alltags hinter sich zu lassen.

Und nun das. Fassungslos starrte sie auf den Bildschirm ihres Tablets, das sie sich in einem Anfall von ungewohnter Großzügigkeit selbst geschenkt hatte, um auch unterwegs jederzeit ihrer neuen Leidenschaft nachkommen zu können. Erwartungsfroh war sie an die Knock gefahren, um sich dort auf der Terrasse des Restaurants einen Milchkaffee und ein großes Stück Sahnetorte zu gönnen. Gut gelaunt hatte sie sich einen Platz in der jetzt warmen Frühlingssonne gesucht, lange Minuten einfach nur dagesessen und auf die Emsmündung hinausgesehen, auf der sich große und kleine Schiffe ihren Weg zur offenen Nordsee bahnten.

Dann aber, als ihre blasse Gesichtshaut von der ungewohnten Sonneneinwirkung bereits unangenehm spannte, hatte sie sich auf einen Platz im Schatten zurückgezogen und ihr Tablet angeworfen. In gespannter Erwartung loggte sie sich zunächst auf Facebook ein, um zu sehen, ob sie in den letzten Stunden wieder neue Freunde hinzu gewonnen hatte.

Noch nie hatte sie in solch kurzer Zeit so viele Freundschaften geschlossen, wie auf diesem Portal. Und das Wichtigste: Hier waren alle nett zu ihr, schienen sich mächtig darüber zu freuen, mit ihr in Kontakt getreten zu sein und erzählten munter aus ihrem Leben. Ja, alles war so schön gewesen. Bis zu diesem Moment.

Denn was sie jetzt sah, ließ ihr Herz für einen kurzen Moment den Dienst versagen, um dann umso heftiger gegen ihre Rippen zu schlagen. „Das kann doch nicht … nein … das ist völlig unmöglich", sagte sie leise zu sich selbst, in der Hoffnung, bei dem, was sie hier sah, handele es sich um eine Sinnestäuschung, eine Art Fata Morgana.

Aber so häufig sie auch die Augen zusammenkniff, an dem Bild, das sich in ihren Nachrichtenordner eingeschlichen hatte, änderte sich nichts.

Ein User mit dem Namen *Geile Kröte* hatte es ihr geschickt. Sie erinnerte sich, dass sie diesem User erst am gestrigen Tag mit einem amüsierten Lächeln auf dem Gesicht seine Freundschaftsanfrage bestätigt hatte. So trickst man also Facebook aus, wenn man anonym bleiben möchte, hatte sie bei sich gedacht. Einfach einen fingierten Namen eingeben, der auf den ersten Blick den Anschein erweckt, tatsächlich eine Kombination aus Vor- und Nachname zu sein.

Nie im Leben aber hätte sie damit gerechnet, dass ihr eine ihrer geliebten Facebook-Freundschaften einmal dermaßen zum Verhängnis werden würde. Und dass diese Nachricht, die Gott sei Dank noch nicht für alle sichtbar gepostet worden war, ihr Verhängnis sein würde, das stand für sie fest. Wenn dieses Bild, das sich hier in schmerzvoller Größe vor ihren Augen auftat, an die Öffentlichkeit gelangte, dann bliebe ihr nur, ihrem Leben selbst ein Ende zu setzen.

Wie erstarrt schloss sie die Nachricht, um sie nur Sekunden später wieder zu öffnen. Nein, es gab keinen Zweifel. Das, was sie hier sah, war eindeutig die untere Hälfte ihres Körpers, bekleidet lediglich mit diesem verfluchten roten Spitzenslip. Ihre Beine und damit ihre Scham boten sich weit gespreizt dem Betrachter dar, während eine muskulöse Hand einen Vibrator größeren Umfangs in ihre Scheide einführte.

Heiß und kalt lief es ihr den Rücken hinunter, wenn sie sich an diesen Augenblick höchster Lust zurückerinnerte. Raffael. Er hatte sie mit diesem Gerät zum Wahnsinn getrieben. Niemals zuvor hatte sie ein solches Gefühl vibrierender Ekstase erfahren. Und jetzt?

Ein bitteres Lachen entrang sich ihrer Kehle. Jetzt war Raffael tot. Und doch gelang es ihm immer noch, sie an den Rand des Abgrunds zu bringen. Ein kleiner Stoß, und sie würde tiefer fallen, als sie es sich jemals hätte vorstellen können.

Doch woher kam dieses Bild? Wer hatte es aufgenommen? Es war doch außer ihr und Raffael niemand im Raum gewesen. Oder doch?

Vollgepumpt mit Adrenalin kaute Sybille nervös auf ihrer Unterlippe herum, sodass diese schon ganz wund war. Doch das bemerkte sie nicht. Denn wie hypnotisiert starrte sie auf den Text, der über dem Bild stand:

Herzliche Grüße von der Geilen Kröte an die
Geile Schnecke. Dieses ist nur der winzige
Ausschnitt eines Videofilms. Wenn Du nicht willst,
dass die ganze Welt erfährt, wie geil Du stöhnen
kannst, dann wirst Du mir von nun an finanziell
ein wenig unter die Arme greifen. Ansonsten ist
der Spaß für Dich zu Ende, liebe Sybille! Sende
ok, wenn Du spätestens heute Abend um 22 Uhr
im Papierkorb am Haupteingang der Nordseehalle
500 Euro hinterlegt hast. Im Voraus herzlichen
Dank und – Du hörst dann wieder von mir!

„Ist Ihnen nicht gut?", hörte Sybille eine besorgte Stimme in den Nebel ihrer Gedanken hinein fragen. Verwirrt schaute sie auf und sah in das hübsche Gesicht der Kellnerin, die sich zu ihr hinunterbeugte. Erschrocken drückte sie die Austaste ihres Tablets. „Nein, nein, es geht schon", stammelte sie schnell und versuchte ein Lächeln, „ein wenig viel Sonne vielleicht. Man ist sie ja noch gar nicht gewöhnt, nach diesem langen Winter."

Die Kellnerin nickte wissend und warf einen Blick zum blauen Himmel hinauf, während Sybille begann, in ihrer Tasche nach dem Portemonnaie zu kramen. „Ich würde dann gerne zahlen", sagte sie und legte mit zittrigen Fingern einen Zehn-Euro-Schein auf den Tisch. „Stimmt so", sagte sie zerstreut und war schon im nächsten Moment auf dem Weg zum Parkplatz.

„Aber das ist doch viel zu viel!", hörte sie die junge Kellnerin hinter sich herrufen. Doch Sybille hob nur kurz den Arm zum Zeichen, dass das so in Ordnung sei. *Ich hab gerade wirklich andere Sorgen*, dachte sie und brach, sobald sie sich hinter das Steuer ihres Autos gesetzt hatte, von einem heftigen Weinkrampf geschüttelt, in sich zusammen.

Mit tief geröteten und verquollenen Augen saß Sybille Stunden später auf dem Polizeirevier und wartete auf Hauptkommissar David Büttner, der, so hatte man ihr gesagt, aufgrund irgendwelcher Ermittlungen unterwegs war.

Den ganzen Nachmittag über hatte sie darüber nachgedacht, was sie nun tun sollte. Keine der Lösungsansätze, die sie in ihrem Hirn hin- und her gewälzt hatte, hatte sie wirklich zufrieden stellen können.

Natürlich sah sie sich in der Lage, den genannten Betrag an ihren Erpresser zu zahlen. Sie hatte ein gutes Gehalt, und wenn dieses dazu beitragen konnte, dass sie bald wieder in Ruhe und Frieden leben konnte – bitte schön! Aber – und das war ihr natürlich schnell klar geworden – so würde es nicht sein. Vielmehr würde ihr Erpresser mehr und mehr verlangen, endlos lange, womöglich bis an ihr Lebensende. Denn was sollte ihn dazu veranlassen, das pikante Video irgendwann in die Mottenkiste zu stecken oder gar zu vernichten? Nein, auf die Forderungen bedingungslos einzugehen war sicherlich die schlechteste aller Lösungen.

Für einen kurzen Moment hatte sie auch darüber nachgedacht, die Nachricht einfach zu ignorieren und abzuwarten, was dann passieren würde. Aber das schien ihr erst recht zu riskant. Wenn der Erpresser das Geld nicht um 22 Uhr an der Nordseehalle fand, dann würde er nur wenige Minuten später das ganze Video veröffentlichen.

Schon alleine die Vorstellung, was das für ihr Leben bedeuten würde, ließ Sybille das Blut in den Adern gefrieren. Auch die Möglichkeit, ihren pädagogischen Sachverstand zu nutzen, um an das moralische Gewissen der *Geilen Kröte* zu appellieren, hatte sie gleich wieder verworfen. Denn dass dieser User kein moralisches Gewissen hatte, war doch mehr als offensichtlich. Und wo nichts war, da konnte man auch an nichts appellieren, so Sybilles logische Schlussfolgerung.

Also blieb ihr nur der Gang zur Polizei und die Hoffnung, dass diese ihr in irgendeiner Weise helfen konnte. Sybille war sich nicht sicher, ob es überhaupt eine juristische Möglichkeit gab, gegen solche Schweinereien im Internet vorzugehen. Denn schließlich hörte man doch immer wieder, dass sich das weltweite Netz praktisch noch in einer rechtlichen Grauzone befand.

Sybille schnaubte verächtlich. Hatte sie nicht selbst ihre Schülerinnen und Schüler immer wieder vor den Gefahren des Internets gewarnt? Und hatte nicht sie selbst in regelmäßigen Abständen sachkundige Polizisten in ihren Unterricht geladen, damit diese den jungen Heranwachsenden eindringlich ins Gewissen redeten, jegliche Angriffsfläche auf den einschlägigen Plattformen zu vermeiden? Vor diesem Hintergrund war es doch geradezu eine Ironic des Schicksals, dass es nun ausgerechnet sie selbst erwischt hatte.

Ohne es bewusst wahrzunehmen, nestelte Sybille bereits seit geraumer Zeit an den Knöpfen ihrer Bluse herum, mit dem Ergebnis, dass sich zwei der mittleren Knöpfe bereits deutlich gelockert hatten und, lediglich noch an einem dünnen Faden hängend, gewillt waren, mehr und mehr den Gesetzen der Schwerkraft zu folgen.

Gott war das alles peinlich! dachte sie sich zum wiederholten Male. Was nur würde Hauptkommissar Büttner von ihr denken, wenn sie ihm das pikante Foto präsentierte? Bei diesem Gedanken krampften sich die Finger ihrer rechten Hand so fest um ihr Tablet, als könnte es ihr dadurch gelingen, dieses verdammte Bild aus dem mobilen Computer herauszupressen.

Zuerst die Sache mit dem Slip, dann das peinliche Eingeständnis, auf Raffael Winter hereingefallen zu sein – und nun sollte sie dem Kommissar auch noch freiwillig einen Blick zwischen ihre Schenkel gewähren!

Sybille schaute nervös den Gang hinab, ohne dabei jedoch von den Knöpfen ihrer pinkfarbenen Bluse abzulassen. Noch war Zeit zu gehen. Noch hatte sie niemandem etwas gesagt. Noch konnte sie der hochnotpeinlichen Situation entgehen.

Doch schon im nächsten Augenblick sah sie Hauptkommissar Büttner im Gespräch mit seinem Adlatus Hasenkrug um die Ecke biegen und direkt auf sie zukommen. Sofort schoss ihr in einer heißen Welle das Blut ins Gesicht, und sie erhob sich wie auf einen geheimen Befehl hin von der Bank, auf der sie Platz genommen hatte – mit dem Ergebnis, dass sich genau in dem Augenblick, als Kommissar Büttner vor ihr stand und ihr zur Begrüßung die Hand hinstreckte, zwei Knöpfe von ihrer Bluse lösten und mit einem leisen Klickern zu Boden fielen.

Da die Bluse aber über ihren ausladenden Brüsten sowieso schon recht eng bemessen gewesen war, sprang sie jetzt auseinander und bescherte den Polizisten einen unfreiwilligen Blick auf den darunter zum Vorschein kommenden, mit Blümchen gemusterten Büstenhalter.

Während Hasenkrug peinlich berührt auf seine Fußspitzen starrte und seinerseits rot anlief, räusperte sich Büttner nur kurz und sagte dann: „Frau … ähm, was kann ich für Sie tun?" Doch statt einer Antwort sackte Sybille wie ein Häufchen Elend auf die Bank zurück und gab sich einem erneuten Weinkrampf hin.

Eine Packung Kleenex und drei Tassen beruhigenden Kamillentee später sah sich Sybille Ravensburger endlich in der Lage, den Kommissaren mitzuteilen, was ihr auf dem Herzen lag. Zwar wurde sie inzwischen von einem hartnäckigen Schluckauf gequält, der ihre mühsam hervorgebrachten Sätze regelmäßig in einem *Hicks!* enden ließen, aber Büttner war froh, dass sie in der Sache endlich weiterkamen.

Weinende Frauen waren ihm ein Gräuel, er hatte damit noch nie umzugehen gewusst. Seine Tochter Jette war das natürlich nicht verborgen geblieben, und sie hatte es weidlich ausgenutzt. Sobald ihr Vater ihr einmal einen Wunsch versagte, schaltete sie ihre Sirene ein, was in der Regel nach nicht allzu langer Zeit Früchte trug und sie im Laufe ihres Lebens – davon war Büttner überzeugt – zu einem der mit allem modernen Firlefanz am besten ausgestatteten Teenagern von ganz Ostriesland gemacht hatte.

„Sie werden also erpresst, Frau … Rabenberg", sagte er, während Sybille mit beschämt vor der Brust verschränkten Armen vor ihm saß.

„Ravensburger", korrigierte sie ihn schniefend und nickte.

„Können Sie sich vorstellen von wem?"

„Ich kenne nur … er nennt sich *Geile Kröte*."

Während Büttner sich sichtlich bemühte ernst zu bleiben, bekam Hasenkrug gerade noch die Kurve, indem er sein lautes Herausprusten als einen plötzlichen Hustenanfall tarnte.

„Wie hat dieser Erpresser mit Ihnen Kontakt aufgenommen?", setzte Büttner die Befragung fort, nicht ohne einen vernichtenden Blick auf seinen Assistenten geworfen zu haben.

Ganz langsam, fast wie in Zeitlupe, zog Sybille ihr Tablet unter dem Tisch hervor und schaltete es ein. Mit fest zusammengepressten Lippen bediente sie in zögernden Bewegungen den Touchscreen und reichte ihn, nachdem sie gefunden hatte, was sie suchte, wortlos an Büttner weiter.

„Das ... sind Sie?", fragte Büttner, nachdem er sich vernehmlich geräuspert hatte. Derweil war Hasenkrug, nach einem Blick auf den Bildschirm, aufgesprungen und hatte in einer offensichtlichen Übersprunghandlung damit begonnen, die Kakteen seines Chefs üppig mit Wasser zu begießen.

„Lassen Sie das, Hasenkrug", blaffte Büttner ihn an, „die armen Dinger bekommen noch ne Säuferleber, wenn Sie sie weiterhin so großzügig versorgen! Hm", fuhr er dann an Sybille gewandt fort, „das ist wahrlich eine unappetitliche Sache."

„Sie kann mein ganzes Leben zerstören", schluchzte Sybille auf, worauf Büttner ihr erneut die Kleenex-Packung reichte.

„Da würde ich Ihnen nur allzu gerne widersprechen", sagte er, „aber leider schätzen Sie das schon ganz richtig ein. Dieser ... Schweinkram hier", er tippte mit dem Finger auf den Bildschirm, woraufhin das Foto zu seinem Entsetzen nochmals deutlich vergrößert angezeigt wurde, „hat genau das zur Zielsetzung, wenn Sie mich fragen. Haben Sie gewusst, dass Sie bei den, nun ja, Handlungen gefilmt wurden?"

„Aber nein", schüttelte Sybille heftig den Kopf, „ich hatte keine Ahnung!"

„Nun, dann gibt es zwei Möglichkeiten. Erstens, Raffael Winter hat sich beim Sex selber mit einer fest installierten Kamera gefilmt, oder er hat sich dabei von einem Dritten filmen lassen."

„Oder", meldete sich Hasenkrug, der sich wieder gefangen hatte, zu Wort, „er wurde beim Sex von einem Dritten heimlich gefilmt."

Büttner legte die Stirn in Falten und dachte einen kurzen Augenblick nach. „Ja", sagte er dann gedehnt, „das wäre allerdings auch möglich. Und, ehrlich gesagt, halte ich das sogar für die wahrscheinlichste Lösung. Das würde auch erklären, warum das Material in die Hände eines Dritten gelangt ist."

„Sie müssen das Schwein finden", schluchzte Sybille und fügte ein geflüstertes *Bitte!* hinzu.

Büttner warf ihr einen langen Blick zu. „Ich werde ein paar Kollegen in die Unterrichtsräume von Raffael Winter schicken, sie sollen nochmals alles nach einer versteckten Kamera absuchen. Ich gehe davon aus, dass sie noch da ist, schließlich sind die Räume seit dem Mord polizeilich versiegelt. Und Sie", wandte er sich an Sybille, „müssten meine Kollegen bitte begleiten und ihnen den … ähm, Standort Ihres … ähm … Intermezzos zeigen. Wenn wir den …

ähm … Blickwinkel nachvollziehen können, wird es für alle einfacher."

„Muss das wirklich sein?", fragte Sybille leise. Sie schämte sich in Grund und Boden.

„Leider ja."

„Und was mache ich jetzt mit dem Geld? Ich meine, mit den fünfhundert Euro, die er verlangt?"

„Die bringen Sie wie gefordert zur Nordseehalle. Ein paar Kollegen werden da auf der Lauer liegen. Wer weiß, vielleicht haben wir den Typen noch heute Abend. Außerdem behalten wir Ihr Tablet hier. Unsere Experten sollen schauen, ob sie den Computer, von dem aus die Nachricht versandt wurde, und damit den User identifizieren können."

„Sie reden immer von einem Mann. Aber vielleicht ist es ja auch ein … Mädchen?", gab Sybille zögernd zu bedenken.

„Sie haben einen konkreten Verdacht?", horchte Büttner auf.

„Nun, ich will ja niemanden zu Unrecht beschuldigen …"

„Aber?"

„Ich könnte mir vorstellen, dass es Magdalena Fehnkamp war."

„Magdalena Fehnkamp?" Büttner war baff. Das passte nun rein gar nicht in seine Vorstellungswelt. „Warum sollte sie das Ihrer Meinung nach tun?"

„Weil ich sie für abgrundtief schlecht halte, die miese, kleine Heuchlerin", presste Sybille mit einem so hasserfüllten Blick hervor, dass Büttner sie erstaunt ansah.

„Können Sie mir das näher erklären?"

„Glauben Sie mir einfach", erwiderte Sybille flapsig. „Ich bin fest überzeugt, dass das kleine Flittchen dahinter steckt."

Büttner und Hasenkrug sahen sich mit hochgezogenen Brauen bedeutungsvoll an. „Besitzen Sie einen Rekorder, Frau Ravensburger?", fragte Hasenkrug im nächsten Moment.

„Was für einen Rekorder?", fragte sie zurück und schien ehrlich erstaunt.

„Einen kleinen silberfarbenen Rekorder, zum Abspielen von Tonaufnahmen."

„Nein. Warum fragen Sie?"

„Ach, nur so", winkten Büttner und Hasenkrug gleichzeitig ab und fragten sich nicht ohne Selbstmitleid, warum ausgerechnet ihnen wieder ein so vielschichtiger Mordfall vor die Füße gefallen war.

22

Magdalena war noch nie auf Norderney gewesen. Warum, das wusste sie nicht zu sagen. Auch hatte sie in ihrem Leben bisher relativ wenig Eis gegessen, weil ihr Vater ihr immer eingeschärft hatte, dass alles Süße schlecht für Kinder und Heranwachsende und damit nicht im Sinne Gottes sei.

An diesem Tag aber hatte sie beides. Sie saß an der Strandpromenade von Norderney und hielt eine große Waffel mit vier Kugeln Stracciatella-Eis in der Hand, die Adrian ihr soeben erstanden hatte. Mit geschlossenen Augen ließ sie das Eis in kleinen Portionen genüsslich auf ihrer Zunge zergehen und lächelte. Genauso hatte sie es sich immer vorgestellt. Stracciatella! Schon als sie noch klein gewesen war, hatte dieser Name in ihr wie Musik geklungen, doch war es für sie unerreichbar geblieben.

Adrian hatte sie mit großen Augen ungläubig angesehen, als er sie, die naheliegende Eisdiele fest im Blick, wie nebenbei gefragt hatte, ob sie denn auch ein Eis wolle, und sie nach kurzem Zögern geantwortet hatte: „Ich hätte gerne eine riesige Portion Stracciatella."

„Dein Lieblingseis?", hatte Adrian grinsend gefragt.

„Ich weiß es nicht", hatte sie geantwortet, „ich durfte es bisher nie haben."

„Du durftest … du hast noch nie …", hatte Adrian mit

einem Kopfschütteln verblüfft erwidert und war dann sofort losgehechtet, um ihr nur wenig später die Eiswaffel mit seinem breitesten Grinsen und einem fröhlichen *Lass es Dir schmecken!* in die Hand zu drücken.

„Und, schmeckt's?", fragte er nun mit heiserer Stimme. Der Anblick von Magdalena, die, ihr hübsches Gesicht der Sonne entgegengestreckt, mit entrücktem Gesichtsausdruck an ihrem Eis lutschte, weckte in ihm den Wunsch, sie auf der Stelle zu vernaschen.

„Es ist himmlisch", hauchte Magdalena, ohne jedoch ihre Augen auch nur einen Spaltbreit zu öffnen.

Adrian räusperte sich, bevor er eilig sagte: „Wir müssen besprechen, wie es jetzt weitergeht. Leider kannst du ja nicht für ewig bei uns wohnen." Bedauernd ließ er seinen Blick Magdalenas schlanken Körper hinunter wandern und spürte bei dem Gedanken an die letzten zwei Nächte das Blut heiß in seinen Lenden pochen.

Wie aus heiterem Himmel und völlig aufgelöst hatte Magdalena, eine prall gefüllte Reisetasche in der Hand, am Freitag bei ihm in der Tür gestanden und gesagt, sie könne nicht zuhause bleiben, da ihr Vater ihr ansonsten womöglich etwas antue. Er hatte sie in sein Zimmer geführt und sich von ihr erzählen lassen, was vorgefallen war.

Mit zunehmender Wut und Fassungslosigkeit erfuhr er von den komischen Geräuschen in der Nacht, dem Rekorder, der immer wieder ihren Namen rief, dem cholerischen Ausfall ihres Vaters und seiner harschen Reaktion, als er von ihm, Adrian, erfahren hatte.

Nicht unerwähnt ließ sie auch den Besuch von Katharina

Eckstein, deren Unterstellungen und die seltsame Reaktion der Mutter hierauf.

„Das hört sich alles verdammt scheiße an", hatte Adrian mit besorgtem Gesichtsausdruck gesagt, nachdem sie ihren Bericht beendet hatte, und hinzugefügt, dass es natürlich überhaupt kein Problem sei, dass sie für dieses Wochenende bei ihm bliebe, seine Eltern seien sowieso verreist.

Nach zwei Nächten und einem Tag, an denen sie das Bett kaum verlassen und sich fast bis zur Besinnungslosigkeit geliebt hatten, hatten sie am Sonntagmorgen beschlossen, angesichts des fantastischen Frühlingswetters einen Ausflug nach Norderney zu machen.

„Ich hab da so eine Idee", verkündete Adrian, nachdem Magdalena auf seine Worte nicht reagierte, sondern weiterhin nur glückselig lächelnd dasaß und in unbewusst erotisierender Manier an ihrem Eis schleckte.

„Wirklich?" Magdalena machte nach wie vor keine Anstalten, irgendetwas an ihrer Körperhaltung zu verändern.

„Ja. Ich dachte, du könntest vielleicht bei Ben wohnen."

„Bei Ben?" Magdalena schreckte auf und war mit einem Male hellwach. „Du meinst aber nicht den Bruder von Raffael?", fragte sie dann mit großen Augen, während ein Tropfen ihres schmelzenden Eises auf ihre Hose fiel.

Adrian tupfte den entstandenen Fleck mit seinem Finger ab und erwiderte dann: „Doch, genau den meine ich. Ben Winter. Das wäre super praktisch für dich, weil er in einer WG wohnt und, so sagte er mir, auch noch ein Zimmer frei ist. Ein kleines zwar, aber immerhin."

„Du hast schon mit ihm gesprochen?" Magdalenas Augen wurden immer größer.

„Ja, ich habe gestern mit ihm telefoniert, als du … nun, du warst ja danach erstaunlich schnell eingeschlafen", antwortete Adrian grinsend.

„Ben." Magdalena lehnte sich zurück und versuchte sich vorzustellen, wie es wohl sein würde, mit Raffaels Bruder in einer WG zu leben. Da sie aber vom WG-Leben keinerlei Vorstellungen hatte, gab sie es schnell wieder auf. „Okay", sagte sie knapp.

„Okay?", Adrian gab ihr einen schnellen Kuss auf die Wange. Eigentlich hatte er mit einer längeren Diskussion gerechnet und sich in der Nacht und während der Fahrt mit der Fähre diverse Argumente zurechtgelegt, um sie im Bedarfsfall davon zu überzeugen, dass dies für sie die beste aller Lösungen sein würde. „Ich kann ihn also anrufen?"

Magdalena nickte und begann wieder, an ihrem Eis zu schlecken. „Ja, ich habe zwar keine Ahnung, was da auf mich zukommt, aber … Ben scheint ein cooler Typ zu sein. Ist bestimmt lustig in seiner WG."

„Keine Ahnung", bemerkte Adrian achselzuckend, „ich war noch nie da. So dicke sind wir ja nicht befreundet, auch wenn wir zusammen Basketball spielen. Ich glaube, die wohnen da zu dritt. Ist wohl auch ne Frau dabei. Ella heißt die, glaube ich. Und irgendein Typ, Söhnke oder Sören oder so."

„Und Ben hat wirklich nichts dagegen, wenn ich da einfach mit einziehe?"

„Nee, der fand die Idee gut. Sag ich doch." Adrian war selber verwundert gewesen, wie schnell Ben sich damit einverstanden erklärt hatte, dass Magdalena Mitglied seiner WG wurde. Obwohl er sie ja eigentlich gar nicht kannte.

Ganz kurz nur hatte Ben gezögert, und dann etwas überdreht geantwortet, dass er schon seit Längerem vorgehabt habe, die WG zu erweitern, und da sei es doch ein schöner Zufall, dass Magdalena gerade eine Bleibe suche.

„Und da kann ich schon heute Abend hin?"

„Ja, ich hab gesagt, dass ich dich heute Abend vorbeibringe. Ich kann bestimmt das Auto von meinen Eltern haben."

„Wo wohnt Ben denn eigentlich?"

„In Rysum."

„Rysum. Hm. Lass uns ein wenig ans Wasser gehen, ja?", wechselte Magdalena unvermittelt das Thema und schob sich den letzten Rest ihrer Waffel in den Mund. „Ich will mal sehen, wie warm es schon ist."

„Wie warm es schon ist?", lachte Adrian, sprang aber sogleich auf. „Bis vor ein paar Tagen hatten wir noch tiefsten Winter. Wie warm wird es da wohl sein?"

„Ach, komm, sei keine Spaßbremse!" Magdalena nahm Adrians Hand, und Seite an Seite schlenderten sie durch den Sand in Richtung Meer. Zu dieser Zeit hielt sich die Zahl der Urlauber noch in Grenzen, nur ganz vereinzelt war irgendwo der ein oder andere Spaziergänger auszumachen.

Am Wasser angekommen, zog Magdalena Schuhe und Strümpfe aus und streckte dann ganz vorsichtig ihren großen Zeh ins Wasser. „Iiiih", kreischte sie lachend auf, „das ist ja wirklich noch eiskalt!" Dennoch ließ sie im nächsten Moment beide Füße im eisigen Nass verschwinden.

„Sag ich doch", murmelte Adrian und machte keinerlei Anstalten, dem Beispiel von Magdalena zu folgen. Er war froh, dass die Lufttemperatur bei milden 18 Grad inzwischen einigermaßen erträglich war. Die Kälte des Wassers konnte ihm da getrost gestohlen bleiben.

„Sag mal, Lena", meinte er zögerlich, nachdem er ihr beim Spiel mit dem Wasser für eine Weile zugesehen hatte, „fragst du dich eigentlich gar nicht, was bei euch zu Hause gerade so abgeht? Ich meine, so, wie du deinen Vater schilderst, muss er doch außer sich sein vor Wut, dass du so einfach auf und davon bist."

Bei diesen Worten umwölkte sich Magdalenas Stirn. Für eine ganze Weile sagte sie nichts, sondern kräuselte nur immer wieder nervös die Lippen. „Ich will lieber gar nicht darüber nachdenken", sagte sie dann leise.

„Was meinst du, was er jetzt tun wird?", ließ Adrian nicht locker.

Magdalena zuckte mit den Achseln. „Ich hoffe, dass er sich nach einem ersten Wutanfall wieder beruhigt hat."

„Du solltest vielleicht mal deine Mutter anrufen und fragen, ob alles okay ist", gab Adrian zu bedenken.

„Mama." Unvermittelt traten Magdalena Tränen in die Augen, und sie schmiss sich mit einem Satz in Adrians Arme, der ihr daraufhin sanft den Rücken streichelte.

„Du hast Angst um sie, oder?"

Magdalena nickte stumm, während sie sich aus der Umarmung löste. „Er wird sie … oh mein Gott … er wird völlig ausgerastet sein!"

Adrian bückte sich, sammelte ein paar Steine ein und warf sie dann einen nach dem anderen mit so viel Schwung ins Wasser, dass man kaum noch sehen konnte, wo genau sie landeten. „Deine Mutter muss da selber durch", sagte er dann vorsichtig, „sie kann sich nur alleine helfen."

„Gerade hast du noch gesagt, ich solle sie anrufen.“ Magdalena ließ sich zu Boden sinken und vergrub ihre Füße im warmen Sand.

„Nein, Lena, das musst du nicht. War eine blöde Idee von mir.“ Er machte eine längere Pause, in der er sich neben ihr niederließ, und fuhr dann fort: „Deine Mutter hat sich jahrelang, ja, jahrzehntelang von deinem Vater demütigen und unterdrücken lassen. Und nicht nur das. Sie hat auch zugelassen, dass du all die Jahre von ihm unterdrückst wurdest. Nein, Lena, du bist ihr gegenüber zu gar nichts verpflichtet.“

„Aber sie ist meine Mutter“, rief Magdalena.

„Dann hätte sie sich auch so verhalten sollen“, erwiderte Adrian knapp. Er hatte in den letzten Tagen, als Magdalena ihm viel aus ihrem Familienleben erzählt hatte, immer wieder empört nach Luft geschnappt. Für ihn war es einfach unfassbar, mit welch einem Haustyrannen es Magdalena und ihre Mutter all die Jahre hatten aushalten müssen. Da war es ja kein Wunder, hatte er bei sich gedacht, dass sich das junge Mädchen ein wenig, na ja, seltsam benommen hatte. Umso erstaunlicher fand er es, wie sie sich in der Kürze der Zeit, seit Raffael Winters Tod, verändert hatte. Nie im Leben hätte er angenommen, dass eine solche Verwandlung möglich wäre.

Magdalena schien eine starke Frau zu sein, deren wahres Wesen sich all die Jahre hatte verstecken müssen, bis es sich nun Knall auf Fall ans Tageslicht hervorgewagt hatte. Wo diese plötzliche Verwandlung allerdings enden würde, war zu diesem Zeitpunkt sicherlich noch nicht vorherzusagen. Vielleicht lebte Magdalena zurzeit in einer Art psychischem

Ausnahmezustand. Gut möglich, dass der kaum vermeidbare Zusammenbruch zu einem späteren Zeitpunkt noch kam.

Adrian hatte eine ähnliche Geschichte mal bei entfernten Verwandten erlebt. Nach jahrelangem Missbrauchsmartyrium hatte es für die Kinder damals so ausgesehen, als würden sie sich nach der Verhaftung ihres Vaters sehr schnell fangen und in der Gesellschaft Fuß fassen. Dann aber waren sie doch am Leben gescheitert, hatten sich in Suchtkrankheiten geflüchtet und sich langwierigen Behandlungen unterziehen müssen.

Adrian sah Magdalena eindringlich an und sagte dann: „Du musst dich jetzt um dich selber kümmern, Lena. Überleg mal, was in der letzten Zeit alles passiert ist! Du musst Abstand gewinnen. Und dann siehst du weiter."

Als wäre ihr plötzlich kalt, schlug Magdalena die Arme vor ihrem Körper zusammen. Minutenlang schaute sie in Gedanken versunken aufs offene Meer hinaus. „Lass uns was essen gehen", sagte sie dann, stand auf und steuerte die nahe gelegene Milchbar an.

Lustlos stocherte Magdalena wenig später in ihrem Obstsalat herum. Ihre gute Laune hatte sich bei der Erwähnung ihrer Mutter schlagartig verflüchtigt. Das ganze Wochenende über hatte sie versucht so zu tun, als wäre nichts vorgefallen. Es würde sich schon alles von selbst lösen, hatte sie sich eingeredet. Nun aber war plötzlich alles wieder da. Und nichts hatte sich gelöst, gar nichts.

„Ich muss wissen, wie es Mama geht", murmelte sie vor sich hin und griff nach ihrem Handy. *144 Anrufe in Abwesenheit* stand auf dem Display. Ihr Vater. Natürlich hatte er ständig versucht, sie zu erreichen. Aber sie hatte ihn ignoriert.

„Warte", sagte Adrian und nahm ihr behutsam das Handy aus der Hand, „was hast du vor?"

„Ich muss Mama anrufen", erwiderte sie beinahe trotzig.

Adrian seufzte. „Ich kann dich ja verstehen, Lena, aber ich glaube kaum, dass das eine gute Idee ist. Was ist, wenn nicht deine Mutter, sondern dein Vater am Telefon ist? Was willst du ihm dann sagen?"

Magdalena warf einen Blick auf ihre Armbanduhr. „Er ist zu dieser Zeit im Bibelkreis."

„Ohne deine Mutter?"

„Ja. Meine Mutter ist zu Hause. Sie war schon heute Morgen mit zum Bibelkreis. Mein Vater geht nach dem Mittagessen immer zur Männerlesung, während meine Mutter den Haushalt besorgt."

„Zur Männerlesung, soso." Adrian zog die Stirn in Falten. Er hasste diese christlichen Heuchler. Außen hui und innen pfui. *Die sind so voller Minderwertigkeitskomplexe, dass sie zu Hause den Macker herauskehren und alles und jeden unterdrücken und kleinreden müssen, nur um vor sich selbst größer dazustehen*, hatte sein Vater damals gesagt, als die Geschichte in ihrer entfernten Verwandtschaft ans Licht gekommen war.

Ja, auch dieser feine Herr hatte bis zu seinem Gefängnisaufenthalt zu den braven Kirchgängern gezählt, hatte sich sogar im Kirchenvorstand engagiert. Es war die perfekte Tarnung gewesen für das, was er zu Hause Frau und Kindern antat.

„Lass mich mit deiner Mutter reden, okay?"

„Was?" Magdalena sah ihn irritiert an.

„Ja, ich rufe von meinem Handy aus an. Die Nummer kennen deine Eltern nicht. Wenn dein Vater wider Erwarten abnimmt, stammle ich einfach irgendwas von falsch gewählt und lege wieder auf."

„Und wenn meine Mutter dran ist?" Magdalenas Augen waren voller Zweifel.

„Dann sag ich ihr, dass du bei mir bist, dass es dir gut geht und …"

„Nein. Ich will selber mit ihr sprechen", stieß Magdalena entschlossen hervor.

„Okay. Hm. Aber was ist, wenn sie nur so tut, als wäre dein Vater nicht da und dann …"

Magdalena schüttelte den Kopf. „Wenn mein Vater zu Hause ist, geht immer er ans Telefon."

„Hätte ich mir ja denken können", murmelte Adrian kaum hörbar vor sich hin. „Trotzdem. Gib mir mal eure Nummer", sagte er dann und hielt abwartend seinen Zeigefinger über den Ziffernblock. Magdalena zögerte kurz, nannte ihm dann aber die Ziffernfolge, und nur wenig später hörte sie Adrian sagen: „Moin, Frau Fehnkamp, hier spricht Adrian Wagenaar, ich bin ein Freund von Magdalena."

Magdalena sah, wie sich im nächsten Moment seine Stirn umwölkte und sah ihn besorgt an. „Gib mir das Telefon!", zischte sie und langte mit der Hand zu ihm hinüber, er jedoch drehte sich abwehrend von ihr weg und sagte nur ein ums andere Mal: „Verstehe, jaja, ich verstehe. Hm. Okay. Ja. Ich sag Magdalena Bescheid. Danke. Ja. Ihnen auch." Dann legte er auf und sah Magdalena erschüttert an. Alle Farbe war aus seinem Gesicht gewichen.

„Was ist los?", fragte Magdalena flüsternd.

„Deine Mutter. Sie …" Adrian schluckte.

„Was ist mit ihr?", schrie Magdalena so panisch aus, dass sich die Leute an den anderen Tischen zur ihr umdrehten.

„Sie … ist im Krankenhaus. Sie …"

„Was? Nun sag schon!" Magdalenas Körper war nun wie eine Bogensehne gespannt, ihre Lippen zitterten.

„Sie ist … die Kellertreppe heruntergefallen. Das sagt zumindest dein Vater."

„Mein Vater? Aber … Wer war denn am Apparat?"

„Sie sagte, sie sei eine Freundin aus dem Bibelkreis und besorge derzeit den Haushalt für deinen Vater."

„Und Mama? Wieso Kellertreppe … ich meine … wie geht es ihr?"

„Sie … die Frau sagt, sie … deine Mutter … sie liegt im künstlichen Koma, Lena."

23

„Aber, aber, Herr Pastor", sagte Ben und zeigte sein breitestes Grinsen, „wer wird denn hier so ausfallend werden!"

„Du Rotzbengel gibst mir jetzt sofort meine Skulpturen zurück!" Wutschnaubend funkelte Jonathan Eckstein sein Gegenüber an. Durch Zufall hatte er nach seiner Predigt erfahren, dass seine Rodin-Skulpturen nicht mehr im Besitz von Raffael waren, sondern bei dessen Bruder Ben in Rysum standen. Empört hatte er sich gleich nach dem Gottesdienst auf den Weg gemacht, um das vermeintlich gestohlene Eigentum zurückzuholen. Aber Ben, diese kleine Ratte, behauptete stur, sein Bruder habe ihm die Skulpturen bereits vor längerer Zeit überlassen, da, so hatte er grinsend gesagt, Raffael keinen Bock mehr auf sie gehabt habe.

„Das ist nicht wahr!", stieß Jonathan Eckstein empört hervor und versuchte, Ben beiseite zu stoßen, um an die Skulpturen heranzukommen. Ben aber hielt ihn am langen Arm von sich weg.

„Ich erwähnte es bereits", sagte er nun mit warnender Stimme, „die Skulpturen habe ich von Raffael geschenkt bekommen, weil er sie nicht leiden konnte. Und außerdem", er ließ vom Pastor ab und verschränkte die Arme vor seinem Körper, „brauche ich diese Skulpturen noch." Auf sein Gesicht hatte sich nun ein so seltsamer Gesichtsausdruck geschlichen, dass Jonathan Eckstein ein kalter Schauer über den Rücken lief.

„Und wofür, wenn ich fragen darf?", stieß der Pastor mit vor Wut bebender Stimme hervor.

„Ich habe gehört, dass die kleine Magdalena total auf sie abfährt."

„Magdalena?" Jonathan Eckstein war bei diesem Namen regelrecht zusammengezuckt.

Ben grinste. „Ja, Magdalena Fehnkamp. Du kennst sie doch sicherlich. Ach", er schlug sich lachend mit der Hand vor die Stirn, „natürlich kennst du sie. Denn du hast sie ja meinem Bruder zum Fraß vorgeworfen, nicht wahr?"

„Zum Fraß …". Jonathan starrte ihn mit offenem Mund an.

„Glaub mir, Pastor, ich weiß über alles Bescheid, was bei Raffael in den letzten Monaten so abgegangen ist." Er machte eine kurze Pause, holte tief Luft und fügte dann hinzu: „Und wenn ich sage *über alles*, dann meine ich auch *über alles*."

„Über alles?", krächzte Jonathan Eckstein.

Ben grinste breit und deutete mit einem Nicken auf seinen Computer. „Willst du mal sehen?"

Der Pastor kniff die Augen zusammen und starrte so angewidert zum Computer hinüber, als ahne er bereits, was jetzt kommen würde. „Ich hab da schon was läuten hören", stieß er zwischen zusammengepressten Lippen hervor, „Raffael hat da so eine Art … Strichliste geführt …"

„So eine Art Strichliste geführt", äffte Ben ihn nach, dann brach er in lautes Gelächter aus. „Strichliste", rief er in den Raum, „vergiss die Strichliste, Alter! Wenn ich dir jetzt zeige, was ich hier habe, dann wirst du über diese verdammten Strichlisten nur noch lachen."

Während er das sagte, war er, die Hände lässig in den Hosentaschen vergraben, zum Computer geschlendert und hatte ein paar Mal mit der Maus geklickt. „Voilà!", sagte er dann und verbeugte sich mit weit ausgebreiteten Armen, so, als würde er die nächste Attraktion im Zirkus ankündigen.

Schon als die ersten Szenen über den Bildschirm flimmerten, schien der Pastor innerlich in sich zusammenzufallen. Seine Atmung setzte zunächst aus, um danach in umso heftigeren Stößen seinem Rachen zu entweichen. Er fasste sich an den Hals, als müsse er im nächsten Moment ersticken. Dennoch gelang es ihm nicht, den Blick vom Bildschirm zu wenden; im Gegenteil schien dieser ihn mit magischer Kraft an sich zu binden.

Raffael! Es war wie ein Schock, den geliebten Menschen, der auf so tragische Weise ums Leben gekommen war, nun wieder so lebendig vor sich zu sehen. Noch schlimmer aber war die Situation zu ertragen, in der er sich befand: Rittlings auf ihm, Jonathan, sitzend, sie beide laut stöhnend vertieft ins Liebesspiel.

Wie benebelt ließ sich Jonathan Eckstein auf einen Stuhl sinken und vergrub das Gesicht in den Händen. „Aufhören", sagte er leise, „hör sofort auf damit!"

Als Ben nicht reagierte, sprang er auf, griff nach seinen Schultern, begann ihn wie von Sinnen zu schütteln und stieß ihn dabei heftig gegen die nächstgelegene Wand. „Ich hab gesagt, du sollst damit aufhören, du widerwärtiges

Schwein!", stieß er schnaubend wie ein in die Enge getriebener Stier hervor. Und noch eher er wusste, wie ihm geschah, verkeilten sich seine Hände im Hals des jungen Mannes, und er drückte seine Daumen mit ungebändigter Kraft auf dessen Kehlkopf, bis Ben, unfähig sich zu wehren, zu zittern und zu japsen anfing.

Auch als Bens Gesicht mehr und mehr blau anlief und seine Augen aus ihren Höhlen hervorquollen, ließ Jonathan nicht von ihm ab, sondern wartete auf den alles erlösenden Moment, da der junge Körper vor ihm liegen und für immer schweigen würde.

Raffael ist tot!, schoss es ihm immer und immer wieder durch den Kopf, *mein geliebter Raffael hat mich für immer verlassen!*

Was also hatte er noch zu verlieren? Während im Hintergrund unvermindert das laute Stöhnen der sich Liebenden zu hören war, bemerkte Jonathan mit Genugtuung, wie Ben langsam in sich zusammensackte. Gerade fiel er zu Boden, als jemand die Kuhglocke an der Haustür bediente.

Erschrocken sah Jonathan sich nach allen Seiten um, warf einen irren Blick auf den Bildschirm, der nun nur noch Rauschen zeigte und fuhr sich nervös mit den Händen durch die Haare. Nach einem letzten Blick auf Ben stolperte er auf die Haustür zu, riss sie auf, starrte für einen kurzen Moment in die dunkelbraunen Augen Magdalenas und rannte dann wie ein Besessener davon.

„Was hat denn der?", fragte Adrian und sah dem Pastoren, der die Mönkehörner Lohne hinunterrannte, als wäre ihm ein aggressiv gewordener Bienenschwarm auf den Fersen, mit hochgezogenen Brauen hinterher.

212

„Das war Pastor Eckstein", stellte Magdalena nüchtern fest.

„Eckstein? Ist das der, dessen Mutter bei dir war und sich so unmöglich aufgeführt hat?"

„Ja, genau der. Er hat mich damals an Raffael vermittelt."

„Ach was!" Adrian fiel es wie Schuppen von den Augen. „Das ist der, der ständig auf Bens Strichliste auftaucht! Der schwule Pfarrer! Da sieh mal einer an!" Während er Magdalenas Reisetasche schulterte, die er zuvor auf dem Boden abgestellt hatte, fügte er hinzu: „Und was wollte der hier bei Ben?"

Magdalena zuckte mit den Schultern. Das war ihr alles egal. Sie konnte nicht aufhören, an ihre Mutter zu denken. Der Gedanke, dass sie völlig allein und hilflos an Kabel angeschlossen im Emder Krankenhaus lag und komatös vor sich hindämmerte, ohne von irgendwem, der sie liebte, Zuspruch zu bekommen, war die reinste Folter für sie.

Den ganzen Weg von Norderney hatte sie hemmungslos geweint und sich immer wieder mit Adrian gestritten, der sie davon abzuhalten versuchte, direkt ins Krankenhaus zu fahren und sich zu ihrer Mutter ans Bett zu setzen. Vielmehr, so hatte er gesagt, müsse man nun einen klaren Kopf bewahren und sich genau überlegen, was in dieser verfahrenen Situation zu tun sei. Auf gar keinen Fall dürfe Magdalena ihrem Vater begegnen. Das Beste würde sein, jetzt erstmal zu Ben zu fahren und alles in Ruhe durchzusprechen. Widerwillig hatte sie zugestimmt. Und hier standen sie nun.

„Und wo ist Ben?", fragte sie in die dörfliche Stille hinein, die in diesem kleinen, ruhigen Ort lediglich vom aufgeregten Balzgezwitscher der Vögel und dem entfernten Geräusch eines Traktors durchbrochen wurde.

„Gehen wir einfach rein", antwortete Adrian und trat durch die schwere Haustür. „He, cool hier", bemerkte er gleich darauf, als er das wilde Sammelsurium der Küche wahrnahm. „Das nenne ich mal eine gemütliche Veranstaltung!"

Auch Magdalena gefiel, was sie hier sah, und ein schwaches Lächeln schlich sich auf ihr blasses Gesicht. In welchem Gegensatz dieser Raum mit den bunt zusammen gewürfelten Möbeln und der Vielzahl an Pflanzen doch zu ihrem eigenen, düsteren Zuhause stand! Alles war so hell und freundlich, und gerade das Chaos, das hier herrschte, war es, das Magdalenas Herz höher schlagen ließ. Viel zu lange hatte sie in steril anmutenden Räumen leben müssen. Wie wohl sie sich hier fühlen würde!

Gerade wollte sie etwas Diesbezügliches sagen, als sie hinter sich einen spitzen Schrei vernahm. Irritiert blickte sie sich um und sah ein etwa gleichaltriges Mädchen in der Haustür stehen, das erschrocken die Hände vors Gesicht geschlagen hatte und mit weit aufgerissenen Augen an die gegenüberliegende Wand starrte. Magdalena folgte ihrem Blick, konnte jedoch außer einem großen, mit Krimskrams übersäten Tisch nichts Außergewöhnliches entdecken. Im Gegensatz zu Adrian, der jetzt ebenfalls einen überraschten Schrei ausstieß und sich nur Sekunden später über irgend-etwas am Boden beugte.

„Ruf einen Krankenwagen!", rief er dem Mädchen zu, das nach wie vor schreckensstarr an der Haustür stand.

Magdalena war neugierig hinter Adrian hergelaufen,

und nun sah auch sie den Körper eines jungen Mannes am Boden liegen, den sie unschwer als Ben Winter identifizierte. Instinktiv wich sie einen Schritt zurück, erinnerte sie dieser Anblick doch an den Moment, als sie Raffael leblos und in seiner eigenen Blutlache am Boden liegend in seinem Unterrichtsraum gefunden hatte. „Ist er tot?", stieß sie wispernd hervor.

„Nein. Ich glaube nicht. Verdammt, jetzt ruf doch endlich den Krankenwagen!", plärrte Adrian das Mädchen an, das sich keinen Zentimeter vom Platz bewegt hatte. In diesem Moment stieß Ben ein schwaches Röcheln aus, das schließlich in einem kraftlosen Hustenanfall mündete. „Kei-kein Kranken … ich … nicht … kei …"

„Oh, mein Gott, du lebst!", hörte man das Mädchen erleichtert ausrufen; auch schien sie wieder zu einer Bewegung fähig, denn nun stürzte sie sich auf Ben und nahm seinen Kopf in ihre Hände, um ihm auf die Stirn zu küssen.

Schnell hoben sie Ben an und betteten ihn auf ein altes, abgeschabtes Sofa, das am anderen Ende des Raumes in der Ecke stand. Langsam kehrte wieder Farbe in sein Gesicht zurück, auch wenn er nach wie vor ein ungesundes Röcheln von sich gab.

„Was ist passiert?", fragte Adrian ihn. Außer einem erneuten erbarmungswürdigen Krächzen aber, das sich anhörte, als würde jemand seine Stimmbänder über einen Küchenreibe ziehen, war von Ben keine Antwort zu bekommen.

„Es sieht aus, als wäre er stranguliert worden", sagte Magdalena teilnahmslos und deutete mit dem Finger auf seinen Hals. Immer noch war es ihr, als würde sie neben sich stehen und das Geschehen aus einer unbeteiligten Perspektive wahrnehmen.

Adrian befingerte die Druckspuren an Bens Hals, woraufhin dieser panisch nach Luft schnappte. Adrian zuckte zurück. „Sorry", sagte er und hob abwehrend die Hände, „ich wollte nicht …"

„Wir sollten die Polizei rufen", bemerkte Magdalena.

Doch auch dieser Satz führte bei Ben zur Schnappatmung und schien ihn mächtig in innere Aufruhr zu versetzen. Ratlos schauten die drei sich an. Was sollten sie tun?

„He, was geht denn hier ab?", hörten sie eine weitere Stimme von der Haustür her.

„Sören!", rief die junge Frau erleichtert auf, „gut, dass du da bist! Irgendjemand war hier und hat Ben gewürgt … oder so."

„Was?" Mit einem Satz war Sören bei Ben und begann, ihn an den unterschiedlichsten Stellen zu betasten, ihm die Augenlider hochzuziehen und seine Reflexe zu testen.

„Er hat als Zivi eine Ausbildung zum Sanitäter gemacht", klärte das Mädchen Magdalena und Adrian auf, die ihn erstaunt ansahen.

„Wohnst du auch hier?", fragte Magdalena, nur um etwas zu sagen, denn sie kam sich plötzlich so fehl am Platz vor.

„Ja, ich bin Ella", sagte das Mädchen, „und was machst du hier?"

„Ich bin Magdalena. Ben sagt, ich kann hier für ne Weile wohnen."

„Ach, du bist das", erwiderte Ella und musterte Magdalena von oben bis unten, „hab schon viel von dir gehört." Täuschte Magdalena sich, oder hatte sie aus diesen Worten einen gewissen abfälligen Tonfall herausgehört?

Sie hatte. Denn nun sagte Ella: „Du bist doch diejenige, die sich von Raffael hat durchvögeln lassen, oder? Und nicht nur von Raffael, wie man hört."

Diese Worte wirkten auf Magdalena wie tausende Stiche spitzer, heißer Nadeln, und ihr fiel nichts ein, was sie darauf hätte erwidern können. Verlegen fummelte sie an den Säumen ihrer Bluse herum.

„Lass gut sein", ließ sich Sörens Stimme vernehmen, „ich glaube kaum, dass wir hier gerade einen Zickenkrieg gebrauchen können."

„Sorry", sagte Ella, nicht aber ohne Magdalena noch einen vernichtenden Blick zuzuwerfen.

„Ich glaube, es ist wohl besser, wenn ich nicht hierbleibe", sagte Magdalena daraufhin mechanisch und wandte sich der Haustür zu.

„Quatsch!", widersprachen Adrian und Sören gleichzeitig und lächelten gequält. „Ella meint es nicht so", fuhr Sören fort, „sie steht nur unter Schock. Stimmt doch, Ella, oder?"

Er sah das Mädchen beschwörend an.

„Ja, sorry", sagte Ella nochmals und warf dann einen Blick auf Ben. „Muss er ins Krankenhaus?", fragte sie besorgt.

„Kein … kein Krank…Krank…", ließ Ben wieder sein Krächzen vernehmen.

„Er will nicht, und ich denke, er muss auch nicht", schüttelte Sören den Kopf. „Wenn ich nur wüsste, was hier passiert ist."

„Pastor Eckstein kam aus dem Haus geschossen, als wir hier eintrafen", bemerkte Adrian.

„Eckstein war hier?", rief Ella aus. „Hat der ihn so zugerichtet?"

„Gut möglich", erwiderte Adrian und nickte. „Ja, davon muss man ausgehen."

„Dieses Schwein! Ich hol die Bullen und dann …"

„Nicht … keine … Bul …", presste Ben mühsam hervor.

„Kein Krankenhaus, keine Bullen. Was ist los mit dir, Ben?", fragte Ella irritiert und kratzte sich an der Stirn.

„Jetzt lass ihn erstmal in Ruhe zu sich kommen, und dann wird er uns alles erzählen", sagte Sören beschwichtigend. „Hat jetzt gar keinen Zweck auf ihn einzureden, siehst ja, in welchem Zustand er ist. Will jemand einen Tee?", fragte er dann übergangslos.

Alle nickten, und Sören machte sich gleich darauf am Wasserkessel zu schaffen.

„Da gibt's doch bestimmt einen Zusammenhang zum Mord an Raffael", sprach Adrian schließlich aus, was alle dachten, während sie an einer heißen Tasse Tee nippten. „Ich meine, hier kommt doch nicht einfach so ein durch-geknallter Pfarrer rein, der zufällig ein Verhältnis mit einem Mordopfer hatte und würgt dann dessen Bruder bis zur Besinnungslosigkeit."

„Wohl kaum", nickte Sören, „aber das werden wir wohl erst erfahren, wenn Ben wieder sprechen kann."

„Wie lange kann das dauern?", fragte Magdalena, die sich langsam wieder von ihrem Schock erholte.

„Keine Ahnung. Müssen wir abwarten."

„Aber warum will er nicht, dass wir die Polizei rufen?"

Sören und Ella warfen sich einen langen Blick zu, dann sagte Ella: „Respektiere das einfach. Er wird es uns dann schon sagen."

Es war unüberhörbar, dass ihre Stimme einen warnenden

Unterton enthielt. Also gaben sich Magdalena und Adrian erstmal mit dieser Antwort zufrieden. Sie wollten hier nichts eskalieren lassen. Ella schien von Magdalenas Anwesenheit sowieso alles andere als begeistert zu sein, da machte es keinen Sinn, sie unnötig zu provozieren.

„Du willst also bei uns einziehen", wandte sich Sören an Magdalena.

„Ja. Ben meint, hier wäre noch ein Zimmer frei."

„Stimmt", nickte Sören. „Ärger mit den Alten?"

Magdalena schluckte, und ihre Augen füllten sich mit Tränen.

„Ihre Mutter liegt schwer verletzt im Krankenhaus und ihr Vater … nun, sie kann jedenfalls gerade nicht nach Hause", antwortete Adrian an ihrer Stelle.

„Hat sich was mit Geheimnissen", nuschelte Sören und biss in eine Banane, die er sich soeben geschält hatte.

„Ja, alles ne abgefahrene Geschichte, total gagga", nickte Ella und zog eine Grimasse. Bei diesen Worten sahen sich alle an und brachen in lautes Gelächter aus. Doch auch, wenn dieses Gelächter in diesem Moment ein Stück weit befreiend wirkte, so hatte es doch einen bitteren Beigeschmack.

In dieser Nacht lag Magdalena lange wach. Ihre Gedanken kreisten in ihrem Kopf wie eine nie enden wollende Achterbahn und sie spürte, wie ganz langsam ein Migräneanfall in ihr heraufkroch. Dieser Tag, wie auch all die letzten, stürzten sie in eine heillose Verwirrung. So sehr sie sich auch bemühte, so bekam sie doch zu diesem Zeitpunkt rein gar nichts mehr sortiert. Es war einfach zu viel.

Ihr ganzes bisheriges, vermeintlich behütetes Leben war von einem Tag auf den anderen erst durch den lebenden, dann durch den toten Raffael auf den Kopf gestellt worden. So viele unfassbare Dinge waren seither passiert, und sie hatte nicht die Spur einer Ahnung, wie es jetzt weitergehen sollte.

Und das alles kurz vor ihrem Abitur. Wenn es so weiterging, würde sie selbst das nicht mehr schaffen; viel zu groß war die Ablenkung, als dass sie derzeit daran auch nur einen Gedanken hätte verschwenden können. Da war es gut, dass in der übernächsten Woche die Osterferien anfingen. Vielleicht hatte sich ja danach alles ein klein wenig normalisiert.

Das größte Problem aber bereiteten ihr die eigenen Eltern. Ihre Mutter sollte von der Kellertreppe gefallen sein? Das war doch lachhaft! Es war doch sonnenklar, was zu Hause passiert war! Als ihr Vater bemerkte, dass Magdalena ausgezogen war, hatte er seine Wut an seiner Frau ausgelassen. Wie immer.

Doch wie sollte sie, Magdalena, mit diesem Wissen umgehen? Sie konnte doch schließlich nicht zur Polizei gehen und ihren eigenen Vater anzeigen, oder? Und was überhaupt würde ihr Vater als Nächstes machen? Würde er seine Tochter suchen? Würde er auch sie verprügeln, wenn er sie gefunden hatte? Oder würde sich seine Wut gar gegen Adrian richten, der ihr geholfen hatte, von zu Hause fortzulaufen?

Auch war immer noch nicht geklärt, wer sich den schlechten Scherz mit dem Rekorder vor ihrem Fenster erlaubt hatte. Ihr Vater hatte sich darum kümmern wollen.

Natürlich. Er hatte sich immer um alles in Magdalenas Leben kümmern wollen.

Und was, um Himmels willen, war eigentlich in Pastor Eckstein gefahren, dass er den armen Ben so zugerichtet hatte? Waren denn jetzt alle verrückt geworden?

Magdalenas Kopfschmerzen wurden stärker. Stöhnend fasste sie sich an die Schläfen. Gerade wollte sie aufstehen, um im Badezimmer nach Schmerzmitteln zu schauen, als sie hörte, wie ihre Zimmertür leise geöffnet wurde. Und noch ehe sie sich's versah, hob jemand ihre Bettdecke an und legte sich neben sie. Starr vor Angst setzte sie zu einem gellenden Schrei an. Doch weiter kam sie nicht. „Pssssst", machte die Person in ihrem Bett, und schon im nächsten Moment spürte sie eine warme Hand auf ihrem Mund. „Nicht schreien, Lena. Ich tu dir nichts!"

„Ella", fragte Magdalena verwirrt, „bist du's?" Ihr Herz fing wie wild an zu hämmern, sie wähnte sich in einem schlechten Traum.

„Pssst", machte Ella wieder und zog langsam ihre Hand zurück. Gerade, als Magdalena wieder zum Sprechen ansetzte, spürte sie zu ihrem Entsetzen Ellas weiche Lippen auf den ihren. Von diesem Übergriff völlig überrumpelt, ließ sie es geschehen, dass sich Ellas Zunge erst sanft und dann immer drängender zwischen ihre Lippen schob und sich schließlich in kreisenden Bewegungen in ihrem Mund hin und her bewegte.

Magdalena wollte es eigentlich nicht, aber ganze sachte begann sie, Ellas Kuss zu erwidern, der etwas in ihr auslöste, das sie nicht zu benennen vermochte. Sie spürte Ellas warmen Hände sanft über ihren Körper streichen. Schließlich löste sich Ellas Mund von ihrem, wanderte ihren Hals hinab und saugte an ihren Brustwarzen. Immer noch wehrte sich Magdalenas Verstand heftig gegen diese zarten Berührungen, aber ihr Körper sendete ganz andere Signale aus.

Zu ihrer eigenen Überraschung nahm Magdalena Ellas Hand und führte sie zwischen ihre Beine, wo sie für einen langen Moment ruhig liegen blieb, während Ellas Mund ihren Unterbauch liebkoste. Magdalena hielt den Atem an. Das bekannte Kribbeln zwischen ihren Beinen steigerte sich ins Unerträgliche.

„Nein", stieß sie laut aufstöhnend hervor, als Ellas Finger einem Klavierspiel gleich über ihre Schamlippen wanderten. Ella ließ ein heiseres Lachen vernehmen. Dann plötzlich zog sie ihre Finger zurück, und Magdalena hörte gleich darauf ein leises Summen, das sie nicht einzuordnen vermochte.

Es dauerte nicht lange, bis sie etwas Festes, Vibrierendes zwischen ihren Beinen spürte, das in sie eindrang und sich in einem langsamen Rhythmus vor und zurück bewegte, während Ella ihre Klitoris mit der Zunge bearbeitete und Magdalena in eine erzitternde Leidenschaft versetzte. Als sie schon meinte, innerlich zu verbrennen, schaltete Ella den Vibrator noch eine Stufe höher. Mit einem lauten Auf- schrei der Lust fiel Magdalena ins Bodenlose und hörte wie aus weiter Ferne Ellas Lachen.

Kaum, dass sie wieder zu sich gekommen war, spürte sie, wie sich Ella über ihr Gesicht kniete und ihr die entblößte Scham entgegenstreckte. Wie auf ein geheimes Kommando hin umfasste sie Ellas Schenkel, schob ihre Zunge heraus und ließ sie erst in langsamen, dann in immer schnelleren Bewegungen über Ellas Scham streichen, bis auch diese sich in einem ausgedehnten Schrei verlor.

Schwer atmend lagen die jungen Frauen für ein paar Minuten nebeneinander, jede in ihre Gedanken versunken. Magdalena stellte überrascht fest, dass ihre Kopfschmerzen verschwunden waren. Ihre Verwirrung aber war größer als jemals zuvor. Sie hatte Sex mit einer Frau gehabt! Widerwillig musste Magdalena sich eingestehen, dass es ihr gefallen hatte. Doch was nur war in Ella gefahren, sie so zu überrumpeln? Noch kurz zuvor hatte sie ihr deutlich zu verstehen gegeben, dass sie sie nicht ausstehen konnte. „Ella?", fragte sie in die Stille hinein.

„Was?", knurrte es schläfrig zurück.

„Warum hast du das gemacht?"

„Wollte mal sehen, ob du wirklich so geil ficken kannst, wie alle behaupten."

„Wie alle behaupten?" Magdalena war mit einem Male hellwach. „Was meinst du damit?"

„Geht doch in ganz Emden rum, dass du es jedem besorgst, der es wissen will."

„Sag, dass das nicht wahr ist!" Magdalena spürte Panik in sich aufsteigen.

„Ist aber wahr."

„Und wer erzählt das?"

„Na, alle eben."

„Alle eben." In Magdalenas Kopf fing es wieder an zu pochen. „Aber warum erzählen sie solche Sachen, die gar nicht stimmen?"

„Wieso", lachte Ella genüsslich auf, „es stimmt doch, dass

du geil ficken kannst. Hast es mir gerade unter Beweis gestellt."

„Du hast es doch …", setzte Magdalena empört an, wurde jedoch sogleich von Ella, die im Begriff war, ihr Bett zu verlassen, unterbrochen.

„Ich hab nichts gemacht, was du nicht wolltest. Und das Geilste ist …" Ella machte eine kurze Pause, und stieß ein gurrendes Lachen hervor, während sie zur Tür hinausging, „dass ich jetzt mitreden kann."

24

Sybille Ravensburger grinste still in sich hinein. Ihre kleinen, an den unterschiedlichsten Stellen gestreuten Giftpfeile schienen Wirkung zu zeigen. Magdalena Fehnkamp, diese hinterlistige Schlange, sah an diesem Montagmorgen einfach nur erbärmlich aus. Ihr sonst so strahlender Teint wirkte wächsern, tiefe, dunkle Augenringe zeugten von der ein oder anderen durchwachten Nacht. Selbst ihre dunklen Locken schienen an Spannkraft verloren zu haben und fielen schlaff und träge ihren Rücken hinab.

Wie du mir, so ich dir, dachte Sybille hämisch. Nach wie vor war sie fest davon überzeugt, dass die Facebook-Erpressung auf Magdalenas Mist gewachsen war. Der Kommissar schien an ihrem Verdacht zu zweifeln, aber für Sybille war die Sache klar: Auch er war diesem jungen, schönen Mädchen verfallen. Niemand würde solch einem engelsgleichen Geschöpf jemals etwas so Böses zutrauen. Niemand. Außer Sybille. Denn sie hatte den wahren Charakter dieser verzogenen Göre durchschaut. Und damit war sie auch die Einzige, die verhindern konnte, dass Magdalena noch mehr Unheil anrichtete.

„Na, Magdalena, Sie wirken heute Morgen ein wenig träge. Muss ja eine sehr anstrengende Nacht gewesen sein", sagte Sybille unvermittelt in den Klassenraum hinein, in dem zwanzig Schülerinnen und Schüler in ihrem Auftrag damit beschäftig waren, sich schriftlich Gedanken über die lyrischen Errungenschaften des 19. Jahrhunderts zu machen.

Magdalena errötete bis unter die Haarwurzeln, als sich plötzlich rund zwanzig Köpfe zu ihr herumdrehten und sie neugierig anstarrten.

„Überhaupt hört man ja in letzter Zeit so einiges über Sie und …" Sybille legte eine kurze Pause ein und fuhr dann in unverkennbar süffisantem Tonfall fort: „…Ihre bevorzugte Freizeitbeschäftigung."

Vereinzelt war auf diese Bemerkung hin Gelächter zu vernehmen, die meisten Schüler aber schauten betreten zu Boden oder gaben vor, sich nach wie vor auf die ihnen gestellte Aufgabe zu konzentrieren.

„Schlampe", sagte plötzlich eine dunkle Stimme in den Raum hinein.

Magdalena zuckte wie unter Peitschenhieben zusammen. Sie hatte die Stimme erkannt. Es war die von Renke. Warum sagte er so was?

„So deutlich wollte ich es gar nicht ausdrücken", erwiderte Sybille Ravensburger und nickte Renke anerkennend zu. Das klappte ja wie am Schnürchen! Jetzt wandten sich sogar schon Magdalenas Freunde in aller Öffentlichkeit gegen sie.

Im Raum erhob sich über die Bänke hinweg heftiges Getuschel, bis Renke sich erneut zu Wort meldete. „Ich meinte nicht Magdalena", sagte er ruhig, „ich meinte Sie, Frau Ravensburger."

Augenblicklich herrschte im Raum tödliche Stille. Es

war lediglich noch das leise Klicken des Kugelschreibers zu hören, dessen Mine Renke in monotoner Art und Weise aus- und wieder einfuhr.

Nun war es an der Lehrerin, geschockt dazusitzen und das ungehemmte Gelächter zu ertragen, das plötzlich das ganze Klassenzimmer auszufüllen schien. Sybille schnappte empört nach Luft und durchforstete krampfhaft ihr Hirn nach einer passenden Erwiderung. Unmöglich konnte sie zulassen, dass einer ihrer Schüler so mit ihr umsprang!

„Das ist ja … das ist ja!", setzte sie stammelnd zu einer Erwiderung an, als es plötzlich an der Tür klopfte und zu aller Überraschung Hauptkommissar David Büttner den Raum betrat, gefolgt von seinem Assistenten Sebastian Hasenkrug.

„Einen schönen guten Morgen", sagte Büttner in das noch immer anhaltende Gelächter hinein, „ich bin Hauptkommissar Büttner und ich freue mich sehr, dass Sie an einem Montagmorgen so ausgesprochen guter Laune zu sein scheinen."

Augenblicklich breitete sich Stille im Raum aus. Büttner ließ seinen Blick über die Schüler schweifen, bis seine Augen an Magdalena haften blieben. „Frau Fehnkamp", sagte er an sie gewandt, „ich würde Sie gerne sprechen. Wenn Sie bitte mit aufs Präsidium kommen."

Während Magdalena erbleichte, setzte im Klassenraum aufgeregtes Getuschel ein. Das war ja mal spannend! Ganz gewiss war es noch nie vorgekommen, dass eine Schülerin so mir nichts, dir nichts von der Polizei aus dem Unterricht geholt wurde! Musste ja ne ernste Sache sein!

„Und zu Ihrer Beruhigung", fügte Büttner mit einem

entschuldigenden Lächeln in Magdalenas Richtung hinzu, „es geht hier nicht um eine Verhaftung, sondern lediglich um eine dringende Zeugenbefragung, die keinen Aufschub duldet."

Sybille Ravensburger, die langsam wieder zu sich fand, nickte zufrieden. Nun hatte dieser Kommissar Magdalena also doch in Verdacht, ihr den bitterbösen Streich auf Facebook gespielt zu haben. Geschah ihr ganz recht, der Kleinen. Zufrieden vor sich hin lächelnd, bemerkte sie nicht, dass inzwischen sie im Fokus der beiden Polizisten stand. Umso mehr erschrak sie, als jetzt Büttners Stimme zu ihr sagte: „Und auch Sie würden wir nachher gerne auf dem Präsidium begrüßen, Frau Rabensberg."

„Ra-Ravensburger", stammelte sie verunsichert.

„Die können Sie gleich da behalten", rief Renke in den Raum hinein. „Unglaublich, was sie sich hier mit ihren Schülern erlaubt. Zehn Jahre Straflager wären da wohl angebracht, denke ich."

Durch das darauf einsetzende Gelächter angezogen, schob im nächsten Moment der Direktor des Gymnasiums, Hermann Meenders, den Kopf zur Tür herein. „Oh", rief er erstaunt, „wir haben hohen Besuch!" Mit ausgestreckten Armen lief er auf Büttner zu und reichte ihm die Hand. „Darf ich fragen, was wir für Sie tun können?"

„Der will Frau Ravensburger verhaften", rief diesmal Mareike.

„W-was?" Der Direktor schaute irritiert von einem zum anderen.

„Ja", rief Renke, „weil sie auf übelste Art die Schüler beleidigt!"

Sybille zog den Kopf ein. Mit solch einer Eskalation hatte sie nicht gerechnet.

„Ich wollte Magdalena Fehnkamp wegen einer wichtigen Zeugenaussage aufs Präsidium bitten", überhörte David Büttner die Bemerkungen und wandte sich an den Direktor. „Ich hoffe, Sie haben nichts dagegen."

„Nein. Nein, überhaupt nicht", beeilte sich Meenders zu sagen und nickte Magdalena zu als Zeichen, dass sie jetzt gehen könne. „Und", fügte er dann mit zusammengekniffenen Augen hinzu, „Frau Ravensburger sowie Renke und Mareike möchte ich bitte sofort in meinem Büro sehen." Er drehte sich auf dem Absatz um, um den Raum zu verlassen, als er im nächsten Moment auf einen weiteren Gast prallte, der ihn mit seinem beachtlichen Körpergewicht beinahe zu Fall brachte.

„Moin", sagte Onno Fehnkamp knapp, schob den Direktor wie ein lästiges Insekt beiseite und steuerte, ohne nach links und rechts zu schauen, schnurstracks auf seine Tochter zu, die sich gerade erhoben hatte und sich anschickte, mit den beiden Polizisten den Raum zu verlassen. Er fasste sie hart am Arm und brüllte: „Und du kommst jetzt sofort mit nach Hause, sonst …"

„Sonst was?", rief Hauptkommissar Büttner mit schneidender Stimme dazwischen und bedeutete Hasenkrug mit einem Blick, den Vater von der Tochter zu trennen.

Onno Fehnkamp starrte den Polizisten an wie eine Erscheinung, während alle anderen um ihn herum die Luft anhielten. *Hier wurde heute ja was geboten!* schien der ein oder andere Blick der Schüler zu sagen. Verdattert ließ

Fehnkamp vom Arm seiner Tochter ab, ohne dass Hasenkrug zur Tat schreiten musste.

„Und Sie, Herr Fehnkamp", bemerkte Büttner gallig, „Sie knöpfe ich mir mit Vergnügen vor, wenn ich Ihre Tochter befragt habe. Halten Sie sich bitte zu unserer Verfügung."

Er musterte ihn abschätzend von oben bis unten und fügte dann schnaubend hinzu: „Sie scheinen ja heute sowieso frei zu haben. Bestimmt waren Sie auf dem Weg zu Ihrer Frau, die ja so unglücklich die *Kellertreppe* hinuntergefallen ist, nicht wahr?"

Das Wort Kellertreppe schien in der Art, wie Büttner es aussprach, eine ganz neue Bedeutung zu bekommen, die sich den Anwesenden im Raum jedoch nur vereinzelt erschloss.

„Ich … schicke dann mal einen Vertretungslehrer", stammelte ein nun vollends verstörter Direktor Meenders vor sich hin und bedeutete Sybille Ravensburger sowie Renke und Mareike ihm zu folgen. Auch Büttner und Hasenkrug verließen, Magdalena im Schlepptau, den Klassenraum und ließen einen völlig perplexen Onno Fehnkamp inmitten der gaffenden Schülerschar einfach stehen.

25

Das Leben von Katharina Eckstein war wahrlich kein Zuckerschlecken gewesen. In den letzten Jahren aber, nach dem Tod ihres pervers veranlagten Ehemannes, hatte sie sich mit ihrem Dasein arrangiert. Hier mal ein paar Zigaretten, da mal ein wenig Alkohol zuviel. Das war, so befand sie angesichts ihres unglücklichen Karmas, akzeptabel. *Es könnte alles noch viel schlimmer kommen* hatte sie sich, ihren gemachten Erfahrungen entsprechend, zum Lebensmotto erkoren – und im Stillen gehofft, dass es das nicht würde.

Doch nun war es soweit. Das Leben schlug wieder erbarmungslos zu und ließ ihr keine Chance auszuweichen. Nervös nestelte Katharina an ihrer Zigarettenschachtel herum. Diese verdammten Finger! Von Tag zu Tag zitterten sie ein wenig mehr, manchmal gelang es ihr kaum noch, ihre Bewegungen zu kontrollieren.

Sie wusste, dass dies eine Folge ihres ungezügelten Alkoholkonsums war. Sei's drum. Vor vielen Jahren schon hatte ihr schleichender Suizid begonnen, und er würde sie bis zum Ende ihres beschissenen Lebens begleiten. *Jeder ist seines Glückes Schmied* schoss es ihr durch den Kopf. Pah!

Katharina fluchte leise vor sich hin. Irgendwann, in einem fernen Leben, hatte auch sie sich noch eingebildet, viele Eisen im Feuer zu haben, die sie nach ihrem Gutdünken schmieden und formen konnte. Doch war das Leben keine Bastelstube, in der man schalten und walten konnte, wie man selbst es für richtig befand. Nein, immer gab es irgendwo jemanden, der ein Interesse daran hatte, diese Bastelstube Stück für Stück zu demontieren, bis nur noch unzusammenhängende Fragmente zurückblieben, die für einen Gesamtentwurf nicht mehr zu gebrauchen waren.

In ihrem Fall waren es die Männer gewesen, die ihr die Lebensgrundlage entzogen hatten, davon war sie fest überzeugt. Nein, sie wusste es. Sie hatte auch keine Lust mehr zuzuhören, wenn jemand ihr sagte, dass letztlich doch jeder nur sich selber helfen könne. Alles Ausreden! Denn sich selber zu helfen hieß doch nichts anderes als *Der Stärkere gewinnt.*

Und die Stärkeren waren in dieser Gesellschaft doch immer die Männer, so Katharinas bitteres Fazit. Und das nicht wegen irgendeiner Art der körperlichen oder gar geistigen Überlegenheit. Nein. Weit gefehlt! Männer waren den Frauen lediglich in einer Sache überlegen: Sie waren aggressiv, skrupellos und egoistisch. Ohne Ausnahmen. Jeder einzelne von ihnen.

„ALLE, verdammt!", schrie Katharina mit schriller Stimme in den Wind hinein. Und ihr Sohn, ihr ach so guter und lieber Jonathan, der aus lauter Sensibilität und Fürsorglichkeit heraus zuerst schwul und dann Pastor geworden war, selbst der stellte keine Ausnahme dar. Denn er hatte einen Menschen umgebracht. Einen jungen Mann. Ben. Den Bruder von Raffael Winter. So hatte er es ihr völlig aufgelöst erzählt. Und Trost eingefordert. Pah! Katharina spuckte angewidert ins Watt, das sich vor ihr wie ein endlos scheinender, im Sonnenlicht sanft schimmernder Teppich ausbreitete und genau diese Ruhe ausstrahlte, die Katharina in ihrem Leben nie hatte finden dürfen.

Jonathan hatte einen Menschen umgebracht. Und wer war schuld daran? Natürlich ein Mann. Dieser verdammte Raffael Winter zerstörte Menschenleben auch noch im Tod.

Für einen kurzen Augenblick hatte Katharina sich eingebildet, dass nach dem Ableben von diesem Sexmonster alles besser werden würde. Ja, sie hatte sich sogar mit einem inneren Lächeln dazu beglückwünscht, dass der Musiklehrer zu einem so passenden Moment aus dem Leben geschieden war. Geschieden worden war, wenn man es genau nahm. *Jetzt wird alles gut!* hatte sie sich immer und immer wieder eingeredet. Wie naiv sie gewesen war!

Wofür eigentlich wurde sie so hart bestraft? Und wofür wurde Jonathan bestraft? Katharina stieß einen tiefen, erleichterten Seufzer aus, als es ihr trotz unaufhaltsam zitternder Finger endlich gelang, eine Zigarette aus der Schachtel zu ziehen und in den Mund zu stecken. Nun kam die nächste Herausforderung, das Feuerzeug. Zu ihrem Erstaunen gelang es ihr jedoch bereits beim dritten Versuch, ihm eine Flamme zu entlocken. Hastig sog sie den Rauch tief in die Lungen. Wie gut es tat! Sie zog ihren Flachmann aus der Tasche und nahm einen kräftigen Schluck Whiskey. Sie liebte das Gefühl, wenn er ihr heiß und brennend die Kehle hinunterrann.

Jonathan. Raffael. Magdalena. Ben. Unablässig kreisten diese Namen durch ihr Hirn und ließen sie nicht zur Ruhe kommen. Was in alles in der Welt sie geritten hatte, dieser Magdalena zu Hause einen Besuch abzustatten und einen so unangemessenen Auftritt hinzulegen, das vermochte sie heute nicht mehr zu erklären.

Vermutlich hatte sie dem Mädchen damit jede Menge Ärger bereitet, und genau das hatte sie nicht gewollt. Eigentlich hatte sie sie nur warnen wollen, vor der Liebe, vor den Männern, vor der Welt. Ja, für einen kurzen Moment fühlte sie sich dazu auserkoren, dieses junge Mädchen, das sich diesem Widerling Raffael so willenlos und unbedacht hingegeben hatte, davor zu bewahren, sich dem gleichen beschissenen Schicksal auszuliefern, in dem sie selbst gefangen war. *Blöde Kuh!*, schalt sie sich nun selbst. *Hast dem Mädchen wahrscheinlich alles kaputt gemacht! Ganz toll, Katharina!* In einem Anfall von Selbstironie klopfte sie sich anerkennend auf die Schulter.

Katharina ließ ihren Blick über die weite ostfriesische Landschaft schweifen. Nach Jonathans Geständnis, den jungen Ben Winter in einem Anfall von überschäumender Wut erwürgt zu haben, hatte sie in ihrer Wohnung keine Luft mehr bekommen. Ohne noch ein Wort zu sagen hatte sie die Haustür hinter sich zugeknallt, war ins Auto gesprungen und an den Deich gefahren.

Nun saß sie auf den Steinen direkt am Ufer, irgendwo zwischen Campen und Pilsum, und hatte das Gefühl, endlich wieder frei atmen zu können. Was nun aus Jonathan würde, wusste sie nicht zu sagen. Verzweifelt hatte er hinter ihr her geschrien, sie dürfe ihn jetzt nicht alleine lassen. Aber sie hatte ihn und sein Gejammer einfach ignoriert. Da musste er jetzt alleine durch.

Oft genug hatte sie ihm gesagt, er solle diese unsägliche Geschichte mit Raffael Winter beenden. Regelrecht angefleht hatte sie ihn, endlich zur Vernunft zu kommen und das Leben zu leben, das für ihn gut war. *Raffael ist gut für mich* hatte er dann trotzig geantwortet.

Bitte schön! Das hatte er nun davon. Und sie war mit Sicherheit die falsche Adresse, wenn es jetzt um Trost und Verständnis ging. Sie wollte einfach nur ihre Ruhe haben, ihre Zigaretten und ihren Whiskey. Katharina beobachtete eine aufgeregt schreiende Möwe, die sie ausdauernd umkreiste und darauf zu warten schien, dass etwas Essbares für sie abfiel. „Verschwinde!", knurrte sie ungehalten und blies den Zigarettenrauch in ihre Richtung.

Was sollte jetzt werden? Katharina dachte an David Büttner, ihren alten Kumpanen aus der Kommunardenzeit. Hauptkommissar David Büttner. Ob sie zu ihm fahren und ihm erzählen sollte, was passiert war? Oder war es dazu schon zu spät? Bestimmt war die Leiche von Ben Winter schon entdeckt worden.

Hatte Jonathan nicht gesagt, Magdalena und ein junger Mann seien gerade in dem Moment eingetroffen, als er fluchtartig das Haus verlassen habe? Sie mussten ihn also gesehen haben. Und selbstverständlich hatten sie dann auch die Polizei informiert. Es würde also alles seinen Gang gehen.

Bestimmt war Jonathan längst verhaftet worden, saß nun völlig verzweifelt bei David im Verhörraum und stammelte irgendwas von Notwehr. Ob David sie wohl anrufen würde? Und wenn ja, was sollte sie dann tun? Konnte sie überhaupt noch was tun? Wollte sie was tun?

Katharina wusste es nicht. Sie war so unendlich müde. Sie wollte doch einfach nur ihre Ruhe haben. Mechanisch erhob sie sich von ihrem Platz, nahm noch einen großen Schluck Whiskey und blickte mit glasigen Augen auf die Weite des Watts und die im Sonnenlicht funkelnden Priele hinaus. Die Ebbe hatte ihren Tiefstand erreicht, vermutlich war schon wieder auflaufend Wasser. Umso besser. Katharina liebte das kühle, salzige Wasser der Nordsee. Sie setzte einen Fuß in die schlammige Masse des Wattenbodens. Er sank bis zum Knöchel ein. Zufrieden lächelnd zog sie den anderen Fuß nach. Dann lief sie los. Langsam, Schritt für Schritt, immer dem Horizont entgegen.

26

Fingerabdrücke positiv. Mit diesen knappen Worten hatte der Mitarbeiter der KTU Hauptkommissar David Büttner den Ergebnisbericht auf den Schreibtisch geknallt und sich dann wieder seiner Arbeit zugewandt.

Somit waren sie, wie Büttner zufrieden bemerkte, wenigstens in einem Punkt weiter. Bei der Suche nach der im Unterrichtsraum versteckten Kamera war das Team der KTU unter der widerstrebenden Mithilfe von Sybille Ravensburger schnell fündig geworden.

Die Auswertung der letzten Aufnahmen, die auf der Speicherkarte zu sehen waren, hatte den beteiligten Polizisten sichtlich Spaß gemacht. Nur Hasenkrug war es schon nach den ersten Szenen zuviel geworden. Bis unter die Haarwurzeln errötet hatte er sich unter einem fadenscheinigen Vorwand schnell von der pornografisch-erotischen Sondervorstellung verabschiedet und den Raum verlassen.

Auf besonderes Interesse war bei allen anderen die Szene gestoßen, in der sich die junge Frau des Staatsanwaltes Möller ins Bild schob und sich genüsslich stöhnend mit Raffael Winter auf dem Teppich rekelte. Zwar hatte Büttner sofort alle Beteiligten zum absoluten Stillschweigen ver-donnert, er war sich aber dennoch ziemlich sicher, dass die als vorbildlich geltende Ehe der Möllers schon bald in schwieriges Fahrwasser geraten würde.

Wenn ihn das auch nicht sonderlich berührte, da es für den Erfolg seiner Ermittlungen keinerlei Rolle spielte, wie es um die Ehe der Möllers bestellt war, so ärgerte es ihn umso mehr, dass die Speicherkarte ausgerechnet kurz vor dem Mordgeschehen anscheinend seine Kapazitätsgrenze erreicht hatte. Tiefstes Schwarz erfüllte an dieser Stelle den Bildschirm, was Büttners Stimmungsbarometer prompt in den Sinkflug stürzen ließ.

Er war sich bis zu diesem Zeitpunkt ziemlich sicher gewesen, mit Hilfe der Kameraaufnahmen den Mord an Raffael Winter aufklären zu können. Dennoch fand er die Aufnahmen zumindest an einer Stelle recht aufschlussreich.

Ganz offensichtlich hatten sich Raffael Winter und Jonathan Eckstein kurz vor dem Mord eine Auseinandersetzung geliefert, in deren Verlauf Winter dem Pastoren seine Liebe zu Magdalena Fehnkamp gestanden hatte. Da sieh mal einer an, hatte Büttner bei sich gedacht, da war dieses Sexmonster also gerade zur Monogamie bekehrt worden, als die Skulptur der Danaide seinem jungen Leben ein jähes Ende setzte. Wenn das mal keine Ironie des Schicksals war!

Damit gehörte Jonathan Eckstein, der ja behauptet hatte, an diesem Tag nicht bei dem jungen Musiklehrer gewesen zu sein, ganz klar zu den Hauptverdächtigen. Oder aber – und nun kamen die Fingerabdrücke auf der Kamera ins Spiel – es war gar kein Zufall, dass die Kamera ausgerechnet zum Zeitpunkt des Mordes ihren Dienst eingestellt hatte. Denn wenn derjenige, der die Kamera installiert hatte, auch gleichzeitig der Mörder war, dann konnte er sie absichtlich abgeschaltet haben. Und dann war von vorsätzlichem Mord auszugehen. In diesem Fall hieß der Hauptverdächtige Ben Winter. Denn es waren ausschließlich seine Fingerabdrücke, die auf der Kamera gefunden worden waren.

Büttner hatte bereits veranlasst, dass beide Männer zur Vernehmung ins Präsidium gebracht würden. Die Kollegen waren gerade auf dem Weg zu ihnen. Zunächst einmal aber hatte er mit Magdalena Fehnkamp sprechen wollen, war deshalb in die Schule gefahren und hatte dort ein heilloses Tohuwabohu vorgefunden.

Nun saß eine bleiche Magdalena vor ihm und wimmerte herzerweichend in ihre Kleenextücher. Soeben hatte sie ihm erzählt, was kurz vor seiner Ankunft im Klassenraum passiert war. Sie tat ihm leid. Es musste verdammt schwer sein, aus dieser vermeintlich heilen Welt, in der sie sich jahrelang gewähnt hatte, in die harte Realität des Lebens gestoßen zu werden. Aber sie würde darüber hinweg kommen.

Der schwierigere Part dieser vertrackten Situation stand ihr jetzt bevor. Der eigentliche Grund nämlich, warum Büttner sie hatte sprechen wollen, war der angebliche Treppensturz ihrer Mutter. Die Ärzte im Krankenhaus hatten ihm unmissverständlich zu verstehen gegeben, dass Verletzungen infolge eines Sturzes anders aussehen würden. Vielmehr sei in diesem Fall von brutalster häuslicher Gewalt auszugehen.

Nun, das hatte sich Büttner auch schon ohne den medizinischen Befund gedacht. Verprügelte Ehefrauen begegneten ihm in seinen Ermittlungen laufend, letztmals in dem beschaulichen Dörfchen Canhusen, dessen Idylle durch eine Mordserie jäh ins Wanken geraten war.

Büttner schob Magdalena die Kleenexpackung hinüber, aus der sich auch schon Sybille Ravensburger dieser Tage bedient hatte. Seine Mitarbeiterin hatte aufgrund der jüngsten Erfahrungen schon die Anweisung bekommen, für Nachschub zu sorgen. Man konnte ja nie wissen, wer sich noch alles in Tränen aufgelöst vor seinem Schreibtisch versammeln würde.

„Nun, Magdalena", setzte Büttner sich leise räuspernd zum Gespräch an, „ich denke, Sie wissen, warum ich Sie zum Gespräch gebeten habe."

Magdalena nickte und schaute ihn aus verquollenen Augen an. „Wegen der Sache mit Ben, oder?", sagte sie leise.

„Ben?" Büttner war verdutzt. Wieso kam sie jetzt auf den jungen Winter.

„Ja, weil er doch gewürgt worden ist."

„Gewürgt?" Büttner runzelte die Stirn, während das Fragezeichen in seinem Kopf immer größer wurde.

Magdalena riss erschrocken die Augen auf. „Sie wissen noch gar nichts davon, oder?"

„Nein. Sie werden es mir aber sicherlich gleich erzählen."

„Ben … ach Mist … Ben wollte doch keine Bull… Polizisten."

„Jetzt mal in Ruhe und ganz von vorne. Wer oder was hat Ben Winter gewürgt und wann und warum?"

„Sie sagen aber niemandem, dass ich Ihnen das erzählt habe!"

Büttner seufzte. „Ben Winter ist sowieso auf dem Weg

hierher. Wir haben seine Fingerabdrücke auf der Kamera gefunden."

„Welche Kamera?"

„Uff. Egal. Eigentlich wollte ich ganz etwas anderes mit Ihnen besprechen, Magdalena. Aber nun sagen sie mir erst einmal, was da mit Ben Winter geschehen ist."

„Jonathan Winter war bei ihm und hat ihn fast zu Tode gewürgt."

Büttner schnappte nach Luft. Das wurde ja immer besser! Nun gingen sich seine beiden Hauptverdächtigen schon gegenseitig an die Gurgel! „Wann war das?"

„Gestern. Adrian und ich kamen gerade von Norderney zurück, als Pastor Eckstein wie ein Besessener aus Bens Haustür herausgerannt kam. Dann haben wir Ben am Boden liegend gefunden. Wir dachten zunächst, er sei tot. Aber das war er Gott sei Dank nicht."

„Und Sie sind sicher, dass es Jonathan Eckstein war?"

„Ja. Sonst war ja keiner da."

„Hat sich Ben Winter ärztlich behandeln lassen?"

„Nein. Er wollte nicht. Er schien … ich weiß nicht … aus Angst vielleicht."

„Angst? Wovor?"

Magdalena zuckte mit den Schultern. „Keine Ahnung."

„Und warum haben Sie nicht die Polizei gerufen?"

„Das wollte er auch nicht."

Na, der weiß schon, warum, dachte David Büttner bei sich und sah Magdalena lange an. „Okay", sagte er dann, „darum kümmern wir uns später. Kommen wir jetzt zur eigentlichen Sache, warum ich Sie hergebeten habe. Ich würde gerne mit Ihnen über Ihre Mutter reden."

„Sie … hatte einen Unfall", bemerkte Magdalena so leise, dass Büttner sie kaum verstand.

„Ich denke, dass Sie genauso gut wie ich wissen, dass es kein Unfall war."

„Ja." Magdalenas Stimme war nur ein Flüstern, die Tränen rollten ihr still über die Wangen, ohne dass sie Anstalten machte, sie wegzuwischen.

„Ich nehme an, Ihr Vater hat Ihre Mutter schon öfter geschlagen?"

Magdalena nickte.

„Und Sie? Hat er Sie auch geschlagen?"

„Ja. Aber nicht so oft. Meine Mutter hat … sie …"

„Sie hat sich schützend vor Sie gestellt."

„Ja."

„Wir brauchen jemanden, der Strafanzeige gegen Ihren Vater stellt", brachte Büttner sein Anliegen auf den Punkt.

„Das kann ich nicht", schüttelte Magdalena erschrocken den Kopf. „Ich kann doch meinen eigenen Vater nicht anzeigen!"

Büttner beugte sich über den Schreibtisch und sah sie beschwörend an. „Ihr Vater ist ein Tyrann, Magdalena, ein brutaler Schläger. Wenn niemand etwas gegen ihn unternimmt, dann wird er es immer wieder tun."

Magdalena ließ sich kraftlos in ihrem Stuhl zurücksinken. „Ich kann es nicht", wiederholte sie leise.

„Haben Sie gesehen, wie Ihr Vater Ihre Mutter verprügelt hat? Können Sie mir den Grund für diese Attacke nennen?"

Bei diesen Worten gab es für Magdalena kein Halten mehr. Sie wurde so dermaßen von Weinkrämpfen geschüttelt, dass Büttner nicht mehr wusste, was er tun sollte.

Also wartete er ab und reichte ihr nur immer mal wieder ein paar Kleenex. Nach endlos erscheinenden zehn Minuten ließ er sich und Magdalena einen Kaffee kommen. „Ich habe ihr nichts getan", hob er abwehrend die Hände, als seine Mitarbeiterin ihn nach einem mitleidigen Blick auf die völlig aufgelöste Magdalena vorwurfsvoll ansah.

Rund zwanzig Minuten waren vergangen, als Magdalena wieder einigermaßen in der Lage war, seine Fragen zu beantworten. In abgehackten Sätzen, die immer wieder von Schluchzern unterbrochen wurden, erzählte sie ihm, was zu Hause vorgefallen war.

Als sie vom Besuch Katharina Ecksteins erzählte, umwölkte sich Büttners Stirn. So kannte er Katharina gar nicht. Was nur hatte sie sich dabei gedacht, Magdalena in so übler Manier anzugehen? Und warum hatte sie auch gegenüber Gundula Fehnkamp solch gemeine Andeutungen gemacht? Er würde sie dahingehend befragen müssen.

In Magdalenas Ausführungen fiel immer wieder auch der Name Adrian. Büttner horchte alarmiert auf. „Hat dieser Adrian auch einen Nachnamen?", fragte er.

„Warum wollen Sie das wissen?", fragte Magdalena lauernd.

„Also?", ignorierte Büttner ihre Frage.

„Wagenaar. Adrian Wagenaar."

„Und wo ist dieser Adrian jetzt?"

„In der Schule, er geht ... in meine Klasse." Magdalena schaute erschrocken auf, während Büttner bereits seine Sprechanlage bediente. „Sofort einen Streifenwagen ans Johannes-Althusius-Gymnasium. Wir suchen einen ge-

wissen Adrian Wagenaar, er geht in die … Wie bitte?"
Nun war es an Büttner, erschrocken die Augen aufzu-
reißen. „Scheiße!", rief er im gleichen Moment und sprang
erstaunlich behände aus seinem Stuhl auf.

„Was ist los? Was haben Sie?", stieß Magdalena panisch
hervor.

„Meine Kollegen sind schon an der Schule", rief Büttner
auf dem Weg zur Tür. Sein Gesicht zeigte hektische rote
Flecken. „Ihr Vater scheint Adrian massiv zu bedrohen.
Kommen Sie mit! Ich denke, dass wir jetzt Ihre Hilfe
brauchen."

27

Bens Kehle brannte wie die Hölle. Jeder Schluck, den er trank, fühlte sich an wie ein kurzer Sprung ins Fegefeuer. An Essen war gar nicht zu denken, auch wenn der Hunger sich in seinem Körper breit machte wie ein tiefes, schwarzes Loch, in dem nach und nach all seine Energie versickerte. Da war es nur gut, dass sich wenigstens Ella liebevoll um ihn kümmerte.

Lachend hatte sie ihm soeben detailliert von ihrem nächtlichen Erlebnis mit Magdalena erzählt, während sie ihm irgendwelche abscheulich riechenden Kräuterwickel um den geschundenen Hals legte. Sie sollten die Hämatome zum Abklingen bringen. Ben ließ diese lästige Prozedur geduldig über sich ergehen. Die Hauptsache war doch, dass er nicht doch noch ins Krankenhaus musste, was zwangsläufig unangenehme Fragen der Ärzte nach sich gezogen hätte.

Bei Ellas Schilderungen ihres nächtlichen Abenteuers verzog er säuerlich das Gesicht. „Eigentlich hatten wir doch abgemacht, dass sie mir gehört", krächzte er mit seiner Reibeisenstimme. Andererseits, so dachte er bei sich, war es vielleicht gar nicht so schlecht, dass Ella schon mal einen erfolgreichen Versuch bei Magdalena hatte landen können. Die schien ja wirklich richtig heiß zu sein. Bestimmt würde auch er dann ganz schnell bei ihr Erfolg haben. Schon seit Monaten wünschte er sich nichts sehnlicher. Jetzt, viel schneller als gedacht, war sie zum Greifen nah. Dieser Idiot von Adrian! Warf seine eigene Braut den Löwen zum Fraß vor! Wie dämlich musste man eigentlich sein! Ben musste bei dem Gedanken an das Telefonat mit Adrian unwillkürlich lachen, was er sich aber mit schmerzverzerrtem Gesicht sogleich wieder verbat.

„Pssst", machte Ella und legte ihm ihren Zeigefinger auf den Mund, was ihn in seltsamer Weise erregte. „Besorg's mir!", krächzte er, aber sie lachte nur. „Erst die Pflicht und dann die Kür", sagte sie mit gurrender Stimme und platzierte einen neuen Wickel auf seinem Hals. „Bestimmt kommt Magdalena bald nach Hause, sie wird total ausgehungert sein. Glaub mir, die wird über dich herfallen wie eine Hyäne. Hast du sie schreien hören in der letzten Nacht?"

„Ja, aber es hat sich eher angehört, als hätte sie soeben einen heftigen Albtraum gehabt", flachste Ben und bekam dafür sogleich einen empörten Klaps von Ella auf den Oberschenkel. Er reagierte reflexartig, griff nach ihrer Hand und legte sie zwischen seine Beine, wo sich bereits eine verräterische Wölbung abzeichnete, die bei ihrer Berührung noch größer wurde. Aber Ella ließ sich nicht von ihm einwickeln, sondern zog einfach nur ihre Hand zurück und fuhr in ihrer Heilbehandlung fort.

„Ob Magdalena auf mich genauso abfährt, wie auf meinen Drecksack von Bruder?", fragte Ben.

„Warum nicht. Bleibt ja in der Familie", zuckte Ella mit den Schultern.

„Schade, dass ich gestern ihre Ankunft verpasst habe.

Hatte mich so darauf gefreut, ihren geilen Körper endlich in meiner Küche zu sehen."

Ella war ihm einen vorwurfsvollen Blick zu. „Also, ganz ehrlich, Ben. So wie du hier redest, bist du keinen Deut besser als dein Bruder. Ihr seid doch beide die gleichen sexgeilen Säcke."

Ben lachte, so gut es ihm eben möglich war. Bei jedem anderen wäre er ausgerastet, wenn er ihn, in welcher Weise auch immer, mit seinem Bruder verglichen hätte. Ella aber hatte bei ihm Narrenfreiheit. Er liebte sie auf eine ganz besondere Art und Weise. „Schmeiß den Rechner an! Ich will sie sehen. Magdalena und meinen Bruder. Ich mach's mir selbst. Zur Einstimmung, verstehst du?"

Ella grinste. Sie wusste, wo das enden würde, und er wusste es auch. Natürlich würde sie nicht tatenlos zusehen, wenn er sich während des Films einen runterholte.

Nachdem sie noch einmal den Kräuterwickel ausgetauscht hatte, stand sie auf und lief zum Computer hinüber, der am anderen Ende des Raumes stand. Sie drückte auf ein paar Tasten herum, dann hatte sie die gewünschte Szene gefunden. Langsam schlenderte sie zum Sofa zurück, wo Ben schon dabei war, Gürtel und Reißverschluss seiner Hose zu öffnen.

Ella kniete sich vor ihn hin und streckte gerade die Hand aus, als sie den Schlüssel in der Haustür hörte. „Das muss Sören sein", sagte sie grinsend, „der hat ja ein tolles Timing. Lust auf 'nen flotten Dreier, Ben?"

Tatsächlich war es Sören, der im nächsten Moment zur Tür hereintrat, aber er sah alles andere als glücklich, sondern im Gegenteil sehr ernst aus.

„Cool, dass du da bist, Sören, wir wollten gerade …" Der Rest des Satzes blieb Ella im Halse stecken, als sie sah, wer Sören auf dem Fuße folgte: Sebastian Hasenkrug und zwei seiner Kollegen. „Heilige Scheiße!", stieß sie entsetzt hervor, sprang auf und hechtete Richtung Computer. Aber es war zu spät. Die Polizisten hatten den Film bereits erblickt und starrten jetzt ungläubig zwischen dem Computer und dem auf dem Sofa liegenden Ben, der hektisch an seiner Hose herumfingerte, hin und her.

„Konfiszieren", sagte Hasenkrug knapp und deutete auf den Rechner. „Und Sie kommen mit aufs Revier, Herr Winter."

„Aber … das geht nicht, das können Sie nicht!", brach es aus Ella heraus.

„Und wie wir können", erwiderte Hasenkrug scheinbar gefasst. Die Situation war ihm so unangenehm, dass er am liebsten auf dem Fuß kehrtgemacht und wieder gefahren wäre. Aber er wusste, dass Büttner ihm dann die Hölle heiß machen würde. Und da wollte er hier doch lieber den knallharten Polizisten mimen. Denn die ironisch ge-färbten Wutausbrüche seines Chefs kannte er nur zu gut und konnte gut darauf verzichten. Was auch hätte er ihm sagen sollen? *Die jungen Leute waren gerade dabei, sich auf Kosten anderer anderweitig zu vergnügen, da wollte ich nur ungern stören, Chef!* Wohl kaum.

Ben riss sich die Kräuterwickel vom Hals und erhob sich aus dem Sofa. Prompt wurde ihm schwarz vor Augen und er begann zu wanken. Schnell trat einer der Polizisten hinzu und stützte ihn.

„Ist Ihnen nicht gut, Herr Winter?", fragte Hasenkrug.

„Er ist krank, er kann nicht richtig atmen", sagte Ella in der Hoffnung, dass die Polizisten ihn dann in Ruhe lassen würden. Sie wurde enttäuscht.

„Aber zum Wichsen reicht's", bemerkte einer der Polizisten trocken und warf einen bedeutsamen Blick auf den Computer, wo Raffael und Magdalena unüberhörbar vor sich hin stöhnten.

„Kann das bitte endlich mal jemand ausstellen und dann den Rechner samt Material ins Auto schaffen!", sagte Hasenkrug deutlich entnervt, um sich gleich darauf an Ben zu wenden. „Benjamin Winter, ich verhafte Sie wegen des dringenden Verdachts, Ihren Bruder Raffael Winter ermordet zu haben", sagte er und fühlte sich daraufhin schon deutlich besser.

„Waaaaas!?", krächzte Ben mit vor Entsetzen weit aufgerissenen Augen und griff sich mit schmerverzerrtem Gesicht sofort reflexartig an den verletzten Hals.

„Was haben Sie denn da?", fragte Hasenkrug und trat näher an ihn heran. „Sind sie verletzt?"

Ben stieß einen unwilligen Laut aus, während Ella anklagend sagte: „Jonathan Eckstein hat ihn gestern bis zur Bewusstlosigkeit gewürgt. Den sollten Sie verhaften, nicht Ben!"

Hasenkrug sah sie perplex an. „Seltsame Zustände sind das hier", murmelte er vor sich hin und bedeutete seinen Kollegen, Ben zum Auto zu führen, ihn über seine Rechte aufzuklären und den Computer einzusammeln. Dann nahm er sich einen Apfel vom Tisch, biss herzhaft hinein, nickte Ella und Sören zu und verließ eilig das Haus.

28

Es gab Situationen, in denen David Büttner sich wünschte, niemals Polizist geworden zu sein. Und diese gehörte definitiv dazu. Dabei ging es gar nicht mal darum, dass er keine Lust hatte, sich mit kniffeligen Krisensituationen auseinandersetzen. Wenn dem so wäre, hätte er sich ganz einfach für den falschen Job entschieden, denn solche Gegebenheiten, wie sie gerade hier am Johannes-Althusius-Gymnasium stattfanden, gehörten praktisch zur Routine der Polizeiarbeit.

Nein, was Büttner an dieser konkreten Situation vielmehr störte, war die Tatsache, dass sich hier parallel zueinander die unterschiedlichsten Krisenherde auftaten, die dennoch irgendwo einen gemeinsamen Ursprung hatten. Und der lag bedauerliche Weise genau in dem Mordfall, den er zur Ermittlung auf den Schreibtisch bekommen hatte.

Während er sich aktuell darum bemühen musste, einen schweißüberströmten und ganz offensichtlich unter großem psychischen Stress stehen Onno Fehnkamp zu beruhigen, rief sein Assistent Hasenkrug an und verkündete, er habe soeben Ben Winter verhaftet und sei mit ihm auf dem Weg ins Präsidium, man müsse sich jedoch schleunigst darum bemühen, auch Pastor Eckstein festzusetzen, da der Verdacht bestehe, er habe versucht, Ben Winter aus diesem Leben zu befördern.

Eine junge Kollegin hingegen vermeldete zum beinahe gleichen Zeitpunkt, dass sich der gesuchte Pastor Jonathan Eckstein allem Anschein nach aus dem Staub gemacht habe, jedenfalls seien weder er noch seine Koffer irgendwo aufzufinden.

Zu allem Überfluss war dann auch noch aus dem Krankenhaus verlautbart, die Patientin Gundula Fehnkamp sei wieder ansprechbar und einer kurzen Vernehmung stehe nichts im Wege.

Da sich Büttner verantwortlich fühlte, sich um all diese Dinge selbst zu kümmern, sah er akute Engpässe im persönlichen Zeitmanagement auf sich zukommen. Na ja, dachte er und starrte sein Handy missmutig an, alles schön der Reihe nach.

„Herr Fehnkamp", sagte er also zum wiederholten Male, „wenn Sie jetzt bitte so gütig wären, den jungen Mann gehen zu lassen, dann wäre ich Ihnen sehr verbunden. Oder glauben Sie im Ernst, dass es für Sie in irgendeiner Weise förderlich ist, wenn Sie ihn hier mit einer abgebrochenen Flasche bedrohen?"

„Er hat meine Tochter bedroht und ein Flittchen aus ihr gemacht!", keuchte Onno Fehnkamp und gab Adrian eine so schallende Ohrfeige, dass dessen Kopf zur Seite flog.

„Papa", kreischte Magdalena und schlug die Hände vors Gesicht, „lass ihn in Ruhe, er hat doch nichts getan!" Büttner legte ihr beruhigend eine Hand auf den Arm.

„Wollen Sie den jungen Mann genauso zurichten, wie Sie es mit Ihrer Frau getan haben?" Büttner wusste, dass er bei dieser Frage mit dem Feuer spielte, aber er hatte von einem seiner jungen Kollegen ein Zeichen bekommen, dass dieser sich ganz langsam an Onno Fehnkamp heranpirschen würde, um ihn in einem geeigneten Moment zu überwältigen. Die Chancen standen also recht gut, dass dieser Spuk bald vorbei sein würde. Seine Aufgabe war es nun, Fehnkamp von dem jungen Kollegen abzulenken und seine ganze Aufmerksamkeit auf sich zu ziehen. Es klappte. Hatte Fehnkamp bisher mit flatterndem Blick ständig nervös um sich gesehen, so fixierte er jetzt den Hauptkommissar.

„Meine Frau ist die Kellertreppe hinuntergefallen", schnaufte er.

„Sicher, Herr Fehnkamp. Aber wie wir hier alle", Büttner beschrieb mit seinen Armen einen weiten Bogen, „sehen können, neigen Sie durchaus zu aggressiven Gewaltausbrüchen, auch ganz offensichtlich Unschuldigen gegenüber. Denn Ihre Anschuldigungen gegen diesen jungen Mann, den Sie da in so unwürdiger Weise festhalten, konnten wir längst widerlegen. Es war nicht Adrian, der ihrer Tochter den Rekorder auf die Fensterbank gestellt hat. Und", Büttner holte tief Luft, bevor er weiter sprach, und beobachtete aus dem Augenwinkel seinen Kollegen, der sich hinterrücks an Fehnkamp heranschlich und bereits fast am Ziel war, „die Unschuld hat er ihr auch nicht geraubt. Aber das wissen Sie doch alles auch selbst, Fehnkamp. Sie suchen doch nur einen Sündenbock, weil Ihnen Frau und Tochter aus der Hand gleiten, die sich jahrelang von Ihnen auf schändlichste Weise haben unterdrücken lassen. Womöglich, und davon gehe ich mal aus, waren auch Sie es, der Raffael Winter ermordet hat, weil Sie ganz genau wissen, dass er es war, der ihre Tochter sexuell verführte und …"

„Aufhören", brüllte Onno Fehnkamp, „hören Sie sofort auf, Sie, Sie …!" Er war so aufgebracht und jetzt dermaßen auf Büttner fixiert, dass er sogar die abgebrochene Flasche für einen kurzen Augenblick sinken ließ. Und genau dieses war der Moment, den der junge Polizist nutzte, um ihm einen heftigen Schlag auf den Arm zu versetzen, mit der Folge, dass das Flaschenfragment zu Boden fiel und klirrend zersprang.

Noch ehe Fehnkamp sich's versah, klickten die Handschellen. Wie auf einen geheimen Befehl hin verfielen die Schüler, die sich auch nach mehrmaliger Aufforderung nicht vom Ort des Geschehens hatten vertreiben lassen, in jubelnden Applaus. Magdalena stürzte sich in Adrians Arme und weinte bitterlich.

„Ich gratulierte Ihnen, Fehnkamp", sagte Büttner süffisant und nickte zu dem jungen Paar hinüber, „mit diesem grandiosen Auftritt dürften Sie Ihre Tochter nun endgültig von zu Hause vertrieben haben. Im Übrigen soll ich Ihnen vom Krankenhaus ausrichten, dass Ihre Frau wieder ansprechbar ist. Aber da Sie ja nun Besseres vorhaben, werde ich mich jetzt mal ein wenig mit ihr unterhalten."

„Mama ist wach? Wie geht es ihr?", rief Magdalena, und ein Strahlen trat in ihre Augen.

„Kommen Sie doch einfach mit. Sie wird sich freuen, Sie zu sehen." Büttner schenkte ihr ein Lächeln und sagte dann mit einer Handbewegung Richtung Onno Fehnkamp: „Abführen!"

Der korpulente Mann, der bis vor wenigen Minuten noch den aufgeplusterten Gockel gegeben hatte, sank nun endgültig kraftlos in sich zusammen. Anscheinend unfähig etwas zu sagen, warf er Magdalena aus feuchten Augen einen flehenden Blick zu, die aber wandte sich ab und sagte deutlich hörbar zu Adrian: „Komm doch mit zu Mama, sie freut sich bestimmt dich kennen zu lernen."

Gundula Fehnkamp sah erbärmlich aus, lächelte aber glücklich, als sie ihre Tochter das Zimmer betreten sah. Magdalena hatte darauf bestanden, auf dem Weg zum Krankenhaus noch einen großen Blumenstrauß für ihre Mutter zu besorgen und machte sich, nachdem sie ihr einen vorsichtigen Kuss auf die geschwollene Wange gegeben hatte, auf die Suche nach einer passenden Vase.

Adrian war zunächst auf dem Gang geblieben, da Büttner angekündigt hatte, zunächst alleine mit der malträtierten Frau sprechen zu müssen, bevor sie wieder zu sehr ermüdete und dann womöglich nicht mehr in der Lage war, vernommen zu werden.

Büttner musterte die Frau mit nachdenklichem Blick. Wie sie so dalag, den Kopf aufgrund einer üblen Schädelverletzung dick einbandagiert, zahlreiche Kratzer und bläulich verfärbte Prellungen im Gesicht, den rechten Arm bis zur Schulter in Gips, traute er sich kaum, sie mit einer Vernehmung in Aufregung zu versetzen. Aber leider musste es sein, denn schließlich hatten sie soeben ihren Mann verhaftet, und von ihrer Aussage hing es nun ab, mit welcher Begründung sie beim Richter Haftantrag stellten.

Er ließ seinen Blick kurz durch das in blassgelb und

weiß gehaltene Krankenzimmer gleiten und sagte dann: „Es freut mich sehr, dass es Ihnen wieder besser geht, Frau Fehnkamp. Haben Sie noch starke Schmerzen?"

„Nein, es geht schon, ich bekomme starke Schmerzmittel." Sie hob ihren unverletzten Arm leicht an und deutete auf einen Tropf, der ihr Flüssigkeit zuführte.

Büttner nickte zufrieden. „Bevor ich Ihnen ein paar Fragen stelle, möchte ich Sie darüber informieren, dass wir soeben Ihren Mann verhaftet haben."

Es dauerte einen kurzen Moment, bis die Bedeutung dieses Satzes zu Gundula Fehnkamp vorgedrungen war, dann aber riss sie die Augen auf und starrte den Polizisten entsetzt an. „Aber … warum? Was, ich meine …", stammelte sie.

Büttner erzählte ihr in kurzen Zügen, was sich in der Schule zugetragen hatte und endete mit den Worten: „Aufgrund mehrerer Indizien aber müssen wir davon ausgehen, dass es sich auch bei Ihren Verletzungen nicht um die Folgen eines Treppensturzes handelt."

Gundula Fehnkamp schloss die Augen und öffnete sie für eine ganze Weile nicht mehr, so dass Büttner schon annahm, sie sei eingeschlafen. Dann aber sagte sie plötzlich: „Wie lange wird … ich meine … wie lange wird Onno in Haft bleiben müssen?"

„Das hängt jetzt von Ihrer Aussage ab, Frau Fehnkamp."

Noch immer hielt Magdalenas Mutter die Augen geschlossen, ihre Lider aber zuckten nervös, sodass Büttner meinte, förmlich sehen zu können, wie es in ihrem Hirn arbeitete. Dann kullerte die erste Träne. Büttner schluckte, nahm ihre Hand und drückte sie beruhigend. Aber er sagte kein Wort.

„Diesmal war es viel schlimmer als sonst", hauchte sie plötzlich tonlos in den Raum. Büttner beugte sich ein wenig zu ihr hinab, um sie besser zu verstehen. „Ich dachte", fuhr sie nach einem kurzen Moment fort, „er würde mich umbringen. Ich dachte, mein Kopf zerspringt."

„Also keine Kellertreppe."

Gundula Fehnkamp schwieg für einige Minuten, bis sie plötzlich die Augen weit aufriss und den Kommissar panisch ansah: „Wenn er nach Hause kommt, wird er mich umbringen. Und Magdalena. Wir müssen das Kind vor ihm schützen!"

„Wir müssen die ganze Welt vor ihm schützen", knurrte Büttner. Er machte eine kurze Pause, dann fuhr er fort: „Nach wie vor suchen wir nach dem Mörder von Raffael Winter. Können Sie mir sagen, ob Ihr Mann für die Tatzeit tatsächlich ein Alibi hat?"

„Er war mittags zu Hause, wie immer. Ich hatte Essen gekocht. Er hat es kaum angerührt, weil er so aufgebracht war über einen Anruf."

„Was für ein Anruf?", fragte Büttner lauernd.

„Es war Magdalenas Deutschlehrerin, glaube ich, Frau Ra… irgendwas."

„Frau Rabensberg", half Büttner ihr in gutem Glauben auf die Sprünge.

„Ja. Er konnte sich gar nicht beruhigen."

„Und dann ist er nach dem Mittagessen zur Arbeit zurück?"

„Ich … weiß es nicht."

„Hat er gesagt, was er aufgrund der Anschuldigungen von Frau Rabensberg unternehmen will?"

Gundula Fehnkamp seufzte schwer und verzog das Gesicht. Offensichtlich hatte sie nun doch Schmerzen. „Soll ich eine Schwester rufen?", fragte Büttner besorgt.

„Nein. Es sticht nur manchmal so plötzlich." Sie deutete auf ihren Kopf.

„Wie war das also mit Ihrem Mann?", hakte er erneut nach.

„Er hat gesagt, er würde Raffael Winter zur Rede stellen."

„Das hat er gesagt? Beim Mittagessen?"

„Ja."

„Sie wissen, dass Ihr Mann damit zu einem der Hauptverdächtigen wird, Frau Fehnkamp?", bemerkte Büttner eindringlich.

„Ja. Aber genauso war es. Er ist gegangen, weil er Winter zur Rede stellen wollte."

„Das heißt also, er hat der Lehrerin geglaubt."

„Ja, ich denke schon. Wissen Sie, er war immer ein wenig misstrauisch."

„Ach was", entfuhr es Büttner. „Nun, dann fahre ich jetzt mal ins Präsidium und werde Ihren Gatten vernehmen." Er erhob sich von seinem Stuhl und lächelte die Patientin freundlich an. „Und Sie bleiben bei Ihrer Aussage, dass Ihr Mann Sie so übel zugerichtet hat?"

Gundula Fehnkamp zögerte für einen kurzen Augenblick, dann aber sagte sie leise: „Ja."

Der Polizist verabschiedete sich und bedeutete Magdalena und Adrian, dass sie nun eintreten könnten. „Ihre Mutter ist eine tapfere Frau", sagte er anerkennend, „sie wird gegen Ihren Vater aussagen, sodass er es sich erstmal bei uns gemütlich machen kann."

Magdalena traten die Tränen in die Augen und sie schmiegte ihren Kopf an Adrians Schulter. „Danke", sagte sie leise.

29

Na, die traute sich ja was! Empört starrte Sybille Ravensburger auf ihren Facebook-Account. Mit zittrigen Fingern hatte sie soeben ihre Zugangsdaten eingegeben, war allerdings nicht davon ausgegangen, dass Magdalena sich nach allem, was sich in der Zwischenzeit ereignet hatte, noch getrauen würde, sie weiterhin mit diesen abscheulichen Fotos zu erpressen.

Zu ihrem Ärger brauchten die so genannten Experten der Polizei Ewigkeiten, um herauszufinden, wer hinter dieser miesen Attacke auf sie stand. Hauptkommissar Büttner hatte heute im Vorbeigehen zwar angedeutet, dass man auf einem guten Weg sei, aber besonders interessiert schien er an der Sache nicht zu sein.

Sybille schnaubte. Der werte Herr Polizist schien vielmehr daran interessiert, diese kleine Schlange Magdalena auch noch in Schutz zu nehmen. „Dies ist keine Verhaftung, sondern lediglich eine Zeugenbefragung", äffte sie seinen Tonfall nach, während sie auf die Blütenpracht in ihrem Vorgarten starrte, ohne sie auch nur annähernd wahrzunehmen. Die Natur war in den letzten Tagen geradezu explodiert, und normalerweise hätte sich Sybille auch daran erfreuen können. Aber in diesem Jahr vergällten ihre monsterartigen Schüler ihr sogar diesen Spaß. Und nicht nur diesen!

Da hatte dieser Tag so herrlich angefangen, mit kleinen aber, wie sie immer noch fand, feinen Hieben gegen die kleine Fehnkamp. Und plötzlich war alles aus dem Ruder gelaufen, nur weil dieser blöde Kommissar sich einbildete, einfach ungefragt ihren Unterricht stören zu dürfen. Und dann noch dieses Miststück von Renke! Schlampe hatte er sie genannt! Schlampe! Vor der versammelten Mannschaft! Und was tat Direktor Meenders?

Statt diesem durch und durch bösartigen Renke und seiner Freundin Mareike mal ordentlich den Kopf zu waschen, hatte er ihr – ihr! – ein Disziplinarverfahren angedroht, sollte ihm ein solcher Vorfall noch mal zu Ohren kommen. Da hörte sich ja wohl alles auf! Heutzutage durften die Schüler ihre Lehrer wie den letzten Dreck behandeln, und wer bekam die Schuld? Natürlich! Die, die sich am wenigstens wehren konnten.

Sybille steigerte sich mehr und mehr in ihre Wut hinein und vergaß dabei selbst ihren Beruhigungstee, den sie sich gleich nach dem Nachhausekommen mit frischen Kräutern aufgebrüht hatte, um ihren strapazierten Nerven eine Auszeit zu gönnen. Und nun schon wieder so ein verdammtes Foto!

Wie angekündigt hatte Büttner Polizisten an der Nordseehalle postiert gehabt, die beobachten sollten, was mit dem von ihr deponierten Geld geschah. Und? Was war geschehen? Nichts! Rein gar nichts! Stundenlang hatten die werten Herren sich die Beine in den Bauch gestanden, um den Täter zu fassen und im Vorfeld sogar eine Kamera installiert. Am nächsten Tag aber hatte das Geld genauso warm und trocken im Papierkorb gelegen, wie sie es am

Vorabend hineingesteckt hatte. Also hatte sie die in ihren Augen unfähigen Polizisten lautstark angekeift, sie in ihrer geballten Ratlosigkeit einfach stehen gelassen und war mit ihrem Geld wieder nach Hause gegangen.

Na, geile Schnecke stand über dem Foto *hast dich ja ganz schön hysterisch aufgeführt an der Nordseehalle! Behandelt man so etwa unsere Staatsdiener? Pfui! Zur Strafe rücken wir Deinen Körper nun mal ein klein wenig höher hinauf. Geile Titten hast Du, das muss ich schon sagen! Lust, das Spiel mit dem Geld zu wiederholen? Na gut, weil Du es bist. Also, dann bis heute Abend, dieselbe Zeit, derselbe Ort. Freu mich! Deine geile Kröte.*

Sybille überlegte, was nun zu tun war. Ganz offensichtlich wollte Magdalena sie ärgern. Aber war sie tatsächlich auch gefährlich? Danach sah es eigentlich nicht aus. Und an ihrem Geld schien sie auch nicht wirklich interessiert zu sein. Oder hatte sie im Vorfeld die Polizisten bemerkt und sich nicht mehr an die Nordseehalle herangetraut? Ganz offensichtlich war sie ja dort gewesen. Denn woher hätte sie sonst wissen sollen, dass sie mit den Polizisten nicht eben freundlich umgegangen war?

Hm. Sybille kratzte sich am Kopf. Ob sie den Schmutz nun doch einfach ignorierte? Aber lief sie dann nicht Gefahr, dass schon bald die ganze Stadt über ihren pornographisch in Szene gesetzten Körper lachen würde?

Es half alles nichts, dachte Sybille missgestimmt, sie würde wieder zur Polizei gehen und Anzeige erstatten müssen. Na, denen würde sie aber was erzählen! Saßen einfach nur tatenlos da und ließen sie sehenden Auges ins Verderben rennen!

Sie schnappte sich ihr Tablet und zog sich die Schuhe an. Als sie dabei war, die Haustür hinter sich zu schließen, spürte sie, wie ihr die jaulende Katze der Nachbarn um die Beine strich. Unwillkürlich versetzte sie ihr einen Tritt. Sie hasste Katzen!

Als Sybille wenig später das Polizeipräsidium betrat, traute sie ihren Augen nicht. Gerade, als sie sich vor dem Büro Kommissar Büttners auf die Bank setzen wollte, kam dieser mit mürrischem Gesichtsausdruck den Gang entlang gelaufen, dicht gefolgt von zwei uniformierten Kollegen, die einen in Handschellen gelegten Onno Fehnkamp zwischen sich führten.

Das konnte in Sybilles Augen nur eines bedeuten: Dass dieser ach so heilige Heuchler ihren geliebten Raffael auf dem Gewissen hatte. *Da sieh mal einer an*, dachte sie, *wie der Vater so die Tochter*. Kein Wunder, dass dieses Mädchen dermaßen auf Abwege geraten war, bei den Genen! Sie hatte sich schon gefragt, was dieser unangenehme Zeitgenosse in ihrem Klassenzimmer zu suchen hatte. Nur leider hatte sie keine Zeit gehabt, ihn danach zu fragen, schließlich hatte sie ja Direktor Meenders folgen müssen, der sie in sein Büro beordert hatte.

„Na, Herr Fehnkamp, da wird Ihnen jetzt wohl auch keine Gebet mehr helfen, wie?", grinste sie ihn höhnisch an, als die Herren an ihr vorbeiliefen. Doch Onno Fehnkamp schien so in Gedanken versunken, dass er nicht mal mit einem Augenzwinkern auf sie reagierte. Während die Polizisten mit ihm weitergingen, blieb Büttner kurz stehen und sah sie stirnrunzelnd an. „Sind Sie nur hier, um irgendwelche Leute zu beschimpfen oder können wir irgendwas für Sie tun, Frau Rabensberg?", fragte er dann düster.

„Ravensburger. Mein Name ist Ravensburger", korrigierte Sybille und fügte dann mit einem Kopfnicken hinzu: „Das habe ich mir gleich gedacht, dass Onno Fehnkamp der Mörder von Raffael Winter ist."

„So, haben Sie das", erwiderte Büttner trocken. „Sind Sie gekommen, um mir das zu sagen?"

„N-nein." Sybille wurde rot. „Ich … habe da wieder so ein Bild bekommen, Sie wissen schon … Facebook …"

„Aha. Na ja, da müssen Sie sich noch ein klein wenig gedulden, ich bin gerade anderweitig beschäftigt."

„Aber ich …", wollte Sybille protestieren, doch Büttner hatte sich bereits von ihr abgewendet. Wütend überlegte sie, was sie nun tun sollte. Wenn ihr hier nicht geholfen wurde, dann musste sie wohl auf eigene Faust dafür sorgen, dass der kleinen Fehnkamp das Handwerk gelegt wurde. Sie würde jetzt wieder nach Hause gehen und darüber nachdenken, wie sie es anstellen würde.

Auf dem Weg zum Ausgang begegnete sie einem weiteren Trupp Polizisten, angeführt diesmal von Sebastian Hasenkrug. Als Sybille sah, wen sie diesmal in ihrer Mitte führten, blieb ihr vor Erstaunen der Mund offen stehen: Das war doch Ben, der kleine Bruder von Raffael!

Er sah ziemlich mitgenommen aus. Das Gesicht leichenblass, der Hals auf seltsame Art geschwollen. Was war denn mit dem passiert? Und wieso trug auch er Handschellen? So, wie er aussah, schien er vielmehr Opfer als Täter zu sein.

Sybille hatte damit gerechnet, dass Ben verschämt die

Augen niederschlagen würde, wenn sich ihre Blicke begegneten. Schließlich musste es ihm doch peinlich sein, in seiner misslichen Lage einer Lehrerin seiner Schule zu begegnen. Aber weit gefehlt! In dem Augenblick, als Ben Sybille erblickte, musterte er sie mit spöttischem Gesichtsausdruck von oben bis unten, nickte dann anerkennend und sagte: „Hm, angezogen steht Ihnen auch ganz gut!"

Sybille fielen bei diesen Worten sämtliche Fassungen aus dem Gesicht, doch bis sie sich einigermaßen wieder gefangen hatte, waren Ben und die Polizisten längst in einem der zahlreichen Räume verschwunden.

Fluchtartig verließ sie das Gebäude und rang, einer Ohnmacht nahe, japsend nach Luft. „Kann ich Ihnen helfen?", fragte wie durch einen Schleier eine Stimme neben ihr, aber sie ignorierte sie und lief wankend davon. Während sie durch die Emder Straßen stolperte, hallten Bens Worte wie ein lauter und lauter werdendes Echo in ihrem Kopf wieder: *Angezogen steht Ihnen auch ganz gut ... steht Ihnen auch ganz gut ... auch ganz gut!* Sie wusste später nicht, wie sie nach Hause gekommen war. Aber sie wusste eins: Das Foto von ihr wanderte längst durchs Internet. Alle hatten es gesehen. Alle! Und noch eines wusste sie: Sie würde sich an Magdalena Fehnkamp rächen. Noch heute!

30

Onno Fehnkamp schwieg mit einer Beharrlichkeit, die selbst David Büttner Respekt abverlangte – auch wenn er sich so langsam fragte, warum er mit ihm eigentlich seine Zeit verplemperte. Statt hier im Vernehmungsraum herumzusitzen, warteten schließlich auch noch andere Aufgaben auf ihn.

Er warf einen Blick auf die schmucklose Digitaluhr, die über dem verspiegelten Glas hing, durch das man in den Raum hinein, aber nicht hinaus schauen konnte. Sie zeigte ihm an, dass der Nachmittag bereits ein gutes Stück fortgeschritten war.

Soeben hatte er Mitteilung bekommen, dass Hasenkrug mit der Vernehmung Ben Winters begonnen hatte. Von Jonathan Eckstein aber, so hatte es ihm eine junge Kollegin auf dem Gang zugeflüstert, fehle nach wie vor jede Spur. Man sei derzeit dabei, auf sämtlichen Bahnhöfen und Flughäfen nachzufragen, ob er irgendwo gesichtet oder gelistet worden war.

Hm. Büttner zog die Stirn in Falten. Ganz offensichtlich hatte sich einer der Hauptverdächtigen nach seinem wodurch auch immer motivierten Angriff auf Ben Winter irgendwohin abgesetzt, ohne auch nur die kleinste Spur hinterlassen zu haben. Sollte Jonathan Eckstein tatsächlich

265

der Mörder von Raffael Winter sein, säßen er und seine Kollegen ganz schön in der Scheiße.

„Ihre Frau hat gesagt, dass Sie an dem Todestag von Herrn Winter nach dem Mittagessen mit den Worten, Sie würden den Klavierlehrer Ihrer Tochter zur Rede stellen, das Haus verlassen haben", startete Büttner einen weiteren Versuch, Onno Fehnkamp aus der Reserve zu locken. „Nach wie vor können Sie für den Tatzeitraum kein Alibi vorweisen. Damit sind Sie derzeit einer unserer Hauptverdächtigen. Und Ihr Auftritt heute Morgen hat Ihre Situation nicht gerade verbessert. Jede Aussage von Ihnen könnte allerdings dazu beitragen, den Richter ein wenig milde zu stimmen."

Büttner machte eine kurze Pause und sog hörbar die Luft ein. „Und ich schätze, dass das in Ihrem Fall bitter nötig ist, denn der Richter kann es überhaupt nicht leiden, wenn irgendwer grundlos junge Menschen bedroht und zu Tode ängstigt."

Onno Fehnkamp antwortete auch auf diese Ausführungen Büttners mit keiner Silbe. Doch veränderte er diesmal zumindest seine Sitzposition, indem er seinen korpulenten Körper nach vorne neigte, die Hände gefaltet auf den Tisch legte und anfing, ein Gebet vor sich hinzumurmeln.

Büttner seufzte. „Kleiner Tipp, Herr Fehnkamp: Sagen Sie dem lieben Herrgott die Wahrheit. Wenn ich mich richtig erinnere, steht er drauf, nicht angelogen zu werden."

Als Onno Fehnkamp auch auf diese Bemerkung nicht reagierte, fügte er hinzu: „Ich lasse Sie dann mal alleine mit Ihrer Beichte. Sollten Sie eine Eingebung von oben erfahren und doch noch ein Geständnis ablegen wollen, dann lassen Sie mir bitte Bescheid geben. Wenn nicht, nun ja, dann wird Sie dieser freundliche Herr", er deutete auf einen Kollegen, der an der Tür Posten bezogen hatte, „in absehbarer Zeit zu Ihrer Zelle begleiten, in der Sie dann darüber nachdenken können, warum eigentlich Ihre Frau Gefallen daran findet, Sie ans Messer zu liefern."

Mit Genugtuung stellte Büttner fest, dass Fehnkamp bei diesen Worten zusammenzuckte und tiefrot anlief. „Das ist nicht wahr", presste er zwischen zusammengekniffenen Lippen hervor, „das würde sie nie tun."

„Oho", rief Büttner scheinbar erfreut, „Gott sei's gepriesen, er kann ja doch noch reden! Und ich dachte schon, die babylonische Strafe hätte ihn ereilt!"

Er warf Fehnkamp einen langen Blick zu, dann sagte er: „Sie haben jetzt jede Menge Zeit, sich in Ihre Wut hineinzusteigern, Fehnkamp. Und keine Gelegenheit, diese an Ihrer Frau auszulassen. Da bin ich doch mal gespannt, auf wen Sie jetzt Ihre Aggressionen lenken werden, bevor Sie daran ersticken." Mit einem Augenzwinkern zu seinem Kollegen fügte er hinzu: „Passen Sie gut auf sich auf, Kollege, der beißt!" Dann verließ er, schon deutlich besser gelaunt, den Raum.

Als David Büttner den zweiten Vernehmungsraum betrat, vernahm er als erstes ein lautes Stöhnen, gefolgt von einem lang gezogenen *Jaaaaaa!*. Verdutzt blieb er an der Tür stehen, um seine Augen an das schummerige Licht zu gewöhnen, das lediglich von dem Flimmern eines Bildschirms durchbrochen wurde. An die Wand gelehnt, die

Arme vor dem Körper verschränkt, standen Ben Winter, sein Assistent Sebastian Hasenkrug sowie ein weiterer Polizist in Uniform und starrten gemeinsam auf den vor ihnen laufenden Film.

„Was ist denn hier los?", fragte er verdattert, denn die Befragung eines Verdächtigen hatte er sich bisher immer anders vorgestellt. Sebastian Hasenkrug wie auch der Kollege räusperten sich verlegen, während Ben Winter amüsiert, wenn auch nach wie vor krächzend sagte: „Stellen Sie sich zu uns, Herr Kommissar. Ich schwöre, Sie haben noch nie so was absolut Geiles gesehen, wie die Ravensburger in Reizwäsche, die gerade meinen Bruder vögelt, als gäb's kein morgen mehr."

Büttner sah sich die Szene auf dem Bildschirm für einen kurzen Moment mit gerunzelter Stirn an, dann drückte er den Aus-Knopf. „Licht an!", brummte er ins Stockdunkel hinein.

Im Nu war es im Raum wieder taghell, und er konnte die hochroten Köpfe seiner Kollegen bewundern, die vor lauter Verlegenheit kaum wussten, wohin sie ihren Blick richten sollten. Nur Ben Winter verharrte in gleicher Position wie zuvor, die Arme verschränkt vor dem Körper, ein Bein angewinkelt an die Wand gestellt, und grinste. „Geile Nummer, oder, Herr Kommissar?"

„Ich sehe keinen Grund, diesen Schweinkram auch noch hier im Besprechungsraum abzunudeln", brummte Büttner und funkelte Hasenkrug böse an.

„Es … ähm … dient der … ähm … Beweisaufnahme", stammelte Hasenkrug unbeholfen, und der Rot-Ton seines Gesichts legte um noch eine Nuance zu.

„Ist klar", winkte Büttner ab. „Angesichts dieser Aufnahmen gehe ich mal davon aus, Herr Winter, dass Sie es
waren, der die Kamera im Unterrichtsraum Ihres Bruders
installierte."

„Gut erkannt, Herr Kommissar", nickte Ben.

„Dann waren vermutlich auch Sie es, die Frau Rabensberg
in, na ja, etwas unappetitlicher Weise auf Facebook eingestellt haben, richtig?" Büttner hatte angesichts der
Sachlage keine Lust, noch lange um den heißen Brei
herumzureden.

„Gepostet haben", korrigierte ihn Ben, ohne sein Grinsen
einzustellen, „auf Facebook postet man, da stellt man
nichts ein. Und sicherlich meinen Sie Frau Ravensburger."

Büttner musste wider Willen lächeln. Er konnte forsche
junge Menschen gut leiden. Auch wenn ihm dieser Ben
Winter ein wenig zu forsch war. „Nun, dann würde ich mal
sagen, Sie sollten sich bei Frau Ravensburger schleunigst
entschuldigen. Und dann werden Sie die strafrechtlichen
Konsequenzen tragen müssen. Aber das dürfte Ihnen ja
klar sein." Büttner machte eine kurze Pause, dann fügte er
hinzu: „Und wenn Sie mir jetzt noch sagen, dass Sie Ihren
Bruder umgebracht haben, dann könnte ich für heute
Feierabend machen."

„Sorry, Herr Kommissar, da muss ich Sie leider enttäuschen", erwiderte Ben mit gespielt zerknirschtem Gesicht. „Warum hätte ich das tun sollen, wo er mir doch so
geiles Material geliefert hat. Pornos frei Haus. Wo gibt es
das schon?"

„Er könnte Sie erwischt haben!"

Ben schüttelte den Kopf. „Ach, Herr Kommissar, nun

enttäuschen Sie mich aber. Wo bleibt denn Ihr logisches Denken? Oder meinen Sie vielleicht, die Aufnahmen kurz vor seinem Tod hätte es noch gegeben, wenn er die Kamera entdeckt hätte? Tststs."

„Sie könnten Sie direkt vor dem Mord ausgeschaltet haben. Ist ja schon ein wenig seltsam, dass der Mord selber nicht mehr zu sehen ist, finden Sie nicht?"

„Tja, Herr Kommissar, was soll ich sagen zur Unberechenbarkeit der Technik? Speicherkarten fragen nicht nach Mord oder Totschlag. Sie versagen einfach ihren Dienst, wenn sie voll sind."

„Komischer Zufall."

„Technische Errungenschaften basieren selten auf Zufällen. Das sagt zumindest mein Physiklehrer."

„Na, der muss es ja wissen. Wie dem auch sei. Da wir gerade so nett am Plaudern sind, könnten Sie mir eigentlich noch verraten, warum Jonathan Eckstein es auf Sie abgesehen hatte. Sieht ja nicht so doll aus, Ihr Hals."

„Er wollte diese verdammten Skulpturen haben", brummte Ben und fasste sich instinktiv an die Kehle.

„Welche Skulpturen?"

„Die von Rodin. *Der Kuss, Gier und Wolllust* und *Sturz eines Engels*. Raffael Winter hatte sie doch von Eckstein geschenkt bekommen", mischte sich nun erstmals Hasenkrug neunmalklug wieder ins Gespräch.

„Und nun wollte er sie zurück haben?", fragte Büttner an Ben gewandt.

„Ja. Er meinte, ich hätte sie Raffael gestohlen."

„Und Sie wollten sie ihm nicht geben."

„Nein. Ich hab ihm stattdessen ein wenig Pornos gucken

lassen. Das fand er aber nicht so witzig, wie ich gedacht hatte." Wieder fasste sich Ben an seinen Hals.

„Das kann ich mir denken."

„Sie sollten ihn verhaften."

„Würden wir ja gerne. Aber er ist unauffindbar."

„Schade für Sie."

„Ja. Besitzen Sie einen silberfarbenen Rekorder?", wechselte Büttner so unvermittelt das Thema, dass selbst Hasenkrug Mühe hatte, ihm zu folgen, dann aber wissend nickte.

„Was für einen Rekorder?"

„Für Musikaufnahmen und Ähnliches."

„Nee. Ich gucke lieber Filme."

„Sie haben Magdalena Fehnkamp damit in Angst und Schrecken versetzt."

„Magdalena?" Ben sah den Kommissar so erstaunt an, dass Büttner sicher war, in Sachen Rekorder auf der falschen Fährte zu sein.

„Kennen Sie jemanden, der einen solchen Rekorder …" Büttner wurde vom Klingeln seines Handys unterbrochen. Er ging dran und sagte knapp: „Ja?"

Hatte er bis zu diesem Zeitpunkt noch eine gesunde Gesichtsfarbe gehabt, so wich sie im nächsten Moment einer gespenstigen Blässe. Erschüttert ließ er sein Handy zurück in die Tasche seines Jacketts gleiten.

„Irgendwas nicht in Ordnung, Chef?", fragte Hasenkrug besorgt.

„Wir müssen los", presste Büttner angespannt hervor, „man hat bei Campen eine Leiche aus dem Wasser gezogen."

31

Kaum jemals zuvor in seiner polizeilichen Karriere war es Büttner so schwer gefallen, vor einer Leiche zu stehen und sie einfach als Teil seiner routinemäßigen Arbeit anzusehen, wie die Gerichtsmedizinerin Dr. Anja Wilkens es ihm soeben in fürsorglicher Absicht ans Herz gelegt hatte.

Katharina. Gerade erst hatte er sich gefreut, eine frühere Freundin wiedergefunden zu haben, da wurde sie ihm auch schon wieder genommen. Und gefreut hatte er sich wirklich, auch wenn er es ihr vielleicht nicht deutlich genug gesagt hatte. Aber hinterher war man ja immer schlauer.

Ja, tatsächlich, dachte er beim Anblick ihres bläulich-bleichen, vom kalten und unbarmherzigen Nordseewasser aufgequollenen Gesichts, er hätte sich gefreut, nach Abschluss der Ermittlungsarbeiten im Fall Raffael Winter mit ihr ein kühles Bier trinken zu gehen, dazu vielleicht einen guten Fisch zu essen und über die alten Zeiten zu plaudern.

Im Geiste sah er sie als junges, lebhaftes und äußerst attraktives junges Mädchen vor sich. Wie sie ihn fröhlich anlächelte, als sein Bruder sie ihm vorstellte. Damals war es für ihn Liebe auf den ersten Blick gewesen. Und genau das war auch der Grund gewesen, warum er nie versucht hatte, mit ihr zu schlafen, so wie es all die anderen Männer in ihrer Kommune getan hatten. Nein, er hatte nicht ihren Körper, sondern ihr Herz gewinnen wollen. Doch dann waren er und auch Katharina von der damals so schnelllebigen Zeit überrollt worden.

Vielleicht war er auch einfach noch zu jung gewesen, um in aller Konsequenz zu begreifen, was in der Auflösungsphase der Kommune vor sich ging. Auf jeden Fall hatte es diese alternative Wohngemeinschaft eines Tages einfach nicht mehr gegeben. Und mit ihr war auch Katharina verschwunden.

Erst jetzt, als er sie in Emden durch Zufall wiedergetroffen hatte, war ihm klar geworden, wie unsäglich gemein und egoistisch ihre damaligen Mitbewohner und potenziellen Väter ihres Sohnes sich ihr gegenüber verhalten hatten. Jeder einzelne von ihnen hatte sie einfach fallen gelassen und sie damit einem Schicksal ausgeliefert, das für eine junge Frau zu damaliger Zeit kaum schwerer hätte sein können.

Büttner spürte, wie ihm beim Anblick der ehemals so lebens- und hoffnungsfrohen toten Frau Tränen in die Augen stiegen. Schnell drehte er sich um und wandte sich an Dr. Wilkens, die bereits dabei war, ihre Sachen zusammenzupacken, um sich dann auf den Weg zurück ins gerichtsmedizinische Institut zu machen.

„Können Sie in etwa sagen, wann Frau Eckstein ertrunken ist?"

Dr. Wilkens warf einen prüfenden Blick auf die Leiche. „Ich denke, dass sie mit der letzten Flut hier angespült wurde und auch noch nicht viel länger im Wasser gewesen ist. Womöglich ist sie bei Ebbe hinausgelaufen und hat

273

die Tücken des auflaufenden Wassers oder die Länge ihres Rückwegs unterschätzt. Das passiert ja immer wieder."

„Das glaube ich kaum", murmelte Büttner. Er konnte sich nicht vorstellen, dass Katharina so unvorsichtig gewesen war. „Irgendwelche Spuren sonstiger Gewalteinwirkung?"

„Nein. Lediglich ein paar Abschürfungen, aber die meisten von ihnen dürften post mortem entstanden sein. Zu diesem Zeitpunkt deutet nichts auf ein Gewaltverbrechen hin. Aber Genaueres kann ich Ihnen nach der Obduktion sagen. Können wir sie jetzt mitnehmen?"

„Ja. Ja, sicher", nickte Büttner und fuhr sich fahrig übers Gesicht. Er blickte zum Campener Leuchtturm hinüber, dessen leuchtendes Rot sich nicht weit von ihm erhaben in den strahlend blauen Frühlingshimmel reckte. „Und warum hast du Katharina nicht den Weg gewiesen?", fragte er ihn in einem Anfall von Pathetik.

„Chef", trat Hasenkrug an ihn heran und legte ihm eine Hand auf die Schulter, „was wird denn jetzt aus dem Hund?"

„Hund?" Büttner sah sich um, konnte aber weit und breit keinen Vierbeiner entdecken.

„Ja, aus Heinrich, dem Hund von Frau Eckstein."

Büttner bemerkte, wie Hasenkrug bei der Nennung des Namens rot anlief, vermutlich, weil er sich an seinen etwas peinlichen Auftritt in Sachen Zeugenbefragung erinnerte. Umso höher rechnete er es seinem Assistenten an, dass er sich Sorgen um Heinrich machte.

„Fragen Sie die Kollegen, ob Frau Eckstein einen Haustürschlüssel bei sich hatte. Wenn ja, dann fahren Sie bitte zu ihrer Wohnung und bringen den Hund ins Präsidium.

Wenn nein, dann auch. Dann müssten Sie nur vorher den Schlüsseldienst rufen."

„Wird gemacht, Chef."

„Und, Hasenkrug", rief Büttner seinem davoneilenden Assistenten nach, „verstärken Sie die Fahndungsanstrengungen im Fall Jonathan Eckstein. Irgendwie muss er doch erfahren, dass seine Mutter …" Die letzten Worte brachte er nicht heraus.

„Wird gemacht, Chef", wiederholte Hasenkrug, dann war er hinter dem Deich verschwunden.

Auch Büttner besann sich nun darauf, dass im Präsidium noch eine Menge Arbeit auf ihn wartete. Die Lust hierauf war ihm allerdings gründlich vergangen.

Heinrich liebte das Polizeipräsidium und alle, die in diesem verkehrten. Auch, wenn man Hunden immer nachsagte, dass sie Menschen in Uniform nicht leiden konnten, so hatte Heinrich davon ganz offensichtlich noch nichts gehört. Sobald Hasenkrug ihn von der Leine gelassen hatte, sprang er freudig bellend umher und begrüßte jeden, der ihm über den Weg lief, mit einem feuchten Hundeschmatzer. Auch David Büttner erkannte er als alten Freund und sprang ihm als erstes auf den Schoß, um ihm sofort darauf mit Hingabe das Gesicht abzulecken.

„Hätten Sie ihn nicht angeleint lassen können?", knurrte Büttner, der für solch animalische Überfälle in der Regel nichts übrig hatte. Andererseits war er froh, dass Heinrich sein Frauchen nicht allzu sehr zu vermissen schien und sich nicht mit hängenden Ohren in tiefe Depressionen stürzte.

„Was passiert denn jetzt mit ihm, Chef?", fragte Hasenkrug.

Büttner brauchte einen Moment, bis er antworten konnte, da Heinrich sich auf seinem Schoß immer noch gebärdete wie toll. Also klemmte er ganz einfach einen Arm um ihn, um ihn ruhig zu stellen, was Heinrich aber offensichtlich für ein lustiges Spiel hielt, denn nun schnappte er in kurzen Abständen nach Büttners Kinn, während sein Schwanz nach wie vor aufgeregt hin und her wedelte.

„Erstmal sollten wir ihm zur Beruhigung eine Tasse heiße Milch mit Honig zubereiten", meinte Büttner und streckte seinen Kopf nach oben, um Heinrich die Angriffsfläche zu entziehen.

„Meinen Sie, das mag er?"

„War ein Witz."

„Ach so, verstehe." Hasenkrug verzog den Mund. „Dann sollten wir ihn vielleicht ins Tierheim bringen."

„Ins Tierheim?" Büttner schüttelte den Kopf. „Auf gar keinen Fall." Das konnte und wollte er Heinrich nicht antun. Außerdem hatte er das Gefühl, Katharina noch etwas schuldig zu sein, wenn er auch nicht erklären konnte, warum. So fasste er kurzerhand einen Entschluss. „Ich rufe meine Tochter an, sie soll ihn hier abholen."

„Sie nehmen ihn mit nach Hause, Chef?" Hasenkrug war platt.

„Ja, zunächst mal. Dann sehen wir weiter."

Hasenkrug konnte sich ein Grinsen nicht verkneifen. „Na, dann Glückwunsch zum neuen Zuhause, Heinrich", sagte er und tätschelte dessen Kopf. Heinrich dankte es ihm, indem er ihm in langen Strichen die Hand leckte.

„Zunächst mal, habe ich gesagt", knurrte Büttner, „aber

Sie machen natürlich gleich wieder einen auf Ewigkeit, Hasenkrug."

„Schon klar, Chef", grinste Hasenkrug, „zunächst mal für die nächsten zehn Jahre." Damit drehte er sich um und verließ fröhlich vor sich hin pfeifend den Raum.

„Quatschkopf!" Büttner sah Hasenkrug finster hinterher, setzte Heinrich auf den Boden und griff nach seinem Handy. Er wollte mal hören, ob seine Tochter Jette zu Hause war.

Als Jette wenig später im Präsidium eintraf, lief sie als erstes Ben über den Weg, der gerade von zwei Polizisten nach allerhand erkennungsdienstlichen Maßnahmen durch die Gänge geführt wurde.

„He, Jette, sag deinem Alten, dass ich meinen Bruder nicht auf dem Gewissen habe. Kriegst auch 'nen klasse Porno zu sehen!", rief er hinter ihr her.

„Kannst mich mal mit deinem Porno!", rief sie grinsend zurück, während sie das soeben Gehörte in kurzen Worten in ihr iPhone hackte, um ihre rund sechstausend Follower auf Twitter umgehend von den neuesten Entwicklungen in Kenntnis zu setzen. Die mehrfache Aufforderung, doch ja weiterhin Augen und Ohren offen zu halten und alles Weitere im Livestream zu berichten, kam innerhalb einer halben Minute postwendend zurück.

„Setz dich doch bitte", sagte ihr Vater, nachdem sie sein Büro betreten und sogleich von einem vor Glück überschäumenden Heinrich gebührend begrüßt worden war.

„Der ist ja klasse", freute sich Jette und strich dem Hund

über das verwuschelte Fell. „Und den können wir jetzt echt behalten? Krass!"

„Davon hab ich nichts gesagt."

Wieder hackte Jette in rasendem Tempo auf ihr iPhone ein.

„Was machst du da?", brummte Büttner.

„Hab erzählt, dass ich jetzt 'nen Hund habe."

„Wem?"

„Na, allen."

„Aber ich sagte doch …", setzte Büttner an, machte dann aber eine wegwerfende Handbewegung. „Ach, was soll's. Ich hab ein paar Fragen an dich, Jette."

„Bin ich wieder Zeugin?", fragte sie neugierig. „Geht es um Ben? Ihr habt ihn verhaftet, oder? Hab ihn gerade gesehen. In Handschellen, voll krass. Hat er seinen Bruder auf dem Gewissen? Kommt er jetzt in den Knast?"

Büttner verzog das Gesicht. „Ich sagte, *ich* hätte ein paar Fragen an *dich*. Von umgekehrt war nicht die Rede."

„Okay."

„Zuerst legst du das Ding da weg." Er deutete auf ihr iPhone. „Ich brauche keine stenographische Mitschrift."

„Stenowas?" Jette sah ihn mit großen Augen verständnislos an.

„Vergiss es. Also, Ding weg und dann geht's los." Er streckte seiner Tochter die Hand hin und ließ sich das Handy aushändigen. „Kennst du eine Frau Rabensberg?", fragte er dann.

„Nee."

„Sie ist Lehrerin auf eurer Schule."

Jette zog die Stirn in Falten und überlegte. „Du meinst Frau Ravensburger", sagte sie dann.

„Ja, genau. Ravensburger."

„Was ist mit ihr?"

„Hast du bei ihr Unterricht?"

„Nein."

„Hm. Und kennst du einen ...", er blätterte in seinen Unterlagen, „einen Adrian Wagenaar?"

„Klar. Der geht doch jetzt mit Magdalena. Hat Stress gehabt heute, in der Schule. Mit ihrem Vater. Du warst doch auch da, oder?"

„Genau. Wie ist der so?"

„Krass."

„Geht's ein wenig genauer?"

„Der ist okay. Bringt keinen um, glaube ich."

„Das hatte ich auch nicht angenommen."

„Wieso fragst du dann?"

„Nicht jeder, nach dem ich frage, muss auch gleich ein Mörder sein", gab Büttner zu bedenken. Er sah zu Heinrich hinunter, der sich, anscheinend völlig ermattet, auf Jettes Füßen zusammengerollt hatte und schlief. „Du bist doch auf Facebook, oder?", fragte er dann scheinbar beiläufig mit einem Blick auf ihr Handy. Ihm war soeben eine Idee gekommen.

„Ja, logisch."

„Kann man über Facebook auch jemanden suchen?"

„Wie, suchen?"

„Heute ist eine Frau gestorben. Wir würden gerne ihren Sohn informieren. Aber der ist verschwunden. Vielleicht würde es was bringen, wenn du sein Foto ins Netz stellst?"

„Ist er verdächtig?"

„Darf ich dir nicht sagen."

„Also ja."

„Kannst du nun sein Foto einstellen oder nicht?"

„Darf ich das denn, ich meine, so ermittlungstechnisch? Nachher sperren sie mich noch ein, wegen Verrats von Staatsgeheimnissen oder so."

Büttner sah sie lange an, dann sagte er: „Nein. Hm. War ne blöde Idee. Vergiss es."

„Ich könnte aber mal gucken, ob er einen Account hat."

„Einen was?"

„Man, Papa, einen Account. Ein Konto. Ob er auf Facebook gemeldet ist."

„Und dann?"

„Schick ich ihm 'ne Nachricht."

„Dass seine Mutter gestorben ist?"

„Jap."

„Über Facebook?"

Jette biss sich auf die Unterlippe. „Nee, ist ja auch doof. Bisschen unsensibel."

„Genau."

„Wie ist sie denn gestorben?"

„Ertrunken. Vor Campen."

„Steht das morgen in der Zeitung?"

„Davon gehe ich aus."

„Dann kann ich den Artikel posten und ich sag allen, dass sie ihn teilen sollen. Ich schreib aber nicht dazu, dass die Polizei ihn sucht."

„Besser ist das. Und dann?"

„Wenn du Glück hast, sieht ihr Sohn den Artikel dann und meldet sich."

„Dann erfährt er aber auch über Facebook, dass seine Mutter gestorben ist."

„Sonst erfährt er es über die Zeitung."

„Da hast du auch wieder recht." Büttner rieb sich nachdenklich das Kinn. „So könnte es vielleicht funktionieren, oder?"

„Zumindest könnte man es versuchen."

„Sieht er dann deinen Namen? Ich meine, wenn da Büttner steht …"

„Ich sag Tjark, dass er den Artikel posten soll."

„Wer ist Tjark?"

„Kennst du nicht."

Büttner nickte abwesend. Er war sich nicht sicher, ob das mit dem Artikel wirklich eine so gute Idee war. Andererseits: Die polizeilichen Möglichkeiten, Jonathan Eckstein zu finden, waren alle ergebnislos geblieben. Warum sollte man dann nicht einfach mal zu unkonventionellen Mitteln greifen? „Okay", sagte er und schlug sich auf die Schenkel, „so machen wir es. Sollte doch mit dem Teufel zugehen, wenn sich der Kerl dann nicht bei uns meldet."

Jette streckte den Arm aus und sagte knapp: „iPhone!"

„Warum?"

Jette rollte die Augen. „Mann, Paps, ich muss doch gucken, ob der 'nen Account hat. Sonst sieht er das doch gar nicht und es ist alles für die Füße!"

Büttner seufzte und gab ihr das iPhone zurück. Nur wenige Sekunden später wusste er, dass Jonathan Eckstein tatsächlich unter seinem richtigen Namen auf Facebook angemeldet war. Nun hieß es nur noch warten.

32

Magdalena war wieder zu Hause. Sie konnte sich nicht erinnern, jemals über Nacht alleine in ihrem Elternhaus gewesen zu sein. Alles wirkte so merkwürdig ruhig und verlassen.

Als sie angekommen war, hatte sie zunächst einmal die Frau fortgeschickt, die ihrem Vater in den letzten Tagen den Haushalt geführt hatte. Schon als sie deren Blick gesehen hatte, mit dem sie sie zugleich anklagend und mitleidig gemustert hatte, war in Magdalena die kalte Wut aufgestiegen, und sie hatte sich zurückhalten müssen, sie nicht an Ort und Stelle zusammenzuschreien. Natürlich konnte diese Frau nichts dafür, dass im Hause Fehnkamp derzeit so einiges im Argen lag.

Dennoch war Magdalena inzwischen klar geworden, dass ihr Vater ohne die heuchlerische Unterstützung des Bibelkreises niemals über Jahre hätte so handeln können, wie er es getan hatte. Längst hatte sie begriffen, dass in diesem ach so frommen Bibelkreis fast ausschließlich Männer saßen, die mit dem wahren Leben nicht zurechtkamen und sich daher in eine Parallelwelt flüchteten, in der die Rollen von Mann und Frau noch klar definiert waren, so dass sie zu Hause die Macht ausleben konnten, die ihnen in der sich rasch ändernden Gesellschaftsstruktur verwehrt blieb.

Gerne zeigten sie ihre häusliche Macht über das Zeugen möglichst vieler Kinder. Zum einen, weil sie damit ihre ausufernde Männlichkeit öffentlich zur Schau stellen konnten, zum anderen, weil ihren Frauen dadurch keine andere Möglichkeit blieb, als sich in herkömmlicher Form um Kinder, Küche und Kirche zu kümmern und sich dadurch in eine vollkommene Abhängigkeit von ihrem Ehemann zu begeben.

Auf diese Weise, dachte Magdalena und verzog angewidert das Gesicht, untermauerten die Kerle unter dem heuchlerischen Vorwand, es sei Gottes Wille, ihre angebliche Überlegenheit gegenüber dem weiblichen Geschlecht. Denn stand nicht in der Bibel geschrieben *Das Weib sei dem Manne untertan*? Ja, tatsächlich, da wurden einfach Bibelzitate aus dem Zusammenhang gerissen und für die eigenen Zwecke missbraucht.

„Wissen Sie eigentlich, dass meine Mutter nicht die Kellertreppe hinuntergefallen ist, sondern dass mein Vater ihr die schweren Verletzungen zugefügt hat, indem er sie windelweich schlug?", hatte Magdalena wütend zu der Frau aus dem Bibelkreis gesagt.

Die hatte sie zunächst völlig schockiert angesehen und dann gestottert: „Das ist ja … da soll ja … nun hört sich ja wohl alles auf!" Dann hatte sie sich die Schürze vom Leib gerissen, sich ihre Handtasche geschnappt und war verschwunden.

„Wirst schon sehen", hatte Magdalena gemurmelt, sich dann aber darauf besonnen, dass sie alles fürs Abendessen hatte vorbereiten wollen, weil Adrian angerufen und gesagt hatte, er käme vorbei.

Nun saßen die beiden nach einem guten Essen aneinandergekuschelt auf dem Sofa im Wohnzimmer und schauten sich einen schlecht gemachten Krimi an, der ihnen schon bald langweilig wurde. Magdalena wollte sich gerade ihrer Schläfrigkeit überlassen, als Adrian ihr ins Ohr flüsterte: „Ella erzählt überall herum, dass ihr es miteinander getrieben habt, letzte Nacht. Ist das wahr?"

Erschrocken fuhr Magdalena auf. Diese dreckige Schlange! Wie konnte sie nur so abgrundtief gemein sein! „Ich ... weißt du ... es war ..."

„Also stimmt es", sagte Adrian, und zu Magdalenas Verwunderung lächelte er. War er denn gar nicht sauer?

„Ich bin nicht sauer", schien Adrian ihre Gedanken zu lesen. „Jeder muss seine Erfahrungen sammeln, oder? Solange du es nicht mit einem anderen Typen treibst ..."

„Das würde ich nie ...", rief Magdalena empört auf, konnte aber ihren Satz nicht zu Ende führen, weil Adrian ihren Mund mit einem langen und leidenschaftlichen Kuss verschloss. „Beschreib mir, was ihr getan habt", flüsterte er ihr heiser ins Ohr, „ich will alles wissen, jedes Detail." Er schob seine Hände unter ihre Bluse und begann, ihre Brüste sanft zu streicheln. „Sag mir, wie Ihr Frauen es miteinander treibt. Bitte."

Magdalena spürte seinen heißen, keuchenden Atem an ihrem Hals und lachte lustvoll auf. Dann öffnete sie ihre Hose, ließ ihre Hand in ihren Slip gleiten und begann mit ihren Fingern auf und ab zu tanzen, wie es auch Ella in der vergangenen Nacht in so erregender Weise getan hatte.

Adrian richtete sich fasziniert auf und konnte seinen Blick nicht von Magdalenas Unterleib wenden. Noch nie hatte er gesehen, wie sich eine Frau selbst dem Höhepunkt entgegen trieb. Schwer atmend ließ er es geschehen, dass Magdalena ihren freien Arm um seinen Kopf legte und ihn sanft zu ihren Brüsten hinunterzog. „Sie hat an meinen Brustwarzen gesogen und mich damit fast zum Wahnsinn getrieben", keuchte sie und lachte leise auf, als Adrian genau das jetzt tat.

Sie waren völlig in sich versunken, als sie plötzlich einen so ohrenbetäubenden Knall hörten, dass sie dachten, ihr Trommelfell würde zerspringen. Mit vor Schreck verzerrten Gesichtern und noch völlig benommen hielten sie sich reflexartig die Ohren zu und schauten in die Richtung, aus der der Knall gekommen war. Durch einen grellen Lichtschein aufgeschreckt, der sich vor dem Wohnzimmerfenster ausbreitete, sprang Adrian auf und zog die schweren Vorhänge zurück.

Was er sah, ließ ihn das Blut in den Adern stocken: Die Gartenhütte der Fehnkamps stand lichterloh in Flammen, eine Feuerwalze rollte über Büsche und Sträucher hinweg in Richtung Nachbargarten.

„Oh mein Gott, Lena, ruf die Feuerwehr, schnell!", schrie Adrian und meinte, genau in diesem Augenblick am Gartenhäuschen eine schemenhafte Gestalt auszumachen, die sich stolpernd zurückzog.

Magdalena griff nach ihrem Handy und wählte den Notruf. Starr vor Entsetzen rannte sie zum Fenster und sah hinaus. Es dauerte nur wenige Sekunden, bis sich jemand am anderen Ende meldete, und Magdalena gab mit zittriger Stimme alle Daten durch, nach denen sie gefragt wurde.

„Sie sind gleich da", hauchte sie und wähnte sich angesichts des lodernden Feuers in ihrem Garten in einem schlechten Traum. Schnell kniff sie sich in den Arm, in der Hoffnung aufzuwachen. Aber nichts geschah, der Albtraum blieb.

Adrian und Magdalena hechteten durch die Terrassentür in den Garten hinaus um zu sehen, ob sie selbst irgendetwas tun konnten oder ob vielleicht jemand verletzt war und Hilfe brauchte. Aber sie kamen nicht weit. Wie ein glühendes Inferno schlugen die Flammen vor ihnen in den nächtlichen Himmel und tauchten die gesamte Nachbarschaft in ein gespenstisches Licht. Beißender Rauch waberte ihnen entgegen und provozierte augenblicklich einen Hustenreiz. Erschrocken, die Arme zum Schutz vor das Gesicht gelegt, wichen sie zurück und hörten im selben Augenblick die Feuerwehr nahen, deren blaues Licht sich nur wenig später mit dem grellen Licht des Feuers vermischte.

Im Nullkommanichts wimmelte es von Feuerwehrleuten, die alle genau zu wissen schienen, was sie zu tun hatten. Während in rasendem Tempo die Wasserschläuche ausgerollt wurden, spürte Magdalena, wie sich eine Hand auf ihre Schulter legte. „Bitte gehen Sie hinters Haus", sagte eine ruhige, aber dennoch sehr bestimmt klingende Stimme. Magdalena drehte sich um und sah in das Gesicht einer ernst blickenden Frau in Feuerwehrmontur. „Sie können hier nicht stehen bleiben, Sie behindern die Löscharbeiten."

Magdalena und Adrian nickten und taten, wie ihnen geheißen. „Sie wohnen hier?" fragte die Frau und schob sie auf die Straße, wo sich schon mehrere Dutzend Menschen versammelt hatten und versuchten, möglichst viel von dem ungewohnten Schauspiel mitzubekommen.

„Ja", sagte Magdalena und nannte ihren Namen. „Meine Eltern sind … nicht da."

„Haben Sie ihnen schon Bescheid gegeben?"

Magdalena schüttelte den Kopf. „Das geht nicht. Meine Mutter liegt schwer verletzt im Krankenhaus und mein Vater", sie schluckte, „ist heute verhaftet worden." Sie schlug die Hände vors Gesicht und brach in Tränen aus.

Die Frau von der Feuerwahr sah sie mitleidig an und legte ihr tröstend eine Hand auf den Arm. „Und nun auch noch das", sagte sie kopfschüttelnd und blickte besorgt auf das Flammenmeer, das sich nach wie vor auszubreiten schien. Gerade wollte sie noch etwas sagen, als sich hinter ihnen eine bekannte Stimme zu Wort meldete.

„Guten Abend", sagte Hauptkommissar David Büttner und zog seine Dienstmarke, um sie der Frau von der Feuerwehr unter die Nase zu halten, die ihm daraufhin freundlich zunickte und sich dann entfernte. „Frau Fehnkamp und Herr Wagenaar, kommen Sie bitte mit in den Einsatzwagen, damit wir uns in Ruhe besprechen können." Ohne eine Antwort abzuwarten drehte er sich um und steuerte einen Polizeibus an, dem soeben eine Handvoll Beamte entstieg.

„Was machen Sie denn hier?", fragte Magdalena müde und strich sich eine Haarsträhne aus dem ruß- und tränenverschmierten Gesicht.

„Der polizeiliche Einsatzleiter hat mich angerufen, nachdem der Notruf eingegangen war. Als er Ihren Namen hörte, haben bei ihm alle Alarmglocken geschrillt. Haben Sie irgendwas beobachtet?", kam er dann nahtlos zur Sache.

„Ich glaube, da war jemand im Garten", nickte Adrian.

„Wie meinen Sie das?"

„Ich glaube, da ist gerade jemand von der Hütte weg, als ich aus dem Fenster sah."

„Sie sind sich aber nicht sicher."

Adrian schüttelte den Kopf. „Nein, es ging alles so schnell. Und ich war ganz geschockt. Vielleicht war es auch nur eine optische Täuschung oder so."

„Was hat denn in dem Gartenhäuschen gelagert, dass es zu solch einer heftigen Explosion kommen konnte?", wollte der Polizist wissen.

Magdalena zuckte die Schultern. „Kann sein, mein Vater hat da irgendwelche Gasflaschen gelagert."

„Gasflaschen." Büttner sah sie eindringlich an. „Und können Sie mir auch sagen, warum?"

Magdalena schüttelte den Kopf. „Ich habe ihn nur die Tage mal gesehen, wie er sie da rein gestellt hat. Keine Ahnung, wofür er die brauchte. Vielleicht für das Gemeindefest, das nächste Woche stattfinden soll."

„Nun ja. Die dürften dann inzwischen alle in die Luft gegangen sein, hoffe ich." Er rief aus dem Wagen heraus einem Kollegen zu, er solle die Feuerwehr auf die mutmaßlichen Gasflaschen aufmerksam machen. Gerade wollte er weitere Fragen stellen, als er sah, wie zwei Sanitäter eine Person zum Krankenwagen führten. Sie konnte sich ganz offensichtlich kaum auf den Beinen halten. Magdalena folgte seinem Blick und schlug dann die Hände vors Gesicht. „Das ist ja Frau Ravensburger!", rief sie erschrocken aus.

Nun war auch Adrian hellwach. „Quatsch ... doch, du hast recht. Was will denn die hier?"

„Das frage ich mich auch gerade", knurrte Büttner und stieg aus dem Wagen. „Am besten wird sein, wir fragen sie."

Sybille Ravensburger wurde gerade eine Sauerstoffmaske aufs Gesicht gedrückt, als Büttner, Magdalena und Adrian bei ihr eintrafen. Dennoch warf sie Magdalena einen so hasserfüllten Blick zu, dass diese erschrocken zurück wich.

Die Lehrerin riss sich die Maske vom Gesicht und plärrte Magdalena an: „Du elendiges Flittchen, geh mir sofort aus den Augen, sonst vergesse ich mich! Siiiiieeee", schrie sie dann langgezogen an Büttner gewandt und deutete mit spitzem Finger auf ihre Schülerin, „siiiieee, diese Hure, hat mich erpresst. Sie hat die Bilder auf Facebook eingestellt, siiiiieee …"

„Nun beruhigen Sie sich mal, Frau Rabensberg", fuhr Büttner sie scharf an, „es gibt überhaupt keinen Grund, Magdalena Fehnkamp hier so lautstark zu beschuldigen. Wir haben den Täter längst ausfindig gemacht. Sie", er deutete auf Magdalena, „hat mit der Sache überhaupt nichts zu tun!"

„Wovon redet sie eigentlich?", fragte Adrian dumpf. Er verstand kein Wort.

„Das erkläre ich Ihnen später", antwortete Büttner, ohne seinen Blick von Sybille Ravensburger abzuwenden. „Kann es sein, Frau Rabensberg, dass Sie sich die ganze Sache hier ausgedacht haben?", mutmaßte er ins Blaue hinein und umschrieb mit den Armen einen weiten Bogen.

Bei diesen Worten sackte Sybille Ravensburger plötzlich in sich zusammen, als habe jemand die Luft aus ihr herausgelassen. „Ich …", stammelte sie, „ein kleines Feuerchen, habe ich gedacht, um ihr Angst zu machen. Konnte doch keiner ahnen, dass es gleich zu so heftigen Explosionen kommt. Sie sollte schon sehen, wohin solche Gemeinheiten führen …"

„Die sie gar nicht begangen hat", vollendete Büttner ihren Satz, und plötzlich kam ihm ein Gedanke. „Dann waren es womöglich doch auch Sie, die diesen Rekorder auf Magdalenas Fensterbank gestellt hatte?"

Sybille nickte. „Sie hatte mir meinen Raffael weggenommen, und da …"

„Sie haben mir gesagt, dass Sie keinen solchen Rekorder besitzen. Sie haben mich angelogen!", fuhr Büttner sie an.

Zu seiner Verwunderung fing die Lehrerin nun albern an zu kichern und hielt sich dabei die Finger vor den Mund. „Aber zu dem Zeitpunkt, als Sie mich fragten, habe ich ja auch gar keinen mehr besessen", sagte sie mit giggelnder Stimme, „da war er doch schon längst bei Ihnen!"

„Sie sollten sich mal dringend einer Behandlung unterziehen", brummte Büttner. Dann nickte er dem Sanitäter zu, der der Patientin sogleich wieder die Sauerstoffmaske über das Gesicht zog.

„Und das alles nur, weil keiner seine Finger von diesem verdammten Musiklehrer lassen konnte", nuschelte Büttner auf dem Weg zurück zum Einsatzwagen vor sich hin. Ihm war der ganze Fall allmählich reichlich zuwider.

33

David Büttner saß wieder an seinem Schreibtisch, nachdem er Sybille Ravensburger im Vernehmungsraum gründlich auseinander genommen hatte.

Gleich am frühen Morgen hatte er sie einbestellt, nachdem sie noch in der Nacht mit leichten Brandverletzungen wieder aus dem Krankenhaus entlassen worden war. Er hielt es angesichts ihrer psychischen Konstitution durchaus für möglich, dass sie in einem Anfall von Wut und Enttäuschung ihren Musiklehrer erschlagen hatte, aber sie bestritt es vehement, während sie alle anderen Vergehen ganz offenherzig zugegeben hatte.

Erneut hatte er ihr empfohlen, sich therapeutische Hilfe zu holen, aber das würde der Richter ihr sowieso ans Herz legen. Ob sie ihren Lehrerberuf nach diesen Vorkommnissen noch weiter würde ausüben können, stand in den Sternen. Büttner glaubte nicht recht daran, dass sie würde gehen müssen. Schon viel zu oft hatte er es erlebt, dass Lehrer auch nach den abenteuerlichsten Vorkommnissen ihren Beruf hatten weiter ausüben dürfen. So waren selbst Pädagogen, die ihre Schüler sexuell belästigt oder sogar missbraucht hatten, lediglich an eine andere Schule strafversetzt worden und konnten da als tickende Zeitbomben weiter ihren Dienst tun. Logisch erklärbar war das nicht.

Andererseits: seit wann ging es im Staatsdienst um Logik? Und seit wann spielte im Schuldienst das Kindeswohl eine Rolle?

Büttner grummelte unzufrieden vor sich hin, während er versuchte, irgendeine Ordnung in die Zettelwirtschaft auf seinem Schreibtisch zu bekommen. Er gab es schnell wieder auf und beschloss, nach einer kurzen Nacht mit nur zwei Stunden Schlaf erstmal nach Hause zu fahren und mit seiner Frau gemeinsam eine ausgiebige Frühstückspause zu machen. Doch gerade als er aufstand und nach Heinrich pfiff, der gut gelaunt an einem Gummiknochen nagte, den ihm Jette tags zuvor auf dem Nachhauseweg erstanden hatte, klopfte es, und ein völlig desolat aussehender Jonathan Eckstein steckte seinen Kopf zur Tür herein.

„Na sowas!", sagte Büttner geplättet, während Heinrich sich beim Anblick des Pastors aufführte wie toll und laut kläffend immer wieder an ihm rauf und runter sprang. Spätestens jetzt war es um die mühsam erkämpfte Fassung des Pastors geschehen und er brach in Tränen aus. Büttner nahm ihn am Arm und führte ihn zu einem Stuhl.

„Das ist ja eine Überraschung", sagte er, nachdem er den heulenden Mann eine Weile beobachtet und währenddessen Heinrich mit ein paar, ebenfalls von Jette erworbenen, Leckerlis zur Ruhe gebracht hatte. „Ich bin erfreut, Sie hier zu sehen, Herr Eckstein."

„Mama ist tot", schluchzte Jonathan und vergrub das Gesicht in seinen Händen.

„Ja, ich weiß", nickte Büttner und kniff die Lippen zusammen.

„Es ist alles meine Schuld!"

„Warum?" Büttner beugte sich vor und sah ihn interessiert an.

„Ich hab ihr erzählt, dass ich diesen Ben … also, dass ich ihn umgebracht habe."

„Umgebracht?", rief Büttner in den Raum, wobei seine Stimme eine Spur zu laut geriet.

Jonathan Eckstein nickte. „Ja. Ich dachte, ich hätte ihn umgebracht und bin dann voller Panik zu Mama, weil … ach … Sie war am Boden zerstört. Sie musste annehmen, dass ich ein Mörder bin. Nur deswegen ist sie jetzt tot." Unter seinen Schluchzern waren seine Worte kaum noch zu verstehen.

„Sie meinen also, Katharina … Ihre Mutter hätte sich selbst das Leben genommen?"

„Ja. Es war zuviel für sie."

„Verstehe." Büttner biss sich auf die Lippen. Da hatte Katharina sterben müssen, nur weil ihr Jammerlappen von Sohn … Schnell rief er sich zur Ordnung. Solche Gedanken führten nur zu einer vergifteten Atmosphäre, und das half in dieser Situation nicht weiter.

„Wo sind Sie die ganze Zeit gewesen, Herr Eckstein?", fragte er deshalb. „Und warum sind Sie jetzt hierher gekommen?"

„Ich war … ein Freund hat einen Campingwagen, da hab ich mich verkrochen. Ich hatte nicht den Mut, mich der Polizei zu stellen. Dann das Foto auf Facebook. Es war ein solcher Schock!"

„Auf Facebook?" Büttner tat erstaunt.

„Ja. Irgendjemand hatte heute Morgen den Zeitungsartikel zum Tod meiner Mutter eingestellt. Ich … mein

Gott, dass ich es auf diese Weise erfahren musste!" Er zupfte nervös an den Manschetten seines Hemdes herum.

„Und wie haben Sie erfahren, dass Ben Winter gar nicht tot war?"

„Von ihm selbst. Er hat mich auf Facebook beschimpft. Ich war ziemlich erleichtert, dass er noch lebte, das können Sie sich ja wohl denken."

„Wann war das?" Büttner wurde hellhörig. Hatte der junge Mann etwa nach der Verhaftung sein Handy behalten dürfen? Das konnte ja wohl nicht angehen!

„In der vorletzten Nacht. Ich konnte nicht schlafen und hab ein bisschen in meinem Account geblättert. Und auf einmal war da diese Nachricht von ihm."

Aha, da war Ben noch zu Hause gewesen, dachte Büttner. „Und trotzdem haben Sie sich weiter verkrochen." Er schnaubte unwillig.

„Ich … bin eben ein Feigling", bemerkte Jonathan leise.

„Was wollte Ben von Ihnen?"

„Nichts Bestimmtes. Er hat mich nur beschimpft und verhöhnt."

„Verhöhnt?"

„Ja. Wegen der Skulpturen, die Raffael angeblich nicht mehr haben wollte."

„Sie werden mit einem Strafverfahren rechnen müssen, Herr Eckstein." Büttner überlegte sich, was wohl mit Pastoren in solch einer Situation geschah. Würde er als Gemeindepfarrer entlassen werden? Oder hatte er eine ähnlich große Narrenfreiheit wie die Lehrer? Zuzutrauen war es den Kirchen jedenfalls, dass auch sie über solche Vergehen den Mantel des Schweigens legten. Wäre ja nicht das erste Mal.

Eckstein nickte. „Ich werde mich verantworten."

„Sie stehen nach wie vor im Verdacht, Raffael Winter ermordet zu haben. Ihr Verhalten in den letzten Tagen hat nicht gerade dazu beigetragen, diesen Verdacht zu entkräften."

Jonathan Eckstein sah ihn fassungslos an. „Nein, das können Sie mir nicht anhängen, Herr Kommissar! Ich habe Ben Winter tätlich angegriffen, ja. Aber mit dem Mord an Raffael habe ich nichts zu tun. Das schwöre ich bei allem, was mir heilig ist."

„Und was ist Ihnen heilig?", fragte Büttner bewusst provokativ.

Jonathan Eckstein starrte ihn mit offenem Mund an. „Ich schwöre es bei meiner toten Mutter", sagte er dann.

Büttner nickte. „Es werden jetzt allerhand Dinge auf Sie zukommen, Herr Eckstein." Er lief zur Tür und bedeutete einer jungen Kollegin, den Pastor mitzunehmen und erkennungsdienstlich zu erfassen.

Nachdem die beiden verschwunden waren, nahm er Heinrich an die Leine und verließ so schnell das Präsidium, als wäre er auf der Flucht. Es war nun definitiv Zeit für ein gutes Frühstück.

34

Zu etwa derselben Zeit, als Hauptkommissar David Büttner zu seinem verspäteten Frühstück ging, standen Magdalena und Adrian auf. Erstmals sah Magdalena die Verwüstungen des nächtlichen Feuers bei Tageslicht. Die Gartenhütte war zu einem Haufen Asche zusammengefallen, ringsherum streckten Büsche und Bäume ihre verkohlten Äste klagend in den Himmel. Der ehemals so pingelig gepflegte Rasen glich nunmehr einem gigantischen, schlammigen Trampelpfad. Ein Blick über den ebenfalls verkohlten, ehemals weißen Gartenzaun sagte Magdalena, dass es den Garten der Nachbarn nahezu genauso schlimm erwischt hatte, wie den ihren. Noch vor wenigen Tagen wäre sie bei diesem Anblick vermutlich in Tränen ausgebrochen. Nun aber entstieg ihrer Kehle unaufhaltsam ein Lachen, dass sich schließlich von einem Augenblick auf den anderen Bahn brach.

„Alles okay mit dir, Lena?" fragte Adrian mit gerunzelter Stirn.

„Es ging mir nie besser", lachte Magdalena. „Ich habe mir gerade das Gesicht meines Vaters vorgestellt, wenn er seinen geliebten Garten in diesem Zustand sehen könnte. In der Gewissheit, dass er seine Wut nicht an mir und Mama auslassen kann, ist die Vorstellung wirklich witzig.

Wenn er wütend wird, gleicht er in gewisser Weise einer cholerischen Comicfigur. So wie sie bei Asterix und Obelix reihenweise vorkommen."

„Du kennst Asterix?", fragte Adrian verwundert und schob sich schnell ein paar Trauben in den Mund, die in einer Schale auf der Anrichte standen.

„Ja", sagte Magdalena nachdenklich, „meine beiden Cousins hatten die Comics früher immer, Fabian und Tobias. Ich habe oft mit ihnen gespielt, als ich klein war."

„Du hast zwei Cousins?"

„Ja. Vater hat mir irgendwann verboten, mit ihnen zu spielen."

„Warum?"

Magdalena zuckte die Achseln. „Sie waren zu normal."

Magdalena und Adrian hatten sich gegenseitig erlaubt, nach dieser aufregenden Nacht die Schule zu schwänzen. Vielmehr wollten sie, jeder für sich, endlich ihre benötigten Unterlagen für die mündlichen Abiturprüfungen zusammensuchen und sie dann gemeinsam im Schulsekretariat abgeben. Siedendheiß war Magdalena in der Nacht eingefallen, dass am morgigen Tag die Frist hierfür ablief.

„Ich mache mich mal auf die Socken", sagte Adrian und gab ihr einen Kuss auf die Stirn. „Ich komme dann wieder, wenn ich meine Unterlagen beisammen habe. Kann einen Moment dauern, weil ich keinerlei Ahnung habe, wo im Haus sie überall verstreut sind."

„Geht mir genauso", nickte Magdalena. „Meine Eltern haben sie irgendwo vergraben." Ihre Stirn umwölkte sich.

„Du weißt ja, dass sie mir nie zugetraut haben, irgendwas alleine auf die Reihe zu kriegen. Zumindest mein Vater nicht", sagte sie finster.

„Wirst sie schon finden", beruhigte Adrian sie, „hast ja jetzt freie Bahn." Er drückte ihr einen weiteren Kuss auf die Wange, und schon im nächsten Moment fiel die Haustür hinter ihm ins Schloss.

Magdalena seufzte. Wo sollte sie anfangen zu suchen? Am besten im Schreibtisch ihres Vaters. Sie ging hinauf in sein Arbeitszimmer, in dem er in erster Linie seine Lesungen und Predigten für den Bibelkreis vorbereitete. Die Atmosphäre in diesem Raum hatte Magdalena schon immer als bedrückend empfunden. Auf dunklen Regalen stapelten sich in Leder eingebundene Bücher bis unter die Decke, die alle irgendwas mit der heiligen Schrift zu tun hatten. Mitten im Raum stand ein schwerer Schreibtisch aus massiver Eiche, der aussah, als hätte noch nie in seinem langen Leben irgendwer an ihm gesessen oder gar gearbeitet. Die wenigen Gegenstände, die auf ihm ihren Platz gefunden hatten, standen wie mit dem Lineal abgemessen in Reih und Glied und schienen jedem, der es wagen sollte, sie zu benutzen, ein striktes *Hände weg!* entgegen zu schreien.

An der Wand zwischen den Fenstern hingen zwei dunkle Ölgemälde mit biblischen Motiven aus dem Alten Testament. Bezeichnenderweise zeigten sie die Verführung Adams durch Eva im Paradies, sowie den Brudermord von Kain an Abel. Magdalena schauderte. Nein, dieser Raum hatte wirklich nichts Einladendes. Und somit hatte sie es auch nie bedauert, dass ihr Vater ihr verboten hatte, ihn ohne seine ausdrückliche Erlaubnis zu betreten.

Nun aber brauchte sie dringend ihre Unterlagen, also musste sie ihre Abscheu überwinden und sich durch die Schubladen arbeiten.

Für eine ganze Weile durchforstete sie die Papiere ihres Vaters, ohne jedoch irgendwas Interessantes zu entdecken. Von den Unterlagen, die sie suchte, fehlte jede Spur. Sie fand die Suche ermüdend und hatte gerade beschlossen, sich einen Kaffee zu machen, als ihr in der unteren Schublade ein paar Hefte in die Hand fielen, die ihr den Atem stocken ließen. Sie holte tief Luft, bevor sie anfing, sie durchzublättern. War es das, wofür sie es hielt?

Es war sogar noch schlimmer. Hatte sie die Hefte zunächst für ganz normale Pornos gehalten – was sie schon erschreckend genug gefunden hatte – so musste sie jetzt feststellen, dass es sich um die tabulose Darstellung von brutalsten Sadomaso-Praktiken handelte, die mit erschreckenden und ekelerregenden Details nicht sparte.

Magdalena schluckte. Ihr Vater war also nicht nur cholerisch und aufbrausend, wenn ihm irgendetwas zuwider lief. Nein, darüber hinaus war er auch noch sadistisch veranlagt.

„Arme Mama", murmelte Magdalena und legte die Hefte mit zittrigen Fingern wieder in die Schublade zurück. Ob er von ihrer Mutter auch solche abstoßenden Praktiken verlangt hatte?

Nachdem sie auch die anderen Schubladen durchforstet und nichts gefunden hatte, was ihren Abiturunterlagen auch nur ansatzweise ähnlich sah, beschloss sie, nun in dem kleinen Sekretär ihrer Mutter nachzusehen, der im Esszimmer stand. Sie ging nach unten und strich sanft über die glatte, lackierte Oberfläche des antiken Möbelstücks. Es war ein Erbstück ihrer Urgroßeltern und praktisch ein kleines Vermögen wert. Auch deshalb war es wohl das einzige Möbelstück, das ihre Mutter nach der Hochzeit hatte behalten dürfen. Alle anderen Dinge, die Magdalenas Mutter an ihr Zuhause erinnerten, hatte ihr Vater nach dem Bruch mit den Großeltern nach und nach auf den Müll geworfen.

Magdalena arbeitete sich auch hier durch die vielen kleinen und größeren Schubladen, fand aber nichts, außer den kleinen Dingen, die ihr die Mutter früher, als sie noch klein war, ab und an mal zur Belohung gezeigt hatte, wenn sie richtig brav gewesen war. Hierzu zählten eine kleine bunte Schachtel mit Glasperlen darin, eine kleine Spieluhr mit lustigen Figuren, die sich immerzu im Kreise drehten oder auf- und abwippten, wenn man sie aufzog, sowie ein kleiner, brauner Wackeldackel, der immer irgendwie überrascht aussah.

Gerade wollte Magdalena den Wohnzimmerschrank in Angriff nehmen, als ihr Blick auf eine fast nicht wahrnehmbare Auswölbung im Sekretär fiel. Sie strich sachte darüber, bis sie an einen kleinen Knopf stieß, der sich optisch in nichts von den anderen weißen Porzellanknöpfen des Sekretärs unterschied.

Nun jedoch, als sie ihn bewegte, bemerkte sie ein leises Knarren, das direkt aus der Auswölbung heraus zu kommen schien. Vorsichtig zog sie an dem Knopf, doch nichts passierte. Erst als sie ihn erst nach rechts und dann nach links drehte, kam plötzlich Bewegung in die Auswölbung. Und nun begriff Magdalena auch, warum eine Auswölbung

Auswölbung hieß. Denn just in dem Moment, als sie nach der Linksdrehung wieder an dem Knopf zog, wölbte sich ihr eine kleine Schublade entgegen, die sich im Gegensatz zu den anderen Schubladen allerdings nicht nach vorne, sondern nach oben schob und ihren Inhalt preisgab.

Magdalena zögerte, sich die Dinge, die sich jetzt ihren unbefugten Blicken darboten, in die Hand zu nehmen. Ganz offensichtlich hatte sie das Geheimfach ihrer Mutter entdeckt. Andererseits machte sie dieser Anblick wütend, denn sie erinnerte sich noch gut an den Moment, als ihre Mutter einmal ihr, Magdalenas, kleines Geheimnis – eine bunt bemalte und mit Blumenstickern beklebte Schachtel mit allerlei kleinen gesammelten und gebastelten Schätzen drin – entdeckt und unter ihrem Bett hervorgezogen hatte. Vor Wut und Enttäuschung zitternd hatte Magdalena dagestanden, während ihre Mutter nach unten ging und die Kiste ihrem Vater zeigte. Dessen Predigt über Ehrlichkeit und Vertrauen hatte nicht lange auf sich warten lassen. „In einer Familie gibt es keine Geheimnisse", hatte ihr Vater ihr mit erhobenem Zeigefinger und strengem Blick gesagt und ihr dann prophylaktisch noch eine Ohrfeige mit auf den Weg gegeben. Dann hatte er all ihre Schätze vor ihren Augen in den Mülleimer gekippt und die Tüte sogleich zum Container gebracht.

„Pah!", sagte Magdalena nun und griff in das verbotene Fach hinein. Ihr fiel ein kleines Notizbuch in die Hände, das mit der unbeholfenen Handschrift ihrer Mutter vollgekritzelt war.

Magdalena lehnte sich im Stuhl zurück und begann, die letzten paar Seiten zu lesen. Auf der vorletzten Seite angekommen, stieß sie plötzlich einen spitzen Schrei aus, lies das Heft fallen und schlug die Hände vor ihren Mund. Schwer atmend zog sie wenig später einen Umschlag aus der Schublade hervor und öffnete ihn. Der Inhalt dieses unscheinbaren Umschlags verschlug ihr endgültig die Sprache und sie griff mit zittrigen Fingern nach ihrem Handy, um Adrian anzurufen. Die Papiere für das Abitur waren schlagartig vergessen.

35

Hauptkommissar David Büttner blickte möglichst unauffällig auf die Uhr. Wenn sie hier nicht bald zu einem Ergebnis kamen, würden sie Onno Fehnkamp wieder auf freien Fuß setzen müssen.

Inzwischen aber war Büttner felsenfest davon überzeugt, dass Fehnkamp den jungen Musiklehrer auf dem Gewissen hatte. Allein, er konnte es nicht beweisen. Auch der Anwalt Fehnkamps, der zwischenzeitlich eingetroffen war, prüfte immer wieder die Uhrzeit, aber aus einem ganz anderen Grund. Er freute sich bereits auf den Moment, da Büttner sagen würde, dass man gegen den Verdächtigen nichts Konkretes in der Hand habe und er nach Hause gehen könne.

Rechtsanwalt Dr. Philipp Hagedoorn. Büttner hatte schon des Öfteren mit ihm zu tun gehabt, und fand ihn von Mal zu Mal unsympathischer. Mitte vierzig, maßgeschneiderter Anzug, Seidenkrawatte, gegeltes Haar, stechende kalte Augen, chronisch spöttischer Gesichtsausdruck. Er fand ihn genauso widerwärtig, wie seinen Mandanten, nur auf eine andere Art.

Büttner blickte zu Sebastian Hasenkrug hinüber, der scheinbar unbeteiligt an die Wand glotzte und nun unmerklich mit den Schultern zuckte. Auch ihm schien nichts mehr einzufallen, womit man Fehnkamp hätte festnageln können. Also noch mal von vorne.

Büttner hoffte, dass ihm vielleicht bei der fünften Wiederholung seiner mageren Fakten ein Geistesblitz käme, der Fehnkamp für die nächsten zehn bis fünfzehn Jahre hinter Gitter brachte.

„Herr Fehnkamp, nun geben Sie endlich zu, dass Sie zum Tatzeitpunkt bei Raffael Winter im Unterrichtsraum waren und ihm mit einer Skulptur den Schädel eingeschlagen haben. Oder präsentieren Sie uns ein wasserdichtes Alibi. Wir haben die Aussage Ihrer Frau, dass Sie angekündigt hatten, nach dem Mittagessen zu Winter zu gehen und ihn zur Rede zu stellen. Sie haben behauptet, gleich zur Arbeit gegangen zu sein, da hat Sie nachweislich aber niemand gesehen und auch die Zeiterfassung meldet für diese Zeit Ihre Abwesenheit. Also, Fehnkamp", hob Büttner merklich seine Stimme und donnerte mit der Faust auf den Tisch, „nun machen Sie hier endlich reinen Tisch!"

Als er sah, wie Fehnkamp daraufhin seine Hände faltete und vor sich hin zu brabbeln begann, platzte ihm endgültig der Kragen. „Sie elendiger Heuchler!", schrie er in den Raum, „verprügeln über Jahre hinweg Frau und Tochter, machen ihnen das Leben zur Hölle und nun sitzen Sie da und beten! Beten! Da hört sich ja wohl alles auf. Was bildet ihr Pseudochristen euch eigentlich ein! Ich werde Ihnen jetzt mal was sagen …!"

„Sie sagen jetzt gar nichts mehr", schnitt ihm der Anwalt mit einer Geste den Satz ab. „Sie werden ausfällig, Büttner, und das kann ich nicht dulden." Er warf einen Blick auf seine teure Armbanduhr und grinste sein schmieriges

Grinsen. „Wenn Sie mehr nicht gegen meinen Mandanten vorzubringen haben, als dass er ein bibeltreuer Christ ist, dann verschwenden wir hier unsere Zeit."

Er schob seine Unterlagen zusammen und steckte sie in eine lederne Aktentasche. Dann nickte er dem nun auch grinsenden Onno Fehnkamp zu und sagte: „Belästigen wir die Herren Kommissare nicht weiter, sie müssen noch ihre Hausaufgaben machen. Kommen Sie, Herr Fehnkamp, Sie können nach Hause gehen."

Büttner kochte innerlich, und auch Hasenkrug rekelte sich jetzt unbehaglich auf seinem Stuhl und zog ein Gesicht wie sieben Tage Regenwetter. Aber sie konnten nichts tun. Sie mussten diesen Widerling gehen lassen.

Na, wenigstens würde Fehnkamp sich mächtig über den Anblick seines Gartens freuen, grinste Büttner still in sich hinein, aber auch dieser Gedanke konnte seine Laune nicht wirklich bessern. „Hasenkrug", brummte er, „rufen Sie Magdalena Fehnkamp an. Sie muss wissen, dass ihr Vater auf dem Weg nach Hause ist. Sie sollte sich schleunigst aus dem Staub machen, falls sie sich nach wie vor dort aufhält."

Er wollte noch etwas hinzufügen, doch hörte er in diesem Moment draußen auf dem Flur einen Tumult losbrechen. Schnell sprang er auf um zu sehen, was sich dort abspielte.

Na, das war ja mal ein Ding! Da stand dieser Widerling von Fehnkamp und schüttelte und schlug seine Tochter Magdalena, die panisch um Hilfe schrie. Sein Anwalt versuchte zu vermitteln, wurde aber von seinem Mandanten, der völlig auszurasten schien, brutal weggestoßen, sodass er über einen Pflanzkübel stolperte und sich dann der Länge nach auf die Nase legte.

Zu jedem anderen Zeitpunkt hätte Büttner sich an diesem Anblick erfreuen können, dafür aber war die Situation zu ernst. Er sah Adrian, der ebenfalls versuchte, sich zwischen Vater und Tochter zu werfen, gegen den sich wie tollwütig gebärdenden Mann jedoch nichts auszurichten vermochte.

Zu Büttners Erleichterung kamen nun gleich vier junge Polizisten auf die Gruppe zugeschossen, und ihnen gelang es innerhalb kürzester Zeit, dem Spuk ein Ende zu setzen. Die ganze Geschichte hatte nicht länger als vielleicht eine Minute gedauert, aber Büttner zitterten bedenklich die Knie. Was war dieser Fehnkamp doch für eine Bestie!

Nun ja, auf jedenfalls hatte er nun einen Grund, ihn noch weiterhin hier festzuhalten. Das schien auch dessen Anwalt Philipp Hagedoorn begriffen zu haben, denn sein spöttisches Grinsen war wie weggewischt, und er sah nun missmutig von einem zum anderen, während er seinen Anzug wieder in Form zupfte.

„Gleich zurück in den Vernehmungsraum!", bedeutete Büttner seinen Kollegen, die ihn, den keuchenden Onno Fehnkamp im Klammergriff, fragend ansahen. Er selbst ging auf Magdalena zu und fragte: „Alles in Ordnung?"

Sie nickte und lehnte sich an Adrians Schulter, der schützend seinen Arm um sie gelegt hatte und ihr mit der anderen Hand die langen Haare aus dem tränenüberströmten Gesicht strich. „Ich … muss mit Ihnen reden", schluchzte sie, während sie sich mit einem Papiertaschentuch die Tränen von den geröteten Wangen wischte. „Es ist dringend."

Büttner nickte und sah aus dem Augenwinkel Philipp

Hagedoorn, der auf sie zutrat. „Es tut mir leid, Magdalena", sagte er lahm und streckte ihr zögerlich die Hand hin, „ich wusste nicht, dass dein Vater …"

„Schon gut", murmelte Magdalena, machte aber keine Anstalten, ihm ebenfalls die Hand zu reichen. Also wandte sich Hagedoorn ab und ging mit hängenden Schultern davon. „Ich lege mein Mandat nieder", rief er noch ohne sich umzudrehen. Dann war er verschwunden.

„Hm, er hat wohl Angst, seinen guten Ruf zu verlieren, wenn er sich mit prügelnden Tyrannen verbrüdert", bemerkte Büttner. „Woher kennen Sie ihn, Magdalena?"

„Er gehört auch zum Bibelkreis", sagte sie leise.

Büttner schürzte die Lippen. Warum wunderte ihn das jetzt nicht? „Ich bin sofort wieder bei Ihnen, Magdalena", sagte er und wandte sich zum Gehen. „Ich will nur den Kollegen schnell sagen, wie sie mit Ihrem Vater verfahren sollen."

Nur wenige Minuten später saßen Magdalena und Adrian ihm am Schreibtisch gegenüber und hielten beide eine extra große, dampfende Tasse Kaffee in der Hand. Büttner sah prüfend von einem zum anderen und dachte, welch fürchterliche Dinge manche Menschen doch schon in jungem Alter erleben mussten. Er hoffte inständig, dass diese Ermittlungen bald abgeschlossen sein würden und Magdalena die Chance bekam, ihr Leben nach ihren ganz eigenen Wünschen zu gestalten. Er freute sich, dass sie einen so patenten jungen Mann wie Adrian an ihrer Seite hatte, der sicherlich alles daran setzen würde, dass Magdalena zu ihrem so hübschen Lachen zurückfand.

„Was kann ich für Sie tun?", fragte er in die Stille hinein, nachdem sich Magdalena und Adrian ein wenig hatten sammeln können.

Magdalena warf Adrian einen fragenden Blick zu, der ihr aufmunternd zunickte. Sie fingerte daraufhin in ihrer Handtasche herum und zog das kleine Notizbuch und den Umschlag hervor, die sie im Sekretär ihrer Mutter gefunden hatte. Für ein paar Sekunden drehte sie sie unschlüssig in der Hand hin und her, dann aber schob sie sie wortlos zu Büttner hinüber. Der nahm sich zunächst den Umschlag und zog den Inhalt heraus. Es war ein Zeitungsausschnitt darin. Als er sah, um wen es sich in dem Artikel handelte, pfiff er leise durch die Zähne und warf Magdalena einen langen Blick zu. Dann nahm er das Notizbuch zur Hand und fing an zu blättern.

„Es reicht, wenn Sie die letzten beiden Seiten lesen", sagte Magdalena leise und senkte den Blick.

Büttner tat, wie ihm geheißen. Seine Stirn warf mit jedem Satz, den er las, eine neue Falte. Als er seine Lektüre beendet hatte, legte er sie beiseite und sagte für eine ganze Weile nichts. Schließlich räusperte er sich vernehmbar und fragte: „Ist es möglich, dass Ihr Vater von der Sache wusste?"

Magdalena zuckte mit den Schultern. „Ich habe keine Ahnung."

„Nun, das werden wir gleich herausbekommen." Er stand auf und reichte Magdalena die Hand. „Ich danke Ihnen, dass Sie damit zu mir gekommen sind. Ich weiß, dass es nicht selbstverständlich ist, wenn es um die eigenen Eltern geht. Ich melde mich dann bei Ihnen, wenn ich mehr weiß."

Er klopfte Adrian auf die Schulter und wandte sich der Tür zu. „Ach", sagte er im Hinausgehen und drehte sich noch mal zu ihnen um, „trinken Sie Ihren Kaffee ruhig noch in Ruhe aus. Er wird Ihnen guttun."

36

Noch wenige Minuten zuvor war sich David Büttner unsicher gewesen, welcher von seinen drei Hauptverdächtigen denn nun der Mörder von Raffael Winter war. Onno Fehnkamp, Jonathan Eckstein oder Ben Winter. Inzwischen aber, nachdem auch Magdalenas Hinweise ihn nochmals in seinem Bauchgefühl bestärkt hatten, war er sich so gut wie sicher, dass der Mörder hier im Vernehmungsraum vor ihm saß.

Jonathan Eckstein hätte sicherlich allen Grund gehabt, seinen Liebhaber zu erschlagen, war er doch von ihm über Jahre hinweg nur ausgenutzt und nach Strich und Faden betrogen worden. Aber Büttners Gefühl sagte ihm, dass dieser schmächtige junge Pastor letztlich nicht dazu in der Lage war, eine solche Tat zu begehen. Es passte nicht zu seinem eher depressiven Wesen, dass er sich unkontrolliert in einen Wutanfall hineinsteigerte. Eher zog er sich nach einer Enttäuschung wie ein geprügelter Hund tief verletzt zurück und leckte seine Wunden.

Bei Ben Winter sah das schon anders aus. Büttner selbst hatte erlebt, wie er von einem Moment auf den anderen ausrasten konnte. Allerdings sah er bei ihm nicht wirklich ein Motiv. Natürlich hatte sein Bruder ihn im Heim, wie er es selbst benannt hatte, verschimmeln lassen, als Ben ihn so dringend gebraucht hätte. Aber ansonsten war da nichts, was ihn zu diesem Zeitpunkt zu einer solch spontanen Tat hätte treiben können. Vielmehr rächte er sich an seinem Bruder auf eine ganz andere Art, nämlich indem er dessen ausschweifendes Sexualleben in der Öffentlichkeit breit trat.

Büttner hielt Ben Winter zwar für psychisch labil, was nach dem frühen Verlust seiner Eltern kaum ein Wunder war. Ja, Ben hatte ein hohes Maß an Geltungsbedürfnis, hechelte nach der Aufmerksamkeit, die ihm in seiner Kindheit und Jugend verwehrt geblieben war. Das machte ihn zweifelsohne zu einem Fall für den Therapeuten, nicht aber zum Mörder. Büttner hatte ihn schon wieder nach Hause geschickt.

Also blieb nur noch ein Verdächtiger übrig: Onno Fehnkamp. Um dessen Hals zog sich die Schlinge gerade fester und fester. Schon sehr bald würde sie ihm die Luft abdrücken, da war sich Büttner ganz sicher.

Ruhig und nun seinerseits mit einem spöttischen Grinsen auf dem Gesicht, beobachtete er den feisten Mann ganz genau. Wie würde er reagieren, wenn er ihm sogleich den Zeitungsausschnitt und die Notizen seiner Frau unter die Nase reiben würde?

Genüsslich ließ Büttner ihn noch ein paar Minuten zappeln. Ja, Fehnkamp wusste, dass er mit dem cholerischen Angriff auf seine Tochter einen fatalen Fehler begangen hatte. Nun saß er da, musste sich einen neuen, womöglich ihm unbekannten Anwalt suchen und hatte keine Ahnung, ob und wann er sein Zuhause noch einmal sehen würde. Unter seinen Achseln hatten sich große Schweißflecken gebildet und er atmete schwer. Jedem anderen hätte Büttner jetzt etwas zur Beruhigung angeboten, eine Tasse Tee vielleicht. Aber nicht Fehnkamp. Seine Nerven sollten ruhig zum Zerreißen gespannt sein, wenn Büttner ihn mit den Fakten konfrontierte.

„Sie dürfen mich nicht hier behalten", brummte Onno Fehnkamp, als ihm das Schweigen anscheinend zu bunt wurde.

Büttner schnaufte. „Was wir dürfen und was nicht, muss ich mir von Ihnen nicht sagen lassen, Herr Fehnkamp." Er sah sein Gegenüber aus zusammengekniffenen Augen an. „Überhaupt werden Sie in Zukunft nicht mehr allzu viel zu sagen haben. Wissen Sie, im Knast gibt es ganz klare Hierarchien. Als Mörder eines jungen Musiklehrers würden Sie bei Ihren Kollegen vielleicht einen gar nicht so schlechten Stand haben. Aber ich bezweifle, dass sie Ihnen durchgehen lassen, dass Sie Frau und Tochter geprügelt haben. Denn Gewalt gegen Frauen und Kinder, hm, das kommt bei diesen Herren eigentlich gar nicht gut an."

Büttner lehnte sich zurück und verschränkte die Arme. „Ihrer Frau und Ihrer Tochter gönne ich das ja von Herzen. Sie werden endlich ihr eigenes Leben leben, ohne sich von Ihnen und Ihren Minderwertigkeitskomplexen tyrannisieren lassen zu müssen. Magdalena ist da bereits auf einem wunderbaren Weg. Es ist ganz unglaublich, welch positive Entwicklung sie in den letzten Tagen und Wochen gemacht hat."

„Lassen Sie meine Tochter aus dem Spiel!", donnerte Fehnkamp und ließ seine Faust krachend auf den Tisch niederfahren, was ihm eine erhöhte Aufmerksamkeit des an der Tür stehenden Polizisten einbrachte. Büttner aber blieb ganz entspannt.

„*Sie* haben Ihre Tochter gerade erst durch Ihr absolut inakzeptables Verhalten ins Spiel gebracht", sagte er gleichmütig. „Sie könnten jetzt längst zu Hause sitzen und in Ruhe eine Tasse Tee trinken." Büttner beugte sich vor und fuhr dann leise fort: „Sie haben's vermasselt, Fehnkamp, Sie ganz allein." Er klopfte sich einen imaginären Fussel vom Ärmel seines Jacketts. „Interessiert Sie eigentlich gar nicht, wie es Ihrer Frau geht? Sie haben noch nicht ein einziges Mal nach ihr gefragt."

„Wie geht es ihr?", brummte Fehnkamp.

„Sie erholt sich gerade von den Prügelattacken ihres Mannes. Es geht ihr den Umständen entsprechend gut. Danke der Nachfrage."

Büttner beschloss, dass jetzt der Zeitpunkt gekommen war, sein Gegenüber mit den neu aufgetretenen Fakten zu konfrontieren. Er warf Sebastian Hasenkrug einen schnellen Blick zu, der ihm bedeuten sollte, jetzt besonders wachsam zu sein. Dann schob er Fehnkamp den Zeitungsausschnitt hinüber, den er bis zu diesem Zeitpunkt verdeckt unter einer Akte hatte liegen lassen.

„Sagt Ihnen dieser Artikel irgendwas?", fragte er lauernd.

Onno Fehnkamp nahm den Zeitungsausschnitt in die Hand und schaute ihn teilnahmslos an. Dann zuckte er mit den Schultern. „Keine Ahnung, was das mit mir zu tun hat."

„Sie erkennen aber den jungen Mann, der auf dem Foto abgebildet ist."

„Natürlich. Das ist dieser Raffael Winter, dieser, dieser …" Fehnkamp verstummte.

„Ganz richtig. Der Artikel erschien zum einjährigen Bestehen seiner Musikschule. Und haben Sie auch gelesen, was da am Rand steht, mit roter Tinte geschrieben?"

Fehnkamp schaute noch einmal hin und sagte verächtlich: „*Mann meiner Träume* steht da. Mit einem albernen Herzen daneben. Pah! Jungmädchenquatsch! Aber nun ist dieser Saukerl ja tot und Magdalena wird wieder zur Vernunft kommen." Er schob den Artikel zu Büttner zurück.

„Das ist kein Jungmädchenquatsch, wie sie es ausdrücken, Fehnkamp." Büttner lächelte genüsslich, bevor er sagte: „Es sei denn, Sie bezeichnen Ihre Frau als junges Mädchen. Das steht Ihnen als Ehemann natürlich frei."

Volltreffer! Onno Fehnkamp war angesichts dieser Bemerkung so perplex, dass er sogar vergaß zu schreien und den Tisch mit seiner Faust zu bearbeiten. Er saß lediglich mit offenem Mund da, was ihn nicht eben intelligenter aussehen ließ.

„So. Und nun zeige ich Ihnen noch das Tagebuch Ihrer Frau. Hm", Büttner drehte das kleine, rot gemusterte Notizbuch in den Händen, „oder sagen wir lieber, den Kummerkasten Ihrer Frau."

„Meine Frau hat kein Tagebuch geführt!" Onno Fehnkamp hatte sich allem Anschein nach von der Überraschung erholt, seine Stimme hatte wieder ihren gewohnt autoritären Klang angenommen.

„Es freut mich ja zu hören, dass es Ihrer Frau trotz Ihres Kontrollwahns gelungen ist, etwas vor Ihnen geheim zu halten." Mit diesen Worten legte Büttner seinem Verdächtigen das Notizbuch vor die Nase. „Lesen Sie die letzten zwei Seiten, das reicht", wiederholte er Magdalenas Worte.

Der Effekt war beeindruckend. Mit jedem Satz, den Fehnkamp las, fiel nicht nur sein Unterkiefer tiefer und tiefer, auch begann er am ganzen Leib zu zittern, sodass es ihm schließlich kaum noch möglich war, das Notizbuch in den Händen zu halten. Und doch umklammerte er es so krampfhaft, als würde es sich auf der Stelle verflüchtigen, wenn er es auch nur ansatzweise freigab. Was ihm in diesem Moment vermutlich lieber gewesen wäre.

„Sie erkennen die Handschrift Ihrer Frau?", fragte Büttner leichthin, obwohl unschwer zu sehen war, dass genau dies gerade Fehnkamps Problem war. Beim nächsten Satz, den Büttner bewusst knapp formulierte, wich seinem Gegenüber alle Farbe aus dem Gesicht und er verfiel in ein ungesundes Röcheln. „Ihre Frau war in Raffael Winter verliebt."

„Das ist … das kann nicht … nie im Leben." Onno Fehnkamp griff sich an die Kehle als müsste er im nächsten Moment ersticken.

„Eindeutiger als es hier steht, hätte sie es aber kaum formulieren können. Hören Sie mal: *Wie sehr wünsche ich mir, in seinen starken Armen zu liegen, sich von seinem weichen Mund liebkosen zu lassen* etc. etc. Na, wenn das mal keine Liebeserklärung ist, dann weiß ich auch nicht."

„Sie hat … sie ist …" stammelte Fehnkamp, bekam aber keinen klaren Satz mehr heraus.

„Nun spielen Sie uns hier mal kein Theater vor!", donnerte nun Büttner unvermittelt los, woraufhin alle Anwesenden im Raum erschrocken zusammenzuckten. „Sie haben das alles längst gewusst. Und deswegen musste Raffael Winter sterben!" Bedeutend leiser, ja fast flüsternd, fügte er hinzu:

„Zuerst die Frau, dann die Tochter. Die Träumereien Ihrer Frau haben Sie vielleicht noch klaglos hingenommen. Aber als Sie dann erfuhren, dass sich Ihre Tochter von Winter hatte verführen lassen …"

„Magdalena hat sich nicht von diesem Lustmolch verführen lassen, nie im Leben hätte sie das getan! Sie ist ein gottesfürchtiges Mädchen, das nie auf die Idee käme, an so etwas Unkeusches auch nur zu denken!" Onno Fehnkamp schien zu seiner alten Form zurückzufinden.

„Da Sie mir ja immer noch weismachen wollen, dass Magdalena tatsächlich das keusche und unschuldige Kind ist, für das Sie sie uns hier verkaufen wollen, kann ich Ihnen das hier leider nicht ersparen." Er deutete auf den Bildschirm an der Wand. „Hasenkrug, ein kurzer Ausschnitt wird reichen", wandte er sich an seinen Assistenten.

Geschäftig machte sich Hasenkrug an der Fernbedienung zu schaffen, augenscheinlich froh, jetzt auch mal etwas tun zu können. Nur wenig später hörte man ein erstes Stöhnen, dann kam auch das passende Bild dazu: Magdalena und Raffael, die sich auf dem Teppich des Unterrichtsraum wälzten und dermaßen ineinander verschlungen waren, dass man kaum noch sagen konnte, wem welche Gliedmaßen gehörte. Andere Körperteile hingegen konnte man auch jetzt noch klar zuordnen.

Beim Anblick dieser Bilder tat Onno Fehnkamp etwas, womit keiner jemals gerechnet hätte. Er fing an zu weinen. Ja, tatsächlich schien er regelrecht zu implodieren und sackte in seinem Stuhl zusammen wie ein Fetzen Stoff, dem man die stützende Füllung entzogen hatte. Büttner ließ ihn für eine Weile gewähren, während Hasenkrug den

Film wieder ausschaltete. Dann stand er auf, ging um den Tisch herum und legte dem massigen Mann eine Hand auf die bebende Schulter. „Nun geben Sie es doch endlich zu", sagte er ruhig, „erleichtern Sie ihr Gewissen, indem Sie endlich ein Geständnis ablegen."

Onno Fehnkamp schluchzte auf, dann hob er den Kopf und sagte mit erstickter Stimme: „Aber ich war es doch nicht. Ich habe Raffael Winter nicht ermordet."

Büttner holte tief Luft. Wann hatte er diesen Kerl denn endlich weichgekocht? Er war zäher, als er gedacht hatte. „Sie haben kein Alibi", stellte er erneut fest.

„Doch." Fehnkamp schniefte und zog ein Taschentuch aus der Tasche, mit dem er sich die Tränen aus den Augen wischte.

„Doch?", fragte Büttner scharf, „und darf ich auch erfahren, aus welchem Hut Sie das so plötzlich zaubern wollen?"

„Ich war bei … sie heißt Barbara, die Schwarze Barbara, sie …"

„Ist eine Nutte", vollendete Büttner den Satz. Die Schwarze Barbara war bei der Polizei beileibe keine Unbekannte. In erster Linie gingen Männer zu ihr, die auf Sadomaso-Praktiken standen, wobei es durchaus schon zu dem ein oder anderen Unfall gekommen war, in dem dann polizeilich hatte ermittelt werden müssen. Bisher allerdings ohne strafrechtliche Folgen für die Schwarze Barbara.

Nun war es an Büttner sich zu fühlen, als habe ihm jemand ein Brett vor den Schädel geschlagen. Er schluckte. „Wir werden das überprüfen." Er nickte Hasenkrug zu, der sich sogleich auf den Weg machte. Nur Minuten später stand er wieder im Raum. „Es stimmt", sagte er, „Herr Fehnkamp war zur Tatzeit bei der Schwarzen Barbara. Sie hat es persönlich bestätigt. Es war wohl eine längere … ähm … Sitzung."

Büttner fuhr sich mit den Händen über das Gesicht. Also hatte er den wahren Täter noch immer nicht gefunden! Vermutlich hatte er ihn sogar selber laufen lassen. Er musste wieder ganz von vorne anfangen.

„Tja dann", sagte er müde und griff nach seinen Unterlagen, die in alle Richtungen verstreut vor ihm auf dem Tisch lagen. Dabei fiel sein Blick auf das kleine, rote Notizbuch von Gundula Fehnkamp. Und auf einmal schoss ihm ein Gedanke durch den Kopf, der ihn schwindeln ließ. „Was hat eigentlich Ihre Frau an dem besagten Mittag gemacht, als Sie bei der Schwarzen Barbara waren, Herr Fehnkamp?", fragte er mit dünner Stimme.

37

Gundula Fehnkamp weinte. Sie weinte so sehr, wie Büttner
meinte, noch nie eine Frau weinen gesehen zu haben.
Er saß an ihrem Krankenbett und fühlte sich gar nicht
wohl in seiner Haut. Aber es ging nicht anders. Er musste
diese arme, gepeinigte Frau zu einer Aussage bringen, ob
er wollte oder nicht. Alles andere würde ihm die Staats-
anwaltschaft nicht durchgehen lassen. Schließlich konnte
er ja nicht einfach die Akte Raffael Winter zuklappen
und Gott einen guten Mann sein lassen. Auch wenn er
es in diesem speziellen Fall ganz gerne getan hätte. Milde
ausgedrückt, hätte das im Präsidium und bei seinen Vor-
gesetzten aber sicherlich für gewisse Irritationen gesorgt.

Magdalenas Mutter ging es bereits bedeutend besser. Ihr
Gesicht war nicht mehr ganz so geschwollen, und auch ihr
Schädel schien zufriedenstellend wieder zu verheilen. Nur
der gebrochene Arm bereitete ihr anscheinend noch starke
Schmerzen, weshalb sie nach wie vor an einer Infusion
hing.

Zunächst hatte Gundula Fehnkamp sich gefreut, den
Kommissar zu sehen, bekam sie doch nur wenig Besuch
und war für jede Abwechslung im langweiligen Kranken-
haustrott dankbar. Dann aber war Büttner relativ schnell
zur Sache gekommen und hatte ihr mit einem verlegenen

Räuspern das Notizbuch und den Zeitungsartikel aufs Bett gelegt. Sie hatte nicht einmal gefragt, woher er diese Dinge hatte, sondern war sofort bei ihrem Anblick in Tränen ausgebrochen.

Büttner sagte für eine ganze Weile nichts, sondern sah sie nur mit zusammengepressten Lippen an. „Ich habe ein paar Fragen an Sie", sagte er schließlich leise und deutete mit dem Kopf auf die Unterlagen.

„Ich wollte es nicht", presste Gundula Fehnkamp zwischen zwei Schluchzern hervor. „Gott ist mein Zeuge, dass ich es nicht wollte."

„Dass Sie was nicht wollten, Frau Fehnkamp?"

„Er war so anders, so fröhlich und gut gelaunt. Er lachte mich an, wenn er mich sah. Und wenn er meine Hand nahm, dann war es, als würde ich nach Hause kommen. Ja, und er war so hübsch. Es machte so viel Spaß ihn anzusehen, ihn zu beobachten, wenn seine schlanken Finger über die Tasten des Klaviers flogen, als wollten sie der Welt entfliehen."

„Sie hatten Klavierunterricht bei ihm?"

Gundula Fehnkamp sah ihn an, als käme er von einem anderen Stern. „Aber nein, Magdalena hatte Unterricht bei ihm, doch nicht ich. Aber das wissen Sie doch!" Von einem Moment auf den anderen hatte sich ein so seltsamer Ausdruck in ihre Augen geschlichen, dass Büttner ein kalter Schauer über den Rücken lief.

„Ja, ja", beeilte er sich zu sagen, „natürlich weiß ich das." Er machte eine kurze Pause und fragte dann: „Aber wenn Sie keinen Unterricht bei ihm hatten, was haben Sie dann bei ihm gemacht?"

Magdalenas Mutter schüttelte den Kopf als halte sie ihn nun endgültig für geistig zurückgeblieben. „Aber ich musste mich doch erkundigen, ob Magdalena Fortschritte machte. Sie sollte doch an Wettbewerben teilnehmen und eine große Pianistin werden."

„Ach so. Verstehe. Und aus diesem Grund haben Sie Raffael Winter öfter mal besucht."

„Ja, das sagte ich doch."

„Und … hatten Ihre Besuche vielleicht noch einen anderen Grund?"

„Einen anderen Grund?" Sie sah ihn mit großen, runden Augen an, und für einen Augenblick erinnerte sie Büttner an ihre Tochter Magdalena. Ja, auch Gundula Fehnkamp musste mal eine sehr schöne Frau gewesen sein. Bis das Leben ihr in Gestalt ihres Mannes so übel mitgespielt hatte.

„Hatten Sie vielleicht mal, nun ja, eine Liebesbeziehung zu ihm?", fragte er vorsichtig.

„Eine Liebesbeziehung? Ich? Zu Raffael?" Sie ließ nun ein so glockenhelles Lachen vernehmen, dass Büttner verwirrt zu ihr hinüber blickte. „Aber nein", fuhr sie wenig später fort, „so etwas geziemt sich doch nicht. Nein. Natürlich wollten wir warten, bis wir verheiratet waren."

Büttner schluckte. „Raffael Winter hat Ihnen gesagt, dass er Sie heiraten will?"

„Nein. Aber ich weiß, dass er es mich bald gefragt hätte. Er hat mich immer so angesehen, so, so …"

„Verliebt?", half Büttner ihr auf die Sprünge.

„Ja, genau, verliebt. Verliebt hat er geguckt." Sie sah Büttner anerkennend an. So viel Geistesgegenwart hatte sie ihm offensichtlich nicht zugetraut.

„Und an diesem Nachmittag, als er starb, hat er Sie da auch so angesehen?"

„Aber ja. Er hat mich immer so angesehen."

„Waren Sie deswegen zu ihm gegangen?"

„Nein. Ich wollte ihn vor meinem Mann warnen." Bei diesen Worten war ihr Lächeln plötzlich verschwunden und ein dunkler Schatten legte sich auf ihr Gesicht.

„Ihr Mann hatte an diesem Mittag gedroht, Raffael Winter zur Rede zu stellen, weil er sich an Magdalena … ähm, weil er Magdalena ein wenig zu nahe gekommen war."

„Dieses Kind!" Wieder lachte Gundula Fehnkamp hell auf. „Sie glaubte tatsächlich, dass Raffael sie liebte! Aber so ist das, wenn man jung ist, nicht wahr?"

„Und was passierte dann, als Sie bei ihm waren?"

„Er nahm meine Hand. Es fühlte sich so gut an." Ein seliges Lächeln umspielte ihren Mund.

„Und dann?"

„Er hat gesagt, dass er auf Magdalena wartete. Und da habe ich gesagt, dass das nicht sein könne, da sie an diesem Tag keinen Unterricht habe." Ihr Gesicht verdunkelte sich wieder. „Und dann hat er gesagt, dass, dass …"

„Dass er und Magdalena ein Paar seien?"

Gundula Fehnkamp nickte und schlug die Hände vors Gesicht. Von einem Moment auf den anderen wurde sie erneut von einem Weinkrampf geschüttelt.

„Und was haben Sie dann gemacht?", fragte Büttner leise.

„Ich hab ihm gesagt, dass das nicht sein könne, weil, weil … aber er wollte doch mich heiraten!" Die letzten Worte schrie sie förmlich heraus.

Büttner nahm ihre Hand und drückte sie. „Und dann haben Sie rot gesehen und ihn mit der kleinen Skulptur erschlagen?"

Gundula Fehnkamp nickte stumm.

38

„Was geschieht nun mit meiner Mutter?“

„Das hängt jetzt vom Gutachten ab. Wenn sie für schuldfähig erklärt wird, wird sie ins Gefängnis müssen. Ansonsten kommt sie in eine psychiatrische Anstalt, nehme ich an.“

Magdalena stand auf und sah aus dem Fenster hinaus in ihren immer noch geschundenen Garten. *Er ist genauso kaputt wie unsere Familie*, schoss es ihr durch den Kopf, und das Bild ihres Vaters erschien vor ihren Augen. Der hatte sich für ein paar Wochen in ein Kloster zurückgezogen, um Buße zu tun, wie er ihr am Telefon erklärt hatte. Sie hatte ihn seit dem Vorfall im Präsidium nicht mehr zu Gesicht bekommen.

„Was haben Sie jetzt vor, Magdalena?“

„Zunächst einmal werde ich mein Abi machen. Jetzt habe ich ja wieder Zeit, mich darauf vorzubereiten.“ Sie lächelte gequält. „Danach muss ich mal sehen. Ich denke, dass ich vielleicht für ein Jahr ins Ausland gehe. Als Aupair oder für ein freiwilliges soziales Jahr vielleicht. Das hängt nun auch davon ab, was aus Mama wird. Ich will nicht, dass sie irgendwo alleine herumsitzt und keiner sich um sie kümmert. Egal, ob sie ins Gefängnis muss oder in die Klinik.“

„Sie sollten aber auch an sich denken", wandte Büttner ein, „Sie haben ein eigenes Leben und sind nicht für das verantwortlich, was Ihre Eltern gemacht haben."

Magdalena nickte nur, erwiderte aber nichts darauf.

„Gibt es denn keine anderen Verwandten, die sich um Ihre Mutter kümmern könnten?"

„Sie hat eine Schwester, Tante Margret. Und meine Großeltern leben auch noch. Wir hatten aber seit Jahren keinen Kontakt."

Büttner fragte nicht nach dem Grund für diese Kontaktpause, denn er konnte sich schon denken, dass auch daran Magdalenas Vater schuld war. „Sie könnten den Kontakt wieder aufbauen", schlug er daher nur vor.

Magdalena lächelte. „Ja, das wäre schön. Ich habe meine Tante immer sehr gemocht, wissen Sie. Und auch meine beiden Vettern, Fabian und Tobias. Ja, es wäre schön sie wiederzusehen.

Als Büttner sah, wie glücklich Magdalena dieser Gedanke machte, erfasste ihn wieder seine kalte Wut auf Onno Fehnkamp. Viel lieber hätte er ihn statt seine arme Frau vor Gericht gesehen. Aber das Leben war nun mal kein Wunschkonzert, das hatte er schon mehrmals in seiner Karriere bitter erfahren müssen.

„Ich muss jetzt leider gehen, die Pflicht ruft", sagte Büttner unvermittelt und erhob sich aus seinem Sessel. „Ich würde mich freuen, mal wieder von Ihnen zu hören, Magdalena." Er stieß einen kurzen, schrillen Pfiff aus, und schon sprang Heinrich schwanzwedelnd vom weichen Teppich auf, auf dem er es sich gemütlich gemacht hatte.

Magdalena strich ihm über den Kopf und reichte Büttner

lächelnd die Hand. „Ich werde Ihrer Tochter Jette ab und zu auf Facebook eine Nachricht schicken. Sie kann Ihnen dann ja berichten, was aus mir geworden ist."

„Und aus Adrian", sagte Büttner augenzwinkernd.

„Ja", sagte Magdalena und sah dabei sehr glücklich aus, „und aus Adrian."

ENDE

Liebe Leserin, lieber Leser,

ich freue mich sehr, dass Sie „Lustakkorde" als Lektüre ausgewählt haben und hoffe, dass ich Ihnen mit dieser Geschichte ein paar angenehme Stunden bereiten konnte. In diesem Fall würde ich mich über eine Rezension in den Online-Shops oder ein Feedback auf meiner Homepage (www.elke-bergsma.de) oder per E-Mail (mail@elke-bergsma.de) sehr freuen. Sollten Sie Lust haben, mehr von Büttner und Hasenkrug zu lesen, darf ich Ihnen an dieser Stelle meine weiteren Ostfrieslandkrimis ans Herz legen, die in dieser Reihenfolge erschienen sind:

„Windbruch"

„Das Teekomplott"

„Lustakkorde"

„Tödliche Saat"

„Dat witte Lücht" (Kurzkrimi)

„Puppenblut"

„Stumme Tränen"

„Schweigende Schuld"

„Fluchträume"

„Brandwunden"

„Strandboten"

„Maskenmord"

„Eisige Spuren"

„Seelenrausch"

„Scheinwelten"

„Dunstkreise"

„Zornesbrut"

„Sippenverfall"

„Todesgruft“
„Bitteres Erbe“
„Lodernde Wut“
„Dünennebel“
„Meeresklagen“
„Herbstzeittode“
„Schwarze Lettern“
„Hetzjagd“
„Platzverweis“
„Abschiedsklänge“
„Lebensfesseln“
„Klosterchoräle“
„Späte Reue“
„Innerer Dämon“
„Tummelplatz“
„Wellenschlag“
„Froststarre“
„Siedepunkt“

Vielleicht haben Sie Lust, auch in meine historisch-zeitgenössische Ostfrieslandkrimireihe „Wibben und Weerts ermitteln“ reinzuschnuppern? In dieser Reihe sind bisher erschienen:
„Moorsmaragd“
„Flutrubin“
„Inselsaphir“

Im Sommer 2018 erschien zudem der erste Band meiner ostfriesisch-niederländischen Krimireihe „Grenzfälle“. Schauen Sie doch mal rein in: „Wie Mauern so kalt“

Im Herbst 2019 erschien mein Arktis-Thriller: „Verloren im Eis."

Mit meiner Kollegin Anna Johannsen veröffentlichte ich 2019 zudem den Ostfrieslandkrimi „Juister Mohn" sowie 2024 die Ostfrieslandkrimi-Trilogie mit den Bänden „Die Stille der Flut", „Die Gewalt des Sturms" und „Die Kraft der Ebbe".

Völlig neu erfunden habe ich mich 2022/2023 mit meiner historischen Trilogie „Wege in eine neue Zeit", die in der Weimarer Republik angesiedelt ist.
Band 1: „Die Bürde der Freiheit"
Band 2: „Die Kraft der Entbehrung"
Band 3: „Der Makel der Hoffnung"

Möchten Sie regelmäßig und unkompliziert über alles, was rund um meine Bücher herum passiert, informiert werden, dann abonnieren Sie doch einfach meinen Newsletter unter www.elke-bergsma.de/newsletter oder folgen Sie mir auf Facebook und Instagram.

Herzliche Grüße
Elke Bergsma

www.elke-bergsma.de
www.facebook.com/elkebergsmaautorin
www.instagram.com/bergsmaautorin